構造主義のかなたへ

――『源氏物語』追跡

藤井貞和

笠間書院

構造主義のかなたへ
――『源氏物語』追跡

目次

はしがき

本書〈構造主義のかなたへ——『源氏物語』追跡〉を書き終えて、しばらくすると、書名にかかわって、「追跡」とは『源氏物語』をどうすることか、それは、a 構造主義で追跡するということか、それとも、b 『源氏物語』のような文学が時代の思想潮流を越えてゆくということか、あるいは、c 『源氏物語』が構造主義を変えることを夢見るのか、といった〈厳密化〉を、読んでくれるすべてのひとたちのために、問い下ろしてみる作業がまだのこっていると気づく。（私は最終的にcと答えたい。）

〈構造主義とは何か〉を、レヴィ＝ストロース氏、およびフーコー氏に沿って、本書はかなり説き及んでみた。〈構造主義〉以後の世代の手に本書がわたるとして、この書を支える意図は何か、時代や歴史のなかで物語が読まれる理由は、そして物語じたいが産出される真の理由はどこにあるか、それらのモチーフ群をも含めてぜひ手わたしたいように思う。

いま、みぎに〈世代〉と言った。世代による横割りということはだれもが痛感する。むろん、新しい世代が古い世代にこだわらない、ということは一つの真実に属する。

私はいまごろになって隠さないようになったが、J・P・サルトル（の劇作や哲学書『存在と無』）の尻尾を捉えようとしていた時期があり、それがだれにもあるように、そして私にとり、西欧近代への思想的こと始めとなった。

ところが、私より七歳上の、ある尊敬する批評家かつ詩人であるひとは、サルトルをついに経過しなかった、と告白する。だれにもそのようにして面映ゆい初期の〈出会い〉があって、世代的に言うならば固有の横割り体験となる（とは、かれはマルクス主義を始まりとしたろう）。

構造主義は私の壮年期にかさなる、世界的には冷戦下での思想的劇場でのドラマとしてあった。一九六〇年代が入門期で、七〇年代には人類学的なそれが私なりの『源氏物語』の〈結婚規制〉論の形成を援けてくれたから、あるいは言語論上の知見はそれの延長上で理解できることが多かったから、構造主義への感謝は計り知れない。

物語の〈語り手〉の発見は、構造主義的視野が寄与したという一面を如実に有する。心理としての〈コンプレックス〉の再発見にもそれの寄与があったのではなかろうか。

とともに、構造主義じたいが〈構造主義批判〉を含むといったていの、現代思想らしさを見せるのはよいとして、ヨーロッパでの東西冷戦の終結によって、思わぬ一九九〇年代の空白がもたらされ、構造主義の熱さを過去のものとなして、しかし研究対象としては延命し、ポストモダン的状況というのか、ファンタジーの、ファッションの時代として続くことになる。

恋愛と宗教、『源氏物語』のこれらの両軸は、深き意味合いにおいて、もっと構造主義とふれあうところに進展してよかった。前者について語弊を恐れずに言えば、本書に論じるような

『源氏物語』レイプ学説じたい、構造主義的な踏み外しであり、通行の『源氏物語』論に対しては、恋愛への一定の批判であろうとする。

後者については、十世紀〜十一世紀社会を、後代の優勢な思想から裁断するのでなく、『源氏物語』の同時代での手の切れそうな〈現代〉宗教として直視しようとすることで、主人公たちが各種のそれらをいかに分け持たされているか、物語を構造化する試みだと読まれなければならない。

本書の特色として、見られるように〈研究〉と〈小説〉と〈批評〉とが組み合わされている。なかでも、異色と言われるかもしれないが、小説三編は『新潮』や『ユリイカ』に掲載した〈純文学〉的なそれらであって、いわゆる古典に取材する自由な読み物（歴史小説など）ではない。つまり『源氏物語』という作品にあくまで縛られての、それをいくぶんか想像力で膨らました虚構であり、一時流行した反小説《アンチ・ロマン》とはすこし違うにしても、ある種の試行であり、本書での主部《メーン》となる。折口信夫の「身毒丸《しんとくまる》」にヒントがあると本書のどこかで私は書いた。

本書の読み方について、一つの提案をしよう。これは『源氏物語』をあいてとする、ぜんたいが小説となる試みなのだ、と。新種の〈源氏物語小鏡〉であると。いや、『源氏物語』という物語じたいが、そんな書き方をされているのではないか。

ポーランドの作家、ヘンリク・シェンキヴィチの『クォ ヴァディス』（一八九五）は、「ネロの時代の物語」とあるように、一世紀ローマ社会に取材して、歴史上の人物や創作された人物が自由に作品のなかを闊歩する。そんな感じの書き方が一千年前の日本社会にもあってよいのでは。

なんと七十五年という歳月が『源氏物語』のなかを流れている。一世紀の〈四分の三〉。途方もないその時間によって、作者は現象学的な実験をしていると思う。ある時代を設定し、そこへ架空の人物を抛《ほう》り込んでみる、という実験を。西暦で言えば十世紀（九〇一〜一〇〇〇）という世紀の〈四分の三〉がここにあるのではなかろうか。

そうすると、作中人物はどういう動きを見せるか。かれらの動きによって、架空のようであっても、設定した時代が生き生きとした空間になる。時代考証というか、細部にわたり、みごとに精密に作者は十世紀から取材して書いていると見られる。

そんな作業の一環として、光源氏の生まれを私は延喜十二年（九一二）に置いてみた。つまり、一主人公を歴史のなかへ抛り込んだ。すると、おもしろいことに、高麗《こま》の相人《そうにん》がやってきて光源氏の人相見をする年と、史上の渤海使《ぼっかいし》が三十三回め（異説もある）の来日をする年（延喜十九〈九一九〉年）とが一致する。くわしくは本書に見てほしい。

そのようにして、物語のなかみが、十世紀の時代考証と大きくずれないで書かれていることは驚くばかりだ。『源氏物語』の終りをも見ておくと、西暦九一二年から七十五年後は、おなじく九八六年前後という単純計算となる。

そのころは『往生要集』の源信が活躍する。多くのひとが現世の行き詰まりから宗教を希求するかのようだ。私には宇治十帖から「夢浮橋」巻へと、時代相がかさなるように見えて仕方がない。

源信のライバルだった覚運《かくうん》については前著『タブーと結婚』に書いた。藤原道長に信任され、法華経などの講義を勤めた僧だ。私は紫式部の思想的根拠に覚運がいたと睨んでいる。

西暦九八六年はどんな年だったか。寛和二年というその年こそは一条帝の即位という、平安王朝のピークの始まる時。一説ではその時、紫式部、十歳だった。時代のピークの始まる直前で『源氏物語』の世界を手放すということにも、作者の深い配慮がありそうに感じられる。

凡　例

本書は論考のほかに、講義録の体裁および「小説」の文体が使い分けられており、用字も各章ごとの性格によって違いがあります。

一　詩歌の引用は章ごとの性格によって、句読点をほどこしたり、ほどこさなかったりしています。句読点は「。」「、」のほか、係助辞のあとや比喩的表現のあとに「—」（棒点）を置くことがあります。

一　『源氏物語』の引用の仕方は章ごとの性格によって異なり、読解の便をはかって校訂の手をくわえてあります。新日本古典文学大系（新大系）の冊／ページ数を参考のために記す場合があります。

一　本書は『タブーと結婚』（笠間書院、二〇〇七・三）の続編という一面を有しており、そこでの取り決めに従うところがあります。

一　礎稿が個別に執筆された関係で、叙述にややかさなりが見られます。

構造主義のかなたへ

――『源氏物語』追跡

一　構造への序走

婚姻の在り方は古来、社会的な規制に支配されるのが一般で、それを〝婚姻規制〟と称することにする。通い婚に始まり、直接婚、婿取り婚、〝よめ〟という言い方など、じつにさまざまな様相が可能だった日本古代にこそ、物語文学をかずかず産み出してきた大きな理由はあった。『源氏物語』はしかし、重婚―密通―を犯す女性たちを多くえがいており、彼女たちを罰するらしいきびしさがあるいっぽうで、いたわり愛おしむ筆致でも書かれつづく。

1　構造への序走

クロード・レヴィ＝ストロース氏の死去（二〇〇九年十月三十日）は、これまで『物語の結婚』（創樹社、一九八五）、『タブーと結婚』（笠間書院、二〇〇七）、『古日本文学発生論』（思潮社、一九七八）そして『日本文学源流史』（青土社、二〇一六）と、氏の全しごとが視野にはいる位置内で物語や神話に取り組んできた私にとり、虚脱感を伴うこのうえない悲しみとなった。氏の言語は、日本古典語とともに、私にとり明晰な分析のための用具のように思え、四十年か、それ以上の歳月を経過してきた。氏の『神話論理』（一九六〇～七〇年代）をアジアや沖縄社会、日本社会から読み返そうとしていた矢先に、二〇一一年三月十一日の東日本大震災（津波遭害そして放射能災）に突き当たる。もう一つの氏の主著、『親族の基本構造』（一九四九）を日本社会で検証するしごとは、やりのこしたくない領域なので、以下にその一端を試みることにしたい。

2　婚姻規制をめぐり——基本構造図

『落窪物語』は女性作家の手になると、これまで言われてこなかったかもしれないが、そうとしか思えない、かずかずの現象を覗かせる。女君に寄り添う描写、ついの幸せ、あこきの魅力と大活躍、侍女たちの〝就活〟、いじめ社会への反発、典薬助《てんやくのすけ》撃退、財産分与、老父や継母への孝養、男君や帯刀《たちわき》による求愛活動と献身というように、女性作家の筆になると見られる要素が出そろっている。岩波文庫『落窪物語』(二〇一四)の解説に私はそう書いた。

さらに言えば、男どもの栄進、胸のすくような仕返しのかずかず、三、四の君の嘆き方、乳母《めのと》の役割、調度、縫い物、衣類の描写のこまやかさ、生理期間など、どこをとっても女性文化の担い手になる作品ではないか。

岩波文庫で言うと、一四ページから一七ページ辺りにかけて、集中的に当時の婚姻習俗についての、諸相とでも言うべき在り方が並べられる。おそらく、読者たちが十五、六歳ぐらいの、結婚期にはいってゆく女性であるためだろう、老練の作者はいろんな結婚の在り方をあらかじめ書いて見せて、教育効果をいくぶんか、もくろんでいるといったていの、平易な書き方のように見られる。物語ぜんたいの今後をあらかじめ集約したような感触もある。

あこきのせりふに、

「いかで、思ふやうならん人に盗ませたてまつらん。」(岩波文庫、一四ページ)

と、帯刀に語る。「盗む」結婚とは合意のうえで娘を連れ出す、これを〝盗み婚〟と名づけよう。連れ出せば夫方《おっとがた》に〝据え〟るかたちになる。落窪の君はのちに男君によって盗み出される。『源氏物語』で言えば「若紫」巻での紫上盗み出しがある。少納言の乳母の計画するところで、光源氏と紫上とはその四年後に実質的に結婚するから、〝盗み〟じたい、結婚前提の行動としてあった。

男君は、「我に、かれ、みそかにあはせよ」と、

「入れに入れよかし。離れてはた、住むなれば。」（一五ページ）

と帯刀に言う。〝直接に寝所にみちびけ〟とは露骨な要請ながら、これを〝直接婚〟としよう。あこきは男君について「いみじき色好みと聞きたてまつりし物を」と、突き放したような言い方をする。むろん、男君が関心を寄せてくれることは、願ってもないことで、この前後の、あこきと帯刀との絶妙の連携プレーだ。〝色好み〟という語も重要な婚姻関係用語と見たい。

男君が帯刀に、「いかにぞ。かのことは」と問う。「かやうの筋は親あるひとはそれこそともかくもいそげ」と、女君には（女）親がいないので、後回しにされているというのが帯刀の答えで、男君は、

「さればこそ「入れに入れよ」とは。婿取らるゝもいとはしたなきこゝちすべし。らうたうなほおぼえば、こゝに迎へてん。」（一七ページ）

と、

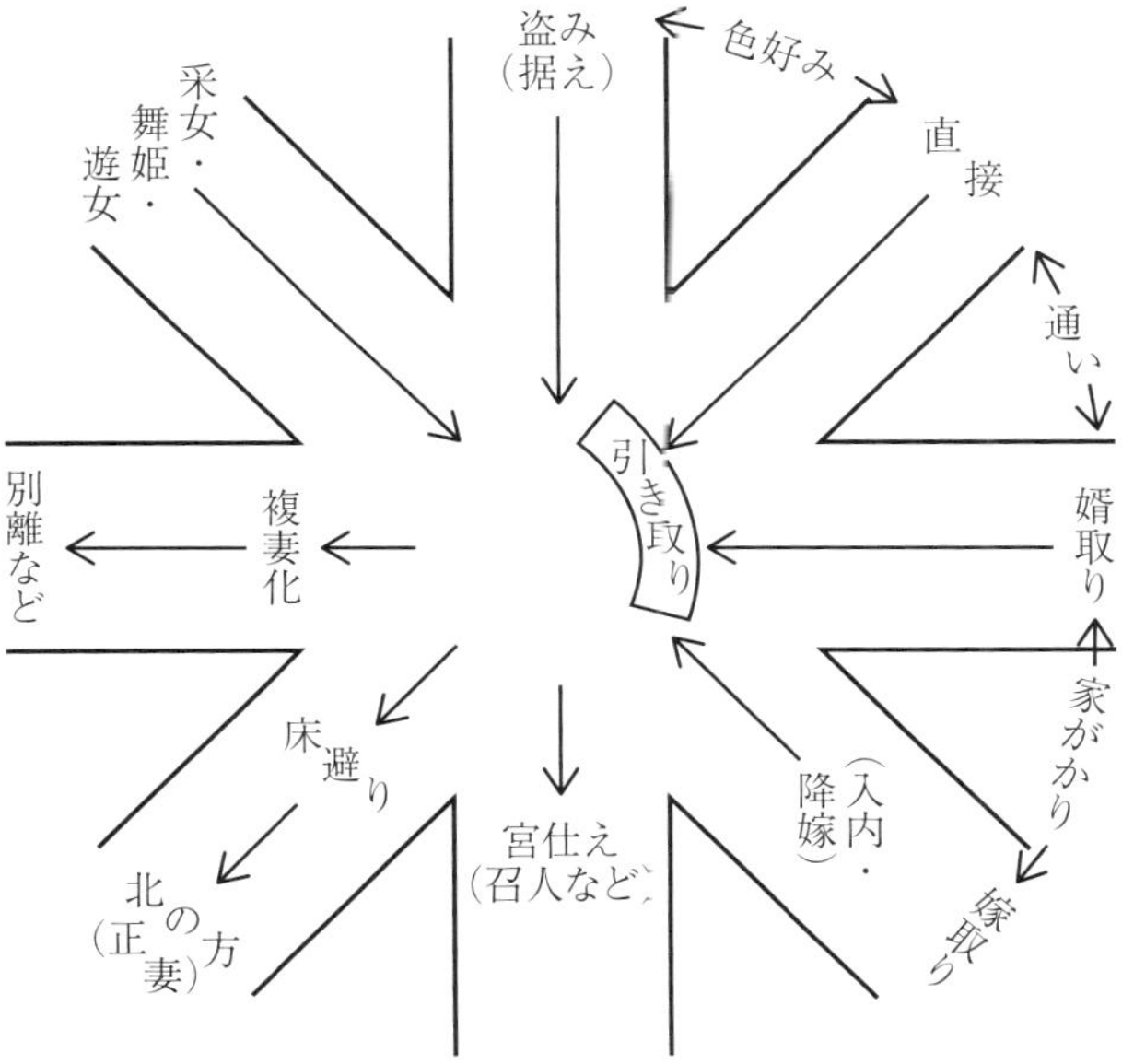

「さらずは、「あなかま」とても止みなんかし。」（同）

というように、親がかりの〝婿取り〟は面倒だから、直接逢いたいと言う。目をかけてやりたいと、逢ったあとでも思うならば、自分の屋敷に「迎へ」るのもよく（〝据え婚〟である）、そうでなければ「しっ、静かに」（ああうるさい）とか言って、止めてしまうかもしれない（＝遺棄）と、若い男の面目躍如たる感がある。

　いろんな婚姻形態がここに集まっている。これに、時代がくだって出てくる〝嫁取り婚〟や、〝采女《うねめ》・舞姫・遊女〟クラスの女性関係を加味して、上記の基本構造図を提示してしまおう。

婚姻規制を雄大な構想で描出したのはクロード・レヴィ＝ストロース『親族の基本構造』だった。しかし、日本物語に見ると、かれの言うようにはぜんぜんなりそうにない。通い婚、婿取り婚などの、嫁取り婚とは違った形態がじつに優勢に発現する。いかにも物語らしいのは直接婚から始めるケースだし、計画的な盗み婚のたぐいもある。

そのいっぽうで、嫁取り婚の変形としての入内や降嫁が広範に見られる。男君の姉か妹かは入内している。男君の母親が女君を一時、自宅へ連れてゆく場面では「よめ（嫁）」と言う語も出てくる。時代はこれから嫁取り婚に向かう。

3　フェミニズムによる批判

この多彩な在り方から、レヴィ＝ストロース氏のそれとは別の〝親族の基本構造〟がえがけるのではなかろうか。とともに、氏の『親族の基本構造』こそは、婚姻の基本構造を描出した点で、第一に拠らねばならない指標としてある。

〈構造主義の開始〉は〈構造主義批判の始まり〉だったと言おう。フェミニズムの担い手たちは、レヴィ＝ストロース氏を仮想敵として構造主義批判を立ち上げる際に、『親族の基本構造』をターゲットの一つにしていた。ゲイル・ルービン「女たちによる交通」（一九七五、『現代思想』二〇〇〇・二）はその代表的な例となる。

レヴィ＝ストロースそのひとが構造主義者を名告ったわけではない。けれども、かれの基本構造論はたしかに彼女たちの攻撃の対象となる資格を備えている。『親族の基本構造』のあつかうフィールドは、いわば〝嫁取り婚〟社会ではないか。父または男きょうだいが、娘あるいは自分の姉妹を〝家〟のそとへ出すと、次代（生まれた子供）を自家の息子の配偶者として取りもどす、といったていの、そのためには交叉いとこ婚が良好に発現するという、男子優位社会ないし男女の非対称性を権威づける研究であるかのように、一時、見られたということがあろう。

著名なジュディス・バトラー『ジェンダー・トラブル――フェミニズムとアイデンティティの攪乱』（一九九〇、竹村和子訳、青土社、一九九九）にしても、口をきわめて『親族の基本構造』を論難している。

『源氏物語』にあっては、レヴィ＝ストロース『親族の基本構造』から透かし見るようにして考察すると、葵上と光源氏との婚姻以下、三代も（あるいは四代も）交叉いとこ婚がつづくなど、きわめて衝撃的な事態にぶつかる。私は一九七〇年代半ばより、物語などの婚姻規制を調べあげていった。ところで、『万葉集』に見ても、物語類に見ても、また歴史上の事例によって知られるように、通い婚、婿取り婚など、嫁取り婚とは違った形態が優勢にあり、『親族の基本構造』からは説明できない事象にあふれている。何でもありといってよいほど、いろんな結婚形態が行われ、ある意味で現代にまで、その「何でもあり」はつづく。フェミニズムが『親族の基本構造』を攻撃するのはよいとして、それと別に、日本社会からは婿取り婚や直接婚や、場合によって盗み婚や、嫁取り婚の変形としての入内や降嫁もあるという、この多彩な在り方から、別箇の〝親族の基本構造〟論が書かれてよいと気づく。それなのに、後述するように、最重要な参考になるのは高群逸枝《たかむれいつえ》『招婿《しょうせい》婚の研究』(一九五三)ぐらいしかなかった。

4　基本構造図とその裏面

七ページに掲出した基本構造図には、結婚後の正妻やその他の妻まで書き入れたので、それらをあわせてなおしばらく説明をほどこしておきたい。

時計回りに見てゆくと、盗み婚は「ぼうた婚」とでも別称したい。民俗社会などで、親どうしの身分が違いすぎるような時に、示しあわせて女を「盗み」出し、「ぼうた、ぼうた」(奪うた、奪うた)と世間に宣言して成立するのがある。一定の秘密の関係や通い婚ののち、あらわれる場合の在り方が一般的となる。

直接婚は『万葉集』の隠《こも》り妻や通い婚など、広くケースが考えられる。王朝物語では手引きする侍女クラスの女性その他がいないとなかなか成り立たないと見られる。落窪の君と男君とが結ばれるのは直接婚のケースだ。『うつほ物語』の俊蔭の娘と若小君《わかこぎみ》との結びつきは介在する侍女のいない直接婚としてある。『源氏物語』では周囲がお膳立てする末摘花の君のケースをかぞえよう。宮廷恋愛のほかに、密通関係はだいたい直接婚となろう。

婿取り婚は落窪の君の異母姉妹がすべてそうだし、『源氏物語』だと葵上や明石の君など、家がかりのケースを言う。

嫁取り婚は王朝物語の場合、入内や降嫁をそれのケースと見なすことにする。降嫁は『源氏物語』だと女三《にょさん》の宮のケースをかぞえよう。

見方によってだいじなケースと思われるのが、左上の「采女・舞姫・遊女」と書いた女性たちで、地方や中流貴族から「たてまつられ」、あるいは歌舞音曲をことととして、恋愛をもしごととする、一群のひとびとをぜひかぞえたてておく。貴族家の妻妾《さいしょう》となる場合もありうることで、かぞえないわけにゆかない。

盗み婚や〝据え〟や降嫁など、夫方婚姻から開始すると見るのでよいとして、妻方婚姻から開始する婿取り婚もまた、一定の期間をへて夫方への〝引き取り〟が観察される。このことについては高群逸枝氏の学説と齟齬するところながら、『落窪物語』の四の君にしろ、再婚あいてが早々に引き取りにくる。夫方に据えることで北の方という正妻が成立するということではなかろうか。したがって、婚姻史的に通い婚や婿取り婚はある種の過渡であるかもしれない。とするならば、日本社会では古式や過渡的な場合がよくのこされている、ということになろうか。

左下には正妻を図示する。一夫多妻社会では、同居の妻が成立すると〝北の方〟ということになる。〝床避《とこさ》り〟についてはいつも物議をかもしてきた。前著『タブーと結婚――「源氏物語と阿闍《あじゃ》世《せ》王コンプレックス論」のほうへ』（笠間書院、二〇〇七）における私の舌足らずのせいでの混乱だと思う。三十歳床避り説じたいは折口信夫および金田元彦氏の学説で、私はそれを一夫多妻が成り立つための仕組みと見なして、正妻の成立というように敷衍した。正妻の地位を確保することで、夫がほかの女のところへ通うことを承諾できる年齢をほぼ三十歳とする。六条御息所は三十歳になろうという年齢で、生き霊が葵上を取り殺す（六条御息所の侍女たちは正妻の地位が来るかもしれないと期待している）。雲居雁が三十歳を越えると、夫の夕霧はのこのこでかけて落葉宮を摑んでくる。あくまで一夫多妻を制度として受け入れる寛容の年齢が三十歳だということであって、愛があれば妊活にしろ、辞退しなくてよろしい。

他妻とはしだいに別離することとなろう（左辺に示す）。離婚はけっして恥ずかしいことでなく、積極的な選択を含めて生き方の一つとしてあった。一夫多妻社会では添い遂げる女性が少数だとすると、他妻とは別離しなければならない理屈ではないか。『タブーと結婚』では『蜻蛉日記』での事例研究を提出した。

基本構造図の下辺には宮廷の女性を配する。召人《めしゅうど》を含む、作歌をもって男性貴族と張り合う女性など、恋愛に生きる生き方をおのずから含む、というように考えたい。斎宮や斎院は神々との〝婚姻〟関係にある。

この基本構造図について、言い忘れてはならないことがある。『源氏物語』の情交関係の主要ないくつかは、この図上に見いだされない。『落窪物語』も『うつほ物語』も、この図でだいたい片付くというのに、『源氏物語』の場合、この図上にあらわれない、裏面の情交関係がいくつもある。光源氏と情交する藤壺、同、空蟬、同、朧月夜、柏木と情交する女三の宮、匂宮と情交する浮舟は、いわゆる密通であり、婚姻関係としてみると、女性から見て〝重婚〟となる。彼女たちはすべて出家するから、密通は罰せられるべき罪として見られていたということができる。まことに詮ない男女非対称関係というほかはないにしても、それが一夫多妻社会ということだろう。偉大な作家ならば、書くことの野心を駆り立てる、大きなタブーに挑戦する。『源氏物語』はその手の文学ということになろう。

5 「むかひめ」、正妃、正妻

一夫多妻 polygyny（polygamy）＊1に分けいってみよう。

わずか数パーセントの男だけが複婚だとしても、社会に容認されているからには、論じないわけにゆかない。妻と妻とのあいだには格差のあるのが通例であり、〈正妻あらそい〉のようなことが起きてふつうのことだ。

古代社会を男子優位社会とととらえることについては、きびしい思考の組み替えをへなければならないところだとしても、われらの物語文学がある種の抵抗でもあったかのごとく生産されつづけたという事情をこそ、冷静に見つめる必要がある。

男たちの色好みならば、一夫多妻社会の形成のためにも、また宮廷社会での和歌贈答などによる、うた文化の造成のためにも、大いに〝貢献〟しつづけたと言おう。現代の研究が現代からの批判や否定で押し通されることは仕方がないにしても、古典時代をあいてにする際に、時代の目になって、作品のなかから読むという訓練が必要だろう。時代や作品の皮膚をうちがわから破って、われわれの読みへと出てくる実態をたいせつにしたい。それに、女の色好みだっていっぱいいたというのがいつわらざる時代の証言だ。

（1）「一夫多妻」（『哲学字彙』、一八八一）と『日本国語大辞典』にある。婚姻には単婚 monogamy と複婚 polygamy とがあり、polygyny 社会での婚姻形態を一夫多妻婚という（『文化人類学事典』弘文堂）。

正妻格の女がいたことは当然として、正妻あらそいもまた止むことがなかった。どう呼称するか、正妻という術語は研究のためにならば必要だろうから、梅村恵子論文が、「諸氏の叙述や、歴史の啓蒙書、国文学関係の諸論考において、多妻群の呼称はまちまちであ」るとして、氏の論において「多妻群中他に隔絶した地位を有する妻を正妻とし、他は史料群の用法に応じて使用することにする」[*2]と言って論を開始することに対し、歴史学からの意見として受け止められる。私もまた〈正妻、正妻候補、正妻格、正妻あらそい〉と言った語を使わずに論を推し進めることができないし、事実、『タブーと結婚』でいろいろ使った。

ことばをあいてにする文学批評としては、術語もまた一語でしかないことへの目覚めから始まるのであり、正妻なら正妻という語を、よほど熱心に探して回らなければ古代社会になかなか見つからないという事情には、十分に配慮しなければならない。正妃〈ムカヒメ、『日本書紀』欽明紀元年〉を、日本語文のうえに検索できるか（『うつほ』に「さる天王のせいひ」〈前田家本「内侍のかみ」巻〉がある）、漢文に検索できるか（漢書にある）など、確かめる作業を要する。そうでなければ、術語主義歴史学からの別れをなかなか演じることができない。むろん、歴史学から別れなくともよいが、文学テクストが第一等の（史料たらずとも）資料たりうるか否か、検証を文学批評は最初のしごととするのだから、テクスト内的な語の一回一回の生存をぬきにして何も生じない。

『源氏物語』の最重要の女性、紫上は正妻か否か。ある意見では「妾《しょう》」つまり妾妻《しょうさい》だったという。呼称としてその証拠があるわけではないから、律令に当て嵌めるならば何に分類されるかという制度の論としてある。別の意見では正妻だったとある。「北の方」（「真木柱」巻、「藤裏葉」巻）と言われ、

「北の政所」（「若菜」上巻）とあるのも彼女のことではないかとされ、その意味で女三の宮を凌駕したか、二分したかであり、正妻格の女性だということでよかろう。女三の宮の終末は第二妻に甘んじたのであり、ヲムナメだというのでよいのではなかろうか。

6　め、「をむなめ」

古代にあって妻《さい》／妾《しょう》は唐令における区別で、さらに漢民族社会では第三の区分もあるなど（＝「媵《よう》」）＊3、身分差がそれらのあいだに厳然とある。日本律令が妻妾制をそれに倣ってうたうからと言って、日本社会の実情になかなか合わないことは言うまでもない。妻／妾が持ち込まれることにより、こなみ／「うはなり」の差が歴然としてきたり、「むかひめ」／「をむなめ（をみなめ）」の別がきわだってきたりしたろう。所生の子たちに嫡子／庶子の差だ生じるというような、現実的効果を避けられなくなる。

数妻がもともと互いに平等でないのは自然のことだろう。良少将（のちの僧正遍照）が出奔した際に、「めは三人」いて、限りなく思う（あいだには子どももいる）「め」と、よろしい程度の二人とに

（2）梅村恵子「摂関家の正妻」『日本古代の政治と文化』青木和夫先生還暦記念会編、吉川弘文館、一九八七。この論文についてはあとでもふれる。

（3）媵婚というのは夫人が兄の娘や自分の妹を伴い嫁するのを言うと、中山太郎『万葉集の民俗学的研究』（校倉書房、一九六二）にある（諸妾より位置が高く第二の夫人になる）。同書に、松岡静雄にしたがえば「足柄の箱根の嶺ろのにこ草の花つまなれや紐解かず寝む」（十四、三三七〇歌）が媵婚を詠んだと。

分かれる（『大和物語』百六十八段）。藤原道長には妻が二人いたように喧伝されるものの＊4、『小右記』には倫子が「北方《きたのかた》」なのに対し、明子はついに北の方と言われることがないと言われる。ムカヒメと、そうでないクラスとに分けられることはぜんぜん不自然でなく、『源氏物語』に「むかひばら」（賢木、真木柱）という嫡妻クラスをあらわす語もあった。

『和名抄』夫妻類に、

妻　白虎通云妻（西反和名米《メ》）者斉也与夫斉体也又用夫妻婦妻一云（米阿波須《メアハス》）

妾　文字集略云妾（接反和名乎無奈女《ヲムナメ》）非正嫡故以接為称一云有接嫡之名也小妻也

とあるのは、妻と妾とを日本社会での「め」と「をむなめ」とに引き当てる。「妾」に相当する対象じたいは、日本社会に本来なかったと強調しておこう。あるのは一夫多妻であって、「め」と「をむなめ」との差異を「妻／妾」の区別が引き出したと言える。

「をむなめ」という言い方は分析に値する。〝若い妻〟という意味だろうと思う。『日本書紀』古訓に「妾」「荇菜」「妻妾」をヲムナメ・ヲミナ・ヲナメなどいろいろに訓ませる（『時代別国語大辞典』上代編、『日本書紀』大系本による）。安康紀（元年）に「荇菜」をヲミナメ（ヲムナメ）と訓ずるのは、水草（アサザのたぐい）を転じて宮廷に働く女性の意としたのだという＊5。ヲムナメ・ヲナメはみな「をみなめ」の音便と考えられる。

景行紀（四十年）の弟橘媛の条に、「時に王に従へる妾有り」（時有従王之妾）と、「妾」が地の文にあり、訓みはヲムナメあるいはヲミナ。『古事記』では弟橘比売を「后」としたうえで、彼女自身のことばとして「妾、御子に易りて海の中に入らむ」〔妾易御子而入海中〕とあり、大系本は「妾」をアレと訓ませる。『日本書紀』に徴するに古訓に見る限り、ヲムナメは婦人、特に妻の一人であって、ランクの低さをそこにうかがえない。「妾」字には謙抑の感があるから、記紀ともに用法としてならばたしかに卑下で、特に地の文に「妾」とある弟橘媛について、『紀』の用法で漢文的な妻妾制の意識があるかもしれない。

『万葉集』には「妾」を、ヲミナメ*6、アレ、ワガなど訓ませる。和化漢文や軍記物〔『将門記』など〕の「妻」「妾」の区別はどのようであるのか、巴御前や静御前などの「愛妾」たちは遊女だからか、まだまだ解決させなければならないことをのこす。

繰り返すと、ヲムナメは若い女という意味だとするならば、自然に第二〔第三〕妻をさすようになってゆく。〝若い〟、つまり年下という意味からして、娶る時の順序でもあって、けっして単純な上妻、下妻ではないと、これは強調できることだ。『大和物語』六十四段に、平中がにくからず思う「わかき女」を「め」のもとに連れてきて置いた。こんなのはまさにヲムナメだったろう。「め」はあとから来た女を追い出してしまう。

（4）『大鏡』に「北の方二所」。「北の政所」は倫子をおもに言うらしい。
（5）出典は『毛詩』周南〈関雎〉。
（6）「亡妾を傷む」（巻三）、「妾也松浦〔佐用嬪面〕」（巻五）など。

7　こなみ、もとつめ、「うはなり」

本妻《ほんさい》というと正妻格の妻らしく聞こえる。「ほんさいども」と複数の言い方もあり、モトノメ（本妻、モトツメとも）には別れた元の妻という語感があろう。つまり第一妻があり、ついで時の経過とともに第二（第三）妻が生じてゆく。

『和名抄』夫妻類に、

後妻　顔氏云後妻必悪前妻之子〔和名宇波奈利《ウハナリ》〕（「悪」＝にくむ）
前妻　顔氏云前妻〔和名毛止豆女《モトツメ》〕一云〔古奈美《コナミ》〕

とあるように、さきの妻がモトツメ化するのは自然かもしれない。『観智院本名義抄』にも、

前妻　モトツメ、コナミ
後妻　ウハナリ

とある。『大和物語』百四十一段に、〈〝よしいゑ〟という宰相のはらからで大和掾《やまとのぞう》であるひとが、「もとのめ」のもとに筑紫から女を連れてきて据えた。「もとのめ」も「いまの」も、仲よくしていたが、新しい女（筑紫のめ）のほうに男ができて、別れることになり、山崎まで見送りに来て、この「うはなり、こなみ」は、一晩語り明かしてから、翌朝、舟に乗る。男と「もとのめ」とは車に乗って、

郵 便 は が き

料金受取人払郵便

神田局
承認

2842

差出有効期間
平成 30 年 2 月
5日まで

101-8791

504

東京都千代田区猿楽町 2-2-3

笠間書院 営業部 行

■ 注 文 書 ■

◎お近くに書店がない場合はこのハガキをご利用下さい。送料 380 円にてお送りいたします。

書名	冊数
書名	冊数
書名	冊数

お名前

ご住所 〒

お電話

読　者　は　が　き

●これからのより良い本作りのためにご感想・ご希望などお聞かせ下さい。
●また小社刊行物の資料請求にお使い下さい。

この本の書名＿＿＿＿＿＿＿＿＿＿＿＿＿＿＿＿＿＿＿＿＿＿＿＿

本はがきのご感想は、お名前をのぞき新聞広告や帯などでご紹介させていただくことがあります。ご了承ください。

■本書を何でお知りになりましたか（複数回答可）

1. 書店で見て　2. 広告を見て（媒体名　　　　　　　　　　）
3. 雑誌で見て（媒体名　　　　　　　　　　）
4. インターネットで見て（サイト名　　　　　　　　　　）
5. 小社目録等で見て　6. 知人から聞いて　7. その他（　　　　　　　　　　）

■小社PR誌『リポート笠間』（年2回刊・無料）をお送りしますか

はい　・　いいえ

◎上記にはいとお答えいただいた方のみご記入下さい。

お名前

ご住所　〒

お電話

ご提供いただいた情報は、個人情報を含まない統計的な資料を作成するためにのみ利用させていただきます。個人情報はその目的以外では利用いたしません。

遠く顔がちいさくなるまで別れを悲しんだ〉という話がある。

『今昔物語集』十九ノ二に、〈大江定基が、「本より棲みける妻」のうえに、若い盛りの女ができたので、「本の妻」は嫉妬して離れてしまう〉という話もある。「本の妻」はモトノメと訓むのでよい。

同、二十四ノ五十は、〈源道済に仕える侍が、筑前国へ「年来棲みける妻」を具して下り、そこの女を語らい、妻にしたので、「本の妻」を忘れ、ついに病気で死なせた〉という話。同、二十六ノ十一は、〈妻を二人持って蚕飼いさせていた郡司が、「本の妻」の蚕が死んだので寄りつかなくなった〉という。「今の妻」が蚕を殺したのかもしれないといううわさもあった。同、二十七ノ二十四は、〈年来棲んでいた妻を去って、他の妻を具して国に下ったが、「本の妻」が恋しくなる〉という、『雨月物語』「浅茅が宿」の原型となった話。『今昔物語集』にはこの三つの説話が多い。

その他にも〈離縁〉とかかわり深いようで、『竹取物語』「大伴の大納言」条に、「もとのめどもは、かぐや姫をかならずあはん設けして、（大伴ノ大納言ハ）ひとり明かしくらし給ふ」「これを聞きて、はなれ給ひしもとのうへは、腹を切りてわらひ給ふ」とあるのは、モトノメ、モトノウヘへの事例。『うつほ物語』「春日詣」巻に、「おとゞ、『たゞいまかれひとりをなむもて侍なる。ほんさいどもみなわすれ侍て』と、……」とあるのは「ほんさいども」の事例で、やはり〈離縁〉にかかわろう。『大和物語』百六十五段にも「もとのめども」を見る。

8　婿取り、嫁取り、よめ

『伊勢物語』の九段をさしはさむ前後、いわゆる東下りの数段は、屈強の武蔵武士たちが都びとたちを迎えいれながら成長して行く実態について、いくつもの情報を提供してくれる。

むかし、をとこありけり。身をえうなき物に思ひなして、京にはあらじ、あづまの方に住むべき国求めにとて行きけり。……　（『伊勢物語』九段）

……武蔵の国までまどひありきけり。さて、その国にある女をよばひけり。父はこと人にあはせむといひけるを、母なんあてなる人につけたりける。父はなほびとにて、母なん藤原なりける。さてなんあてなる人にと思ひける。このむこがねによみておこせたりける。（以下略）　（同、十段）

東下りの数条には「住む」「よばふ」「あはす」「心つく」「むこがね」といった、婚姻用語が出そろっており、「盗む」〈十二段〉、「人の妻《め》に通ふ」〈十五段〉もあって、都びとが東国社会でさかんに婿入りを展開していた時代を反映すると知られる。いわゆる貴種流離譚につながる在り方にほかならない。通い婚は同棲で終わるか、離別に終わるか、添い遂げる女は少数だとすると、一夫多妻婚の結末は多く離別によって終止符を打たれる。

民俗語彙の集積がいかに歴史学を凌駕できるか、婚姻史のフィールドで展開したのが柳田國男「婿入考」*7だった。それによれば、ヨメイリ（嫁入り）のまえに広くムコイリ（婿入り）が行われており、語としても婿入りに準じて嫁入りというのが出てきたろうこと、遠隔結婚の必要から武家社会で嫁入りの慣行が進んだであろうという推定だ。

有賀喜左衛門『日本婚姻史論』＊8は柳田を纏めなおして、「嫁入りといふのは婚姻の全過程から見れば一部分に過ぎ」ないとする。端的に言えばそういうことになろう。嫁の引き取りまえの手つづきの煩わしさを省略してゆくと、嫁入り式中心の婚姻方式に至ると。両者は移行的であり、対立する関係ではなかったという意見になる。

母系制という考え方を引っさげて、それを婿入り＝招婿婚制度に結びつけたのが早い高群学説だった＊9。有賀氏は「母系制を確証する資料はなく」「母系制と結合した招婿婚の存在を証明する事は困難である」と批判する。名を挙げないものの、高群学説への批判に相違ない。母系制に結びつけられる限りで、有賀氏が招婿婚という語に否定的であるのはよくわかる。しかし、もし母系制という前代的幻想を切り離してよいならば＊10、平安時代の婚姻を正面から多量の資料で追いつめた高群学説の主要な部位は、中山太郎『日本婚姻史』＊11の資料群とともに、十分に批判の対象に据

（7）柳田國男「婿入考」一九二八、『婚姻の話』〈岩波書店〉所収、一九四八。
（8）有賀喜左衛門、日光書院、一九四八。
（9）高群『招婿婚の研究』は、『高群逸枝全集』二・三、理論社、一九六六。
（10）参照、藤井「招婿婚文学論」『高群逸枝論集』。なお高群に依拠し、あるいは批判するなどの諸論考があいつぎ、関口裕子、栗原弘、鷲見等曜氏のそれらを見ることができた。
（11）中山太郎、春陽堂、一九二九。

えられてよい。

高群学説が何を重視し、何を隠し去ったか。『落窪物語』に見ても、男は女を見初めて通い、時あってこれを〝引き取り〟、家妻へと仕立ててゆく、という経過を見せる。婿取りから嫁取りへの移行について、物語文学はいくらもそのように事例を用意してくれるにもかかわらず、高群氏は男が婚家へはいりっぱなしであるかのように資料を集める。

嫁取り婚は真に移行的でしかないのか、特筆すべき用例として、源高明の一人娘が、為平親王の元服の夜、ただちに参ったというので、例の宮たちは「わが里におはし初むることこそ常のことなれ、これは女御、更衣のやうに」そのまま親王のもとに参上させたので、じつにさま変わり、めずらかで、いまめかしくて、「帝、后の御よめあつかひのほど」がおもしろい（＝「をかしくなん見えさせ給ひける」、『栄花物語』巻一「月の宴」）とある。一般には女のもとに通うのが最初なのに、これは女御、更衣のようにいきなり参内したので耳目をあつめた。これに見ると男の親（ここは帝、后）のもとへまっすぐやってきたのを、まるで「よめ」だということだろう。

「よめ」という語について、盛装した女性の意味だろう、とは柳田の論じるところだが、古くより子の妻を意味して、舅《しゅうと》や姑《しゅうとめ》からそう呼ぶのが事例として多い。『和名抄』に、「爾雅云子之妻〈和名与女《ヨメ》夫婦之字也〉」、『大和物語』百五十六段に、「このよめところせがりて」、『枕草子』に、「舅にほめらるる婿、姑に思はるるよめの君」などある。妻のことをヨメと言う事例もあって、『日本霊異記』に「汝をぞ、与咩《ヨメ》に欲しと」、『更級日記』に「越前守のよめにて」などを検索できる。

9　遊君、白拍子、妾

女性が自称「妾（しょう、わたくし）」とするのは男子の「臣」や「僕」におなじで、律令（儀制令）にも規定のあるところ。『日本書紀』古訓に「妾兄（ヤツコガイロセ）鷲住王」（履中紀六年二月、図書寮本）など、ヤツコと訓む「妾」をしきりに見る。福田英子『妾の半生涯』（一九〇五）の訓みは、「わらはのはんせいがい」。ワナミと訓ませたのも見たことがある（しゅん女〈中島湘煙〉「同胞姉妹に告ぐ」、一八八五）。自分の謙称として使える語であることから、人に仕える卑《ひく》い身分を意味するさまが感じられる。

では他称と見てよい、紫式部が『小右記』に「道長妾」と書かれてあるのなどはどうしようか。侍女である以上、妾妻としてなかなかあつかえない。侍女たちが召人であるさまは『源氏物語』などに頻見するところ＊12。

「めかけ」は『日葡辞書』にメカケ、ほかにメミセ（モノ）、テカケがあり、それらのなか、てかけは『細流抄』（胡蝶）に「召人なり、手かけ物なり」という事例があるから、室町時代語であろう。召人を『河海抄』（胡蝶）には「思人などいふ名也」とあって、オモヒビト。

遊女たちが遊行女婦であった時代に、たとえば大伴旅人を見送りに来た児嶋（『万葉集』巻六）が大宰府吏たちのなかにはいっていたのは、彼女を府庁での女性職員だったのだろうという説と、いや立ち混じって見送りに来ただけだ、という説と対立する。前者ならば遊部の一員などで歌舞を

（12）参照、藤井『源氏物語論』十三ノ四「『などやうの人々』との性的交渉」。

もって仕えたろう。後者ならば例によって漂泊する女性のイメージということになる＊13。平安時代にはいってからも内教坊など、いや後宮ぜんたいがそもそも女性たちの色好み行為ぬきで語れないはずではないか。

平安貴族のなかには母を遊女や白拍子とするのがどれぐらいいるか、一夫多妻制の妻にははいりにくくて、彼女たちを女房にするのも、後白河、後鳥羽以後、専制権力を持った上皇にしてできたことだ、と脇田晴子氏は言う＊14。武士の場合になると同居婚が早くて、正妻が定まるから、妾的存在として遊女や白拍子とは結びつきやすい、と。

たしかに、常盤御前は身分が雑仕で「妾」だったというし、巴御前は木曽義仲の愛「妾」であり、静御前も「妾」だったろうなど、彼女たちをぬきにして『平家物語』『義経記』のたぐいは存在しえないと称して過言でない。

この場合の「妾」をどう訓んだらよいか、オモヒモノ、オモヒビトなどと訓みたいところで、『源平盛衰記』巻三十五「巴関東下向の事」（『校註日本文学大系』十六）には、「あれは木曽の御乳母に中三権頭《ごんのかみ》が娘巴《ともゑ》と云ふ女なり。……乳母子ながら妾《おもひもの》にして」と訓ませる。「おもひもの」あるいは「おもひびと」はよいとして、これらの事例は後代の「妾《めかけ》」とどう連絡するのだろうか。遊行女婦以来の遊君や白拍子たちや、貴族邸／宮廷の侍女たちが囲われるようになると、近世、近代の妾について、滝川政治郎氏の認める＊15、奴隷売笑制度や奉公人売笑制度以後の、性的労働者たちの家政参加や身受け制度に発祥するという見方と、整合性が出てくる。

めかけもてかけも愛撫や愛玩を意味するにしろ、そばめなどとともに差別性をまぬがれない制度語としてある。

10 術語と定義

多妻群について梅村論文の挙げる呼称とは、〈嫡妻、正妻、本妻、正室、北(の)方、北政所、次妻、副妻、継妻、権妻、権北(の)方、妾妻、妾など〉であり、それらのうち、特に嫡妻、本妻は、歴史的に変化し、現代的用法とも異なるために、誤解を生じやすいとされる。だからこそ術語の必要性が科学的に要請されるので、その場合、正妻とは何かを定義づけるならば、論が成立する。それに対して文学批評は、術語とテクスト内の用語の使われ方との双方に目配りしなければならない、という宿命を持ちこらえることとなろう。

言い換えると、術語は必要な限りで地表にあらわれ、不用となればおのずから埋没する。対するのに、テクスト内の用語は、そこに在る限り、在るのをないと言いくるめてもしょうがない。〈メ、ムカヒメ、ヲムナメ、ウハナリ、コナミ、モトノメ(ドモ)、モトツメ、ホンサイ(ドモ)、(オホ、オト)ヨメ、(オホ)キサキ、ミメ、オホムメ、ブニン、ツマ〉などの語がテクスト内に出てきたな

(13) 中山太郎「遊行婦女考」『土俗私考』坂本書店〈一九二六〉を参照。滝川政次郎氏は中山太郎『売笑三千年史』を引いて、遊部(あそびべ)と遊女(あそびめ)とを同一視するなと批判する(『遊女の歴史』至文堂、一九六五)。

(14) 脇田晴子「中世後期、町における『女の一生』」『日本女性生活史』2、一九九〇。

(15) 滝川政次郎『売笑制度の研究』穂高書房、一九四八、ほか。

らば、それらを消すことができない。ちいさな事例群がたいせつだと思う。

律令や法的解説での語群はどうあつかったらよいのだろうか。法制が定式的と実質的との両面からなることはいうまでもない。実質的とは、制定法が事実追随的であることを本性とするならば、当然のことであって、たとえば中世武家の法制は時代の要求を満たすことにこれ努めて制定された。上代にあっては、私約としてのマグハヒ（目合）、ヨバヒ（求婚）、ツマドヒ（妻となることを求める）、ツマドヒノモノ（贈る物）などが認められる（中田薫「太古の婚姻法」、一九二四）＊16。中田著書はついで、歌垣、略奪婚、女家で子ができるまで滞在すること、正妻と次妻との区別をもその「太古の婚姻法」とする。

三浦周行『法制史之研究』＊17もまた早く唐制と日本律令とでどう違うかを論じて、「上古以来一夫多妻の俗行はれ、男子は一人にして数婦を娶り得たりしことにて、……天皇の皇后は『キサキ』と申し、令制の如く、皇后、妃、夫人、嬪等の区別なし。一般には『メ』といひ、……」とあり、また別に夫婦別居であること、夫は妻をその家に訪い、妻は一夫に貞順を保つことなどを挙げる。

つまり、日本令制が唐制に倣《なら》ったことをもって、古来の〈法制〉とはぜんぜん異なる定式が施行され、それのもとで文化国家たらんとしたため、まさに文字通りダブルスタンダードを求められることとなった。日本令制は事実に合わない面で有名無実化ないし崩壊を見せるとともに、用語などでの妥協や事実化によって次第に定着する面をも合わせ持つこととなろう。

天皇家についてならば、平安の始めにそれ以前からの大きな変容を見せたように思えるのは、事実、数十人の妻妾からなる、嵯峨天皇の後宮を可能にしたような、規制緩和ということがあったらしい*18。『日本紀略』延暦十二年九月条に、二世以下の「王」（ただし国史大系本に「今意補」）については藤原氏の子女の「娶」を許せとあって、摂関家による後宮対策がここから大っぴらに〈可能になった〉ように見える。露骨な遺制である、五節の舞姫たちの「帳台の試み」をのこしながらも、古代の王たちをとりまく環境の変化は確実にあったということだろう。

歴史の真実を見ずして物語や日記文学について、既成の律令的婚姻制度に沿って書かれていると述べ立てても、半面でしかない。また民俗学的成果を顧慮せずには、この課題について取り組んだことにすらならない。

11　北の方と居住形態

工藤重矩「一夫一妻制としての平安文学」*19という論文に、雑誌媒体が広い読者層を持つ『文学』だったせいか、発表された直後から大学での演習などでよく読まれ、一九九〇年代に〈定説〉のよ

(16) 中田薫『法制史論集』岩波書店、一九二六、覆刻一九七〇。
(17) 三浦周行、岩波書店、一九一九。キサキについては、梅村恵子「天皇家における皇后の位置——中国と日本との比較——」『女と男の時空・日本女性史再考』II、藤原書店、一九九六、西野悠紀子「母后と皇后」（前近代女性史研究会編『家・社会・女性（古代から中世へ）』吉川弘文館、一九九七）が参考になった。
(18) 西野悠紀子「律令体制下の氏族と近親婚」（『日本女性史』1〈原始・古代〉、東京大学出版会、一九八二）におしえられるところが多かった。
(19) 『文学』一九八七・一〇、のちに同、『平安朝の結婚制度と文学』風間書房、一九九四。

うに行われた。影響下に木村佳織「紫上の妻としての地位」*20などが見受けられる。

婚姻を法的規制の範囲内であろうとし、古代人がそれらを守ったと考える立場はありうる。婚姻法の理解にあたって、日本令制からの定義を最大に重視すべきことを求めたのが、一連の工藤論文ということになろう。その主張は「『源氏物語』等の文学は既に存在する婚姻制度の中で書かれている」*21というところに尽きる。氏の場合、「既に存在する婚姻制度」というのが律令中心で、それでは物語や日記文学などの実態にとどかないと批判されても仕方があるまい。

木村論文には私への批判があり、夫方居住の家妻を「北の方」と呼ぶ（「生活事典」『源氏物語事典』）*22ことに反する事例があるとして、右大臣四の君の事例と葵上の事例とを挙げる。前者の場合はどうだろうか。頭中将のおそらく最初の妻で（「桐壺」巻）、「少女」巻からあと、一貫して北の方と呼ばれる。頭中将（右大将、内大臣）はまえの「薄雲」巻で死去した父のあとを相続したか、自家をも経営したことだろう。四の君が北の方と呼称されることとのあいだにはみごとに整合性があるので、家妻になったと自然に判断できる。

私も疑問を呈しておいた後者については、「かの母北の方」（「若菜」上巻）という言い方が、夕霧の母、葵上について言われる。たしかに〈大将の母君〉などとありたいものの、死後約二十年が経ち、生きていれば四十五、六歳というところだろうか、語り手が口にしたたった一例の北の方という呼称を、私などはへんに納得してしまう。

虚構上ながら、紫上は、光源氏の須磨下向に随従しないことで家妻としての実力を身につけていったと、私などは推定する。史上の赤染衛門は夫の匡衡とともに尾張国にあり、

しづのをの、種ほすといふ春の田を、作り—ますだの神にまかせん

と神に申させて、国人の紛争をやめさせた（『赤染衛門集』一八三歌）。服藤早苗はこれについて、「妻赤染衛門が夫の国内支配に精通し、ともに対処しようとした」*23とし、女房奉仕の職務として、家政全般に預かり、国務にも通じうる受領層の妻の必要性について検討をくわえられた。

いっぽうは虚構上のこと、いっぽうは歴史家の探求であり、また高級貴族と受領層との相違があるものの、家政への比重が増してゆく在り方と北の方の成立とを一つの視野に収めてみたいように私も思う。

胡潔『平安貴族の婚姻慣習と源氏物語』*24は水準を作り出した。律令の妻妾規定については、古代中国が〝一夫一婦多妾制〟であったのに対し、古代日本を一夫多妻婚とした。『河海抄』が『礼記』によって、紫上を正式の結婚にあらずとしたのに対しては、中国の儒教的な理念で『源氏物語』の婚姻を解釈することを誤りとする。

(20) 『中古文学』五十二、一九九三・一一。
(21) 「婚姻制度と文学—研究の現状と問題点」『國文學』二〇〇〇・一二。
(22) 藤井、學燈社、一九九二。
(23) 『家成立の研究——祖先祭祀・女・子ども』校倉書房、一九九一。
(24) 風間書房、二〇〇一。

また居住形態について、父子不同居、兄弟不同居、女性は夫の生家にはいらない、という点を中心として、独立居住婚に夫がわ提供と妻がわ提供とを認め、時代がさがれば前者よりになる傾向を指摘する。けっして夫方居住婚ではない、多妻婚を居住形態からきちんと分析すべきだと主張する。この辺り、おしえられることが大きく、二〇一六年になり新刊をも見る。

青島麻子『源氏物語　虚構の婚姻』*25は用例をくわしく調査するなど、新しい知見によってこの方面での新たな開拓となる。

12　権力で身動きできなくするとは

『源氏物語』内の無秩序に見える多彩な男女の結びつきについて、「レイプ」という語で一括りにし、フェミニズムの進展とタイアップして、『源氏物語』をレイプ小説であるかのように論じる傾向が出てきたのには、すこし困惑させられた。

「レイプ」問題とは、一九九〇年前後に、今井源衛「女の書く物語の発端」（一九八九）が「女の書く物語はレイプから始まる」と改題されて、同『王朝の物語と漢詩文』（笠間書院、一九九〇）に収録されたのを一つのきっかけとする。一九九一年には別個に駒尺喜美『紫式部のメッセージ』（朝日新聞社）が、藤壺、空蟬、紫上、浮舟について「強姦」とする。駒尺氏には早く『魔女の論理』（エポナ出版、一九七八）などがある、先駆的なフェミニズム論者で、『源氏物語』を論じることとなった。紫式部をフェミニストとする論調で、『源氏物語』「レイプ」文学説を定着させるのに預かった。今井、駒尺両人ともに敬愛措くあたわざる研究者ないしフェミニズム研究者であるだけに、検証を必要とする。

　たしかに難問であり、反論には限界があろう。もしかしたら空蝉の君についてのみ言えることとして、「二　比香流比古（小説）」で探求するように、また論考「五　性と暴力」に述べるように、「レイプ」の要素があるかもしれない。高級貴公子である光源氏が、一介の受領家に対して、「今晩、おまえのところに行くから、女を用意しておけ」と要求する。そう読めないだろうか。（光源氏）「女とほき旅寝はものおそろしき心ちすべきを」（「帚木」巻、一―六二ページ）とは、ほのめかしというより露骨だし、泊まりに行くと、（紀伊の守）「……えやまかり下りあへざらむ」（さがりきらない女がおりますようで」（六五ページ）と、これも女が用意されているという含みに違いない。そう読まれてきた通りだろう。

　一つ隔てた居室に空蝉が一人で寝かされ、掛けがねはむこうから外してあるというのだから、受領家の女として逃れられない、覚悟の〝合意〟だ。「レイプ」の定義を逸脱することになるかもしれないが、権力で縛り、身動きできなくして行われる性行為に、「レイプ」性はないのだろうか。絶賛に値する光源氏ではある。世が世ならこのような男を通わせたかったのに、と空蝉が思うことにも納得できる。それでも、ふたたびの夜、彼女は男を拒否する。

　男を拒むところにフェミニズム小説があるのでなく、拒みえない男をついに跳ね返すところにフェミニズム小説性がある。予見される「レイプ」を回避する、空蝉の物語は最初のフェミニズム

（25）武蔵野書院、二〇一五。

文学だとこれを称してかまわないのではないか。

けっして無秩序ではなく、〈性の配置〉というように木村朗子氏が論じるところに通じ（最近の著では『女たちの平安宮廷』講談社選書メチエ、二〇一五）、日本社会から立ち上げるに値する基本構造は確然としてあるということだ。

13 「せんけうたいし」＝善見太子

「タブーと結婚」（一九七八）の後書きに、

『源氏物語』の、いわゆる宇治十帖を含む続篇は、別の方法で論じてみたく思うので、考察からはずした。

と書いてから、二十八年が経過して、未生怨《みしょうおん》の課題を合わせて『タブーと結婚』一冊になすことができた。副題を〝「源氏物語と阿闍世《あじゃせ》王コンプレックス論」のほうへ〞とした理由だ。

志田延義「源氏物語両条における仏典関係の注釈について」（『国語と国文学』一九六五・三）には「せんけうたいし」＝善見太子《ぜんけんたいし》＝阿闍世王という指摘があった。しかも、志田論文の引くように、大系（山岸源氏）に、

或は蘇婆陀羅（subhadra）、即ち善賢の事であろうか。善賢はまた善見とも記す。

云々とあって、善賢は知らないものの、「せんけう」が善見と表記されうるとの先見をそこに見る。志田論文は善見太子が阿闍世太子、つまり頻婆娑羅王《びんばさらおう》の子にほかならないことを、『大般涅槃経《だいはつねはんきょう》』三十四によって証し立てる。「「問ふべき人もな」い薫の求める「我が身に問ひけん悟り」によく適合するやうに思はれる」と、これ以上、附け加えることは何もない。『タブーと結婚』刊行後、旧友、中哲裕氏が書簡をよこして私の不明を正してくれた。

　薫の悩みが阿闍世王コンプレックスにほかならないことは、薫その人がこうして阿闍世王説話を思い起こしていることによって、決定的だと言えるであろう。古澤《こさわ》平作氏が日本社会から立ち上げた画期的な学説「阿闍世王コンプレックス」論を『源氏物語』のテクストに出会わせることとなり、うれしく思う。

　光源氏生前の時代の婚姻規制では、第三部を論じ切ることができない。それはなぜだろうか。『タブーと結婚』に至り、光源氏と女三の宮とのあいだの子・薫、じつは女三の宮が柏木に通じて生まれた子である薫が、思春期におき、出生《しゅっしょう》の秘密を解き明かせない苦悩に対して、「薫型コンプレックス」と命名して、それこそ古澤氏の唱えるところの阿闍世王コンプレックスではないかと私は指摘した。

　薫その人が「匂宮」巻で、「せんけうたいしの我身に問ひけん悟り」（新大系、四―二一六ページ）を得られないと嘆くというところ、「せんけうたいし」とはかくて善見太子であり、阿闍世王の若き日の名にほかならない、と確信してよい。ミシェル・フーコー氏的に言えば（「十五　構造主義のかなたへ」参照）、「精神分析学」の領域ということになろうか。前著『タブーと結婚』はこれを取り込むことにより、念願の『源氏物語』の第一部、第二部、第三部を通して論じる一著となった。『源氏物語』の時代は多様な宗教感情が、婚姻規制とともに、「何でもあり」の活気を見せていた時だったようで、そのおもしろさだろう。阿弥陀仏は夕顔を救わなかった。葵上は普賢菩薩が引き受けた。紫上を蘇生させたのは修験系かもしれない不動尊だ。浮舟は観音が救済する。そして宇治の大い君は常不軽《じょうふきょう》菩薩か、と仏たちはみごとに分担している。もののけどももまた大活躍する。そんなおもしろい時代だったのに、平安末期の天台本覚《ほんがく》ないし浄土思想から『源氏物語』の宗教感覚を一円的に読むようになってしまったのは惜しまれる。

宗教感情のサイクルと、婚姻規制とは、車の両輪ではないかという気がする。『源氏物語』は光源氏生前の物語と、死後の物語とに、それぞれ「婚姻規制」と「宗教感情」とをわりふったもようで、かくて宇治十帖を中心とする物語には薫型コンプレックスそして常不軽菩薩を配したのだと思われる。

親鸞をてこに、薫の映像が浮かんでくるとすると、いっぽうの、常不軽と言えば、だれしも思い合せるのが日蓮だろう。それらを思い浮かべるので誤りないと思うものの、まったく解決できない壁にぶつかってしまう。鎌倉新仏教と言われるかれらの取り組みが、二百年もまえの『源氏物語』のなかにどうして登場するのだろうか。折口信夫が『源氏物語』（のある部位）を鎌倉時代の成立であるかのように論じていたことがふとあたまをよぎる。

でも、やはり、折口を思い浮かべる必要はなかろう。常不軽信仰の原型は奈良時代にとどくかと思われるいっぽうで、悪人救済のモチーフもまた早く日本社会（あるいはアジア社会）の底部に潜んでいたのではないか。『源氏物語』はさきがけてそれらの原始状態を掘り当て、人物たちにそれらのモチーフを背負わせたということだろう。新時代にはいってそれらを大成していったのが親鸞であり、日蓮だったという段取りだと考えればよい。

二　比香流比古（小説）

比香流比古《ヒカルヒコ》というのは、タツオがある日、読んだことのある、少女マンガのなかに出てくる〝女主人公〟で、透明人間になることができる。そう言えば、タツオが高校生だったころ、隣のクラスに物語好きの、透き通るような肌の女性がいて、はなしをいろいろ交わしたものの、進学のあとはゆくえを知らない。比香流比古は明らかに『源氏物語』の空蝉の君をモデルにして書かれている。そのマンガの作者はもしかしてあの女の子ではないか。

1

（タツオの書く、批評の一節と《復元語訳》

——源氏の君が、空蝉の君と交わる「帚木」巻の後半部。批評をくわえながら、読み進めよう。——

障子を引いて閉め、《夜明けにお迎えに何せよ》とおっしゃるから、女は、この中将の君という侍女の、いま考えているらしい、頭のなかをさえ想像すると、悶死したくなるばかり、耐えがたくて、流れるまで汗になって、まことに苦しげだ。

——男に連れ出されるという、場面では、空蝉の君の小柄な、からだが、男の寝所へ難なく運ばれてしまう。——

悪いなと思うものの、例によって、どこから取り出す、言の葉かしらん、愛情を感じるぐらい、なさけありげにおっしゃり尽くすようであるけれど、それでもなおあまりのあさましさに、女は《現実とも思われぬことではないか。かずにもいらぬ、わが身であるものの、ずっと見さげてこられた、そしていまに至る、おきもちの程度もまたどうして浅いとは思い申さずにいられよう。まことにかような、身分は、身分どうしだと聞くことなのに》とて、そのようにむりじいしておられることを、心底から残念でつらいと、思いつめている表情も、なるほど気の毒で、心に恥じられる、雰囲気だから、《その身分身分ということをまだ知らない、初《うい》ごとよな。なまじっか世間並みの、おなじ列にあえて思ってくださっているのが、困ったことよ。自然とお聞きになる、子細もあろう。身勝手な、好き心はけっしてつねにしているわけでないのだから、運命ではと、なるほどそのような、軽蔑的な、おことばを頂戴するのも道理だと、取り乱すことが自分でも信じられないぐらいで……》と、まめまめしく万事にわたり、おっしゃるけれど、まことに比類なき、おありさまが、いよいよさいごを許し申すような、仕儀はつらいから、つよ気に、意に満たぬとは見られ申すとしても、色だの恋だののはなしが通じない女として、過ごしてしまおうと思って、もっぱらすげなく身を処している。

――みぎは一文。《見さげてこられた、そしていまに至る、おきもちの程度もまたどうして浅いとは思い申さずにいられよう》（私を見さげる、心もまた深い）とは、源氏の君が、さきに、《お会いできる、機会をずっと待って、ようやくその機会を見いだしていまあるのも、因縁浅からぬ》と述べたという、記事があって、それを受けて、空蝉の君が、せいいっぱい言い返している、という趣向だ。言い返すことはそれとして、空蝉の君はここで、さいごに源氏の君を、自分の奥処《おくが》へと受けいれるだろうか。いや、そういう課題ではない。拒否しえない、状況へといま追いこまれ、なよ竹のようであっても、折れることだけが求められている女。これでも自由な恋愛か、それとも強制された、関係かという、『源氏物語』論議での、ちょっとした流行の話題だ。――

性格がもの柔らかであるうえに、むりにつよがりをくわえるから、なよ竹のここちがして、さすがに折ることができそうにない。
――このあと女が折れたことを暗示する、言い方だ、みぎは。――

真実、心やましくて、身勝手な、お心を、言いようもないことと思って泣く、様子かっこうなどは、まことにいじらしい。

――「まことにいじらしい」という、復元でよいのか、原文「いとあはれなり」は、源氏の君から見られた、女のさまを言う。交情をひとたび終えて、しみじみ感じる、《あはれ（＝愛情）》ということながら、女からは男の身勝手な、心だと思って泣く。

『源氏物語』についての議論では、このような、《愛情》関係をめぐって、批判する、口調が見られるようになり、つよい語気で「rape（＝強姦）だ」と認定する、論文もまま、見受けるようになって、女性学などからの、意見が期待されるこのごろになった。――

2

（比香流比古という女主人公）

ヒカルヒコと呼ぶ。

男と思わせる、なまえ。

でも、女の名であってはならないという、強制はない。

以前に読んだ、短編連作、マンガ集の、主人公のなまえだ。

四《し》のみやようことという、ひとが作者で、むろん、ペンネームだと思う。

そうだな、岡田史子（これを詩人の伊藤比呂美が「読め。」というから、手にいれて、二、三冊、タツオはいまでも持っている。）の筆致に似て、素朴という、感じがいかにもする、文字通り少女マンガだ。

あるとき、借り出されたらしく、タツオの書棚から、うしなわれて、そのマンガの、正確な、題名も残念ながら分からなくなった。

作者はこれ一作で、制作をやめてしまったかもしれない。きっとそうなのだとなぜか思える。

連作の、あちこちをつなぎあわせると、こんな内容がばらばらに思い出される。マンガみたいだ、と言って笑わないで。マンガなのだから。

比香流比古は共学の高校の、高校生で、白い、というより、「青白い」かおの女主人公だ。ほんとうは透明なのだ。いや、いつも透明人間というわけではなくて、ときどき透明になるという、素質があったようだ。で、どういう、はなしの展開かというと、比香流比古はいえに帰ると、おっとがいるという、最初の設定だ。そのおっとはついに画面に出てこなかったと思う。

ある日、いえに帰ると、おっとがいなくなっていた、という始まりは、おっとがいつでもいえにいるという、前提で、不自然と言えば不自然だけど、病気だということでもないらしい。

ひとりで寝る。比香流比古は、おっとのいない、寝室でひとりよこたわる。

それでよいのだと比香流比古は思う。自分はふつうの高校生で、ひとり寝をするのが一般のことで、透明になれるというのもけっして自分の好みじゃない。自分はふつうの女の子でいたいのだという。

古典の授業が好きだ。まくらのさうしや、さらしなにっきを愛読する、勉強好きでありたい。なのに、古典の、ちょっと暗く感じられる、先生がいて、比香流比古に、興味を寄せて、読ませてやる、とばかりに、〝とりかへばや、かくれみの、とはずがたり〟といった、(変態!)物語を、つぎつぎに文学史であつかうのだという。その先生(醍醐先生と言った――)が、比香流比古に興味を寄せることと、先生の古典文学史で、〝とりかへばや、かくれみの、とはずがたり〟があつかわれることとが、どんな関係にあるか。その結びつきが、よく説明できないけれど、比香流比古は言われた通り、図書室で、毎週、そんなのばかりさがして読みつづけるから、みごとに先生の思うところに、嵌ったという、次第だ。

〝かくれみの〟物語を読むうちに、比香流比古は自分の、透明能力を発見した、あるいは透明能力を発見したと思い込む。他人の情事を覗き見したいと、思うようになる。他人の情事のかたわらに、自分がすっと立ちつくして、ひややかにそれ（＝情事）を見るのは、どうも気恥ずかしいけれど、マンガなのだから仕方がない。透明人間ならば、それができるはずだ。いやいやながら、比香流比古は、だれかの情事を見てしまう。

そして接近して、じっとそのかたわらに立つ。でも情事する、その人々、男どうしもあれば、女どうしもある、かれらはついに比香流比古に気づかない。

よって、比香流比古は自分が透明であるということを、それらの見ることと、状況との関係によって、確信させられる。

というのか、それでも確信がない、といえば確信がない。情事する、人々は自分らの行為に夢中になって、かたわらの比香流比古に気づかないだけかもしれない。だから、情事のかたわらで透明になることは、いつ見あらわされるかもしれないという、危険をともなう。

しかし、見つかるということは一度もなくて。

それが、今夜は、ひとり寝で、ふと、おっとの情事を自分が見たいという、欲望を持ってしまう。おっとと情事するのは自分であり、それを見るとはどうすることか。

露骨にえがかれる、情事をこと細かにえがくという、筆致ではない。一種の遊離感覚を、とらえたいのだろう。作者は何かについて、ものすごく苦しんでこのマンガを作るという、何だか痛ましさ。

ひとり寝の「わたし」は、透明の男によって自分が「犯される」（という、語が使われた――）さまを見る。ドアを透過してはいってきたかのような、その男が「わたし」を連れ出そうとする。そこにこういう、ことばもまた使われていた、「これはレイプだ」。

　タツオは、ああ、『源氏物語』の女性、空蝉の君に、この作者は比香流比古をかさねあわせようとしている、と直感する。どこがどう、と明示されてなくても、絵の見せ方に空蝉の君を思わせる。

3

（「非―同級生」を思い出す）


　この四《し》のみやようこという、作家のマンガを、タツオはどこから知ったのだろうか。少女マンガをタツオが話題にするとは。

　物語探求会という、研究グループのメンバーたちが、あるとき、タツオに知らせたのだろうか。物語にかんしての情報が、この研究グループの周辺で、たえずやりとりされており、マンガ情報なんかは、「マンガだって物語のうち」とばかりに、飛び交うという、時勢だった。

　しかし、物語探求会のメンバーたちからも、いまに、たしかめることができない。だれに聞いても、そんなマンガを知らないというのだ。まぼろしのように消えた、作品だった。

　作品から、ある程度の、作者像を推測するということはたいせつだ。内容から判断すると、この作者は、物語のあつかい方から、どこかの大学の日本文学科で、中世物語についての、卒業論文を書いたか、書こうとして何かの理由で、やめてしまったからしい、と知られる。後者なら、おもに精神的な、重み、何かの苦しみがあって、つづかなかったのではなかろうか。

　タツオは思い出す。白いというより、「青白い」かおをして、透き通るというほかはない、皮膚のいろの、女子高校生が実際にいた。しかも結婚しているんだってさと、だれかのもたらした、情報に、びっくりさせられた。あのマンガの内容を知ったとき、そのひとを咄嗟に思いだした。

東京都の隣県で、よく知られる高校と言えば、男子のそれらだったり、県立でも女子高校が通例だ、というのに、タツオたちの通う学校は共学だった。

……偶然の一致だと思いたい。

でも、ほんとうに偶然だろうか。醍醐先生みたいな、ちょっと暗めの先生が、その高校にはいたよなあ。タツオはその「非―同級生」のなまえを、どうしても、思い出せない。マンガを読んだときに、もう思い出せなかった。しかもふしぎなことに、同窓会などで、その「非―同級生」がいたことを、それとなく話題にすると、「さて、そんなひとがいたかな」と、思いあわせてくれる、だれもいなくて、また古い、名簿を見せられても、結びつくような、なまえが見つからない。

タツオはその「非―同級生」と、物語や和歌のはなしを何度もした、と思う。はなし込んだ、と言うほどではないにしても、内容が「古典」にわたると、熱がこもることもあった。タツオの得意なのは「国語」、それも「古文」で、その「非―同級生」と、物語や和歌のはなしをしたおぼえがある。〝とりかへばや〟や、〝かくれみの〟のはなしならば、タツオは知ったかぶりで、そのころでもできたと思う。

東京へ出て進学したから、その「非―同級生」と会えなくなり、タツオはほとんど忘れてしまう。

4

(タツオの書いた批評の一節と《復元語訳》、つづき)

――源氏の君が、空蝉の君と交情するに至る、それまでの経過。――

かつがつ、きょうは雨があがって、様子も日ようだ。そのようにばかりこもり、宮中に伺候なさるのも、大殿（左大臣邸）のお心が、申しわけないので、源氏の君は退出しなさる。

全体の見るところ、ひと（葵上）の感じられる、様子も、きちっとした、気位の高さで、乱雑というところをまじえず、《なるほどそうだ、これこれ、これこそあの人たちが、捨てがたいと取りあげて批評した、まじめ人間としては、頼りにさせられてしまうに違いないよ》と、お思いになるものの、葵上の、あまりに礼儀正しい、おありさまが、崩れそうになく、こちらの恥じられるぐらい、そうするのがよいと考えて、静かにしていらっしゃるさまには、索然とさせられ、お付きの中納言の君、中務なんかのような、世間並み以上の若い女らに、たわむれごとをおっしゃりながら、暑さに衣裳が乱れておいでのすがたは、それを見る、はりあいがあると、みな思い申し上げている。

左大臣もおわたりになって、源氏の君がそのようにうちとけたすがたでいらっしゃるので、お几帳をへだてて着座なさって、おはなしを申しなさるのを、《暑いから》とかおをしかめさなるので、女性たちが笑う。《ああ、静かに》とて脇息によりかかりおられるのは、まことに心やすらかな、おふるまいであるよ。

――みぎのようにして、源氏の君が、葵上の左大臣邸へ退出する。退出してはならない、中神《なかがみ》のふさがる、方向であることに、左大臣邸へたどり着いてから気づく、という趣向が、以下に語られる。いきなり不自然だという、ほかはない。方向のタブーは宮中を出るときから、気づかれてよかったはずなのに。――

暗くなるほどに、《今夜は中神が、宮中よりはふさがってござりましたことだ》と申し上げる。《なるほど、いつもは忌みなさる、方向であったことだ。二条院もおなじ線で、どちらに方たがえしようか。えらく苦しいから》とて、やすみあそばされる。《いけませぬことだ》と、これかれが申し上げる。《紀伊《き》の守《かみ》で、親しくお仕え申すひとの、中河のほとりにある宅が、このごろ水をせきいれて、涼しい、陰でございます》と申し上げる。《大いに結構そうだ。苦しいから、牛をかけたままで引き入れてしまえそうな所を》とおっしゃる。忍び忍びのお方たがえ所はたくさんあったに違いないけれど、ながらくあいだをへだてておこしになっているのに、方向をふさがらせて行く先を変え、別の所へ、と左大臣がお思いになるようなのは、気の毒であることだろう。

——みぎのように、書き写してみると、疑問がすこしうすらぐかもしれない。みぎの言うところ、「方向をふさがらせて」とは、わざわざ方ふたがりの日なのに内裏から退出して、というような経過を言う。宮中を出るときから、いけない方向であることをわかっていて、気づかぬふりをしてやってきた、とは左大臣に誤解されたくない。つまり、源氏の君はほんとうに気づかなくて左大臣邸へ退出した、という、経過になる。

左大臣邸にやってきた、理由は、むろん、久しぶりだという、妻である、葵上との交情を必要とするから。

方たがえですぐに出てしまうなら、左大臣にたいして気の毒だ。

と思って、読みなおすと、

《……えらく苦しいから》とて、やすみあそばされる。（……いとなやましきにとて、大殿籠れり。）

とあるから、行文の前後があるにせよ、葵上との交情がここで持たれる、という、展開ではないか。

葵上と交情すると、役めを果たしたとばかり、また女性漁《あさ》りにでかけてゆく、これが源氏の君の習性というより、ふと平安貴族の若い実態を覗かせているように思えるから、おかしい。一夫多妻とは、こんな実情だ。源氏の君は女性漁りにでかけてゆく。

女性漁りということに、一片のくもりも、ためらいも、あるはずがない。

では現代と、何が違うか、というと、一夫多妻社会をおよぎ回り、ばかりか、積極的に一夫多妻社会を作り出さなければならない、かれら。かれらの一員である、源氏の君が、葵上との大殿籠りのあと、すぐ飛び出していったとして、とがめようがない。向から不特定のあいてが、人妻であろうと、なかろうと、未来の〝多妻〟の可能的一員であることを容認する、社会だ。事実、ほかならぬ、この空蟬の君が、のちに源氏の君の二条東院に住まわされることになるではないか。

「夕顔」巻の、夕顔の君が生きていたらば正妻であったかもしれないとは、侍女右近の、単なる夢想であったろうか。源氏の君そのひとがそう言ってはばからなかった。――

紀伊の守に仰せごとをおくだしになると、うけたまわりながら退いて、(紀伊の守)《伊与の守(紀伊の守の父、伊予の介におなじ)の朝臣の家に、つつしむことがございまして、女がたがこちらへ移り参りおる、このごろで、せまくしている、在所でござりますから、非礼な、感じのことでもござろうや……》と、うちうちに嘆くのを、お聞きになって、《その「人近い」というようなのが、あるべきうれしさ。女遠い、旅寝は何かおそろしい、ここちがするに違いないこと。ただもうその几帳のうしろに》と、おっしゃるから、《ごもっとも。悪くない、ご座所としても》とて、人を走らせる、派遣する。

――左大臣邸に、紀伊の守が来あわせていて、仰せをうけたまわる。紀伊の守は、困ったという、思いで、その仰せを受け止めたのだろうか、それとも源氏の君が来てくれるとは、という、よろこびをおし隠した、「嘆き」をもらしたのだろうか。「うちうちに嘆く」のが、まるで源氏の君の耳に直接に聞こえたかのようだ。「ございまして」「ございまする」「ござろう」という、丁寧語の連発は、源氏に聞かせる発言だからだろう。「うちうちに」という、いわば、内言であるはずのことを、聞こえるように言ってみせた、というところ。

ありうる、言動だと思う。声を落として、聞こえるように嘆いてみせる。若い後妻さんが今夜、ひとり寝で、うちに泊まっていますよ。合図を送る紀伊の守という、しかけ人。

空蝉の君への源氏の君の侵入はrapeだ、という、意見が世にある。

もしそうだ、というならば、それをしかける、もっとも深いところに紀伊の守がいるという、要点をここでの押さえとしておこう。

さき回りしすぎてはいけない。源氏の君が、紀伊の守のひそかな、合意を取りつけた、と思うかどうか。若い後妻さんが今夜、ひとり寝で……という、耳打ちに、源氏の君ほどの若い、貴公子が、いきなり食指をうごかすか、どうかということも、要点としてあろう。

好色漢が人妻をおそう、はなしという、理解でよいのだろうか。

一夫多妻社会で、妻妾集団をおしひろげてゆくはなし、というのが、あられもない、『源氏物語』の実態ではなかったか。

源氏の君が、紀伊の守邸に泊まりにゆくという、設定では、紀伊の守と同居する、守の妹(だろう)、未婚の女性がいて、その女性に対して男の食指がうごくという、展開でなければ、すじが通らない。

紀伊の守は今夜、泊まりにきている、父の後妻を一夜妻にさし出して、自分の妹を守ろうという、すじ立てだろう。こんな非正式な、関係で、兄としては妹を使うわけにゆかない。もっと効果的な、段階で、親族の基本構造を行使するというのが、かれ、紀伊の守の意図ではないか。

源氏の君はそこを飲み込んだということだろ

う。真には紀伊の守の妹をあてがわれたいけれど、今夜は守の父の後妻で我慢しよう、という合意。――

5

（タツオの書いた批評の一節と《復元語訳》、さらにつづき）

たいそう忍んで、ことさらに、ことごとしくない、その家をと、急いでお出でになるから、左大臣にも申し上げず、お供にまで気心知れたのばかりで、ついにいらっしゃってしまう。《にわかなことで》と、人々は困るけれど、だれも聞きいれない。寝殿の東おもてを払いあけさせて、かりそめのおしつらいにしてある。遣り水の趣向など、それなりに風流につくりなしてある。いなか家《ゃ》ふうの柴垣をしたてて、前裁などは心をとめて植えてある。風が涼しくてそこはかとなく虫の、声という、声が聞こえ、蛍はぎょうさんに飛びちがって、風流な、時間、空間だ。人々は、渡殿よりつき出ている、泉に臨むところにすわって、酒を飲む。紀伊の守も酒のさかなを求めると言って、こゆるぎの磯《いそ》の、いそぎあるく、そのあいだ、源氏の君はのどやかに見わたしなさって、あの中の品に取り出して特に推薦したのは、この列であろうよきっと、と思い出す。

気位高くしている、見た目だと、聞きおいておられる女性であるから、見たくて、耳をとどめていらっしゃると、この西おもてに人のけはいがする。きぬずれの音がはらはらとして、若い、声などもにくからず、さすがに忍び笑いなどをするけはいが、なかなか気どっている。格子をさっきからあげてあったけれど、守が《気がつかない》とむつかって、おろしてしまうから、火をともしてある、透影が、障子のうえから漏れ出ているところへ、そっと寄りなさって、見えるのでは、と思われるけれど、すきまもないから、しばらく聴いていらっしゃると、自分のうわさ話であるらしい、《えらくたいそうまじめぶって、早くに重々しい、拠り所がお決まりになっているのが、さびしいといったら……》《でも、適当な隠れ場にはうまく隠れて出かけていらっしゃると聞くよ》など、うわさするにも、お思いのことばかり心にかかりなさるから、いきなりどきんと胸が高鳴って、かようなついでにもひとが言ったり、漏らしたりしようのを聞きつけでもするなら、などと思われなさる。耳あたらしくもないから、聞きやめてしまわれる。

——「気位高くしている、見た目だと、聞きおいておられる女性」とは、軒端荻という、紀伊の守の妹のことで、源氏の君が、ほんとうにはめあてにしたいのがこれではないか。しかし今夜は、紀伊の守のはからいで、一夜妻を守の父の後妻でがまんする、合意だ。——

式部卿の宮の姫君に、朝顔をたてまつった、うたなどを、すこし不正確に語るのも聞こえる。《気楽な、世間話としてすぐにうたにも誦んだりするのだな、会えばやはり見劣りはきっとしてしまうよな》とお思いになる。

——「式部卿の宮の姫君」とは、朝顔の君のこと。「会えばやはり見劣りはきっとしてしまうよな」というのは、だれのことか、朝顔という、その姫君との対比で言われるのだとすると、軒端荻のことではなかろうか。——

守が出てきて、灯籠を掛け添え、火を明々とかかげなどして、おくだものばかりをさしあげている。《とばりのカーテンも、どんなかな。そっち方面の心もなくては、つまらぬ饗応ではないか》とおっしゃると、《何がよからんともお受けできなくて》と、恐縮してひかえる。

——とばりのカーテンは、寝具の一。ここでの会話は、女性の接待をことわる、紀伊の守の口調に、妹はさし出せないが、かわりの女性を、という、含みが読まれる。かわりの女性というのが空蝉の君ということになる。空蝉そのひとの心内に、期待はないのだろうか。老受領の後妻であっても、まだ若い、女性だ。ひとり寝をして、隣室には赫々たる、貴公子。

受領の家のさがとして、こんなときに女性を提供することが、習いであると、わからないはずもない、空蝉の君だろう。自分がそのさし出される、女性であることを、役わりとして、わからないのだろうか。

もしそういう、女性の役わりとしてさし出されることを、自覚するならば。

それが逃れえない、習いである以上、まぎれもなくこれから持たれる、源氏の君と空蝉との関係のうちには、レイプという要素があることになる。

この関係を承認するならば、空蝉の君はいわばレイプの共犯者ということになる。じつに奇妙な言い方ながら、以上のあくまで仮定で判断すると、レイプを受けいれる、つまり合意のレイプということになるのではなかろうか。

対するに、源氏の君はどうか。一夜のなぐさみとして、女性を要求する、経過じたいに、レイプ者としての資格はまるでないかのようだ。もしこれをレイプ者のおこないと見るならば、それは「現代の認識として」見るからそうだ、というだけのことであって、「現代の認識として」という、限定を取りはらうならば、何らレイプ者でなくなってしまう。

受領という身分に縛られて、身動きできない状態にさせる、権力構造にこそ「レイプ」性があるのでは。

6

（日本ナラトロジー《物語学》、始まる）

物語探求会は、一九七一年の秋に発足する。ツベタン・トドロフが、ナラトロジー（物語論）と名づけたのは、一九六九年のことだ。

物語探求会のもとになった、座談研究会、自主講座「物語」、日本ナラティックスといった、各大学などでの、若い、グループが、《物語学》と言い出したのは、一九七〇年からで、いわば隔壁をはずし、横断した、学術団体があってよいのでは、とする、雰囲気が生まれて、物語探求会は誕生する。

物語学辞典の編纂も始まり、マンガ部会が併設され、日本ナラトロジーのとりでたらんと、元気いっぱいの出発だった。

年間テーマという、トピックを共有にして、発表コンペをたたかわせるという、方法がその活動の中心に置かれていた。

それらを列挙すると、以下のようになる。一九八〇年代を通過し、九〇年代へとはいってゆく。メンバーは交替しつづけて、若さを売り物にしながら、探求会そのものは、ありふれた言い方ながら、年輪をひろげる。

一九七一年　物語と和歌
一九七二年　源氏物語――作品論への試み
一九七三年　物語にとって説話とは何か
一九七四年　物語における古代と中世
一九七五年　物語の型
一九七六年　語りと類型
一九七七年　時間と空間
一九七八年　物語文学における《語り》
一九七九年　《語り》の構造
一九八〇年　歌と語りの構造
一九八一年　物語における中世――鎌倉時代物語を読む
一九八二年　インターテクスチュアリティ
一九八三年　方法としての《引用》
一九八四年　語りの視点
一九八五年　物語の視点
一九八六年　喩
一九八七年　喩
一九八八年　犯
一九八九年　犯
一九九〇年　現代・ナラトロジー・物語
一九九一年　柳田國男×物語

一九九二年　言説
一九九三年　言説
一九九四年《性差（ジェンダー）》
一九九五年《性（セックス）》

これで設立二十五周年になる。

タツオはこの二十五周年めの、年間テーマを決める、コンペに、「レイプ」という、題名を提案した。穏やかでない、題名と知りつつ、理由はこうだ。

『源氏物語』にえがかれる、性関係を〝レイプ〟だとするのは、単に〝言い方〟に過ぎないかと言うと、そうでない。年配の、有名な、研究者までが、物語の、どの場面が〝レイプ〟だ、などと言い出すようになってきて、けっして俗説でも何でもなくなってしまう。研究界上のちょっとした話題になりつつある、と称して過言ではなかった。物語探求会のうちでも、そういう、〝読み〟をする、ひとがあらわれ始める。

空蝉と男主人公との関係はどう。

浮舟の君と匂宮との関係はどう。

軒端荻は。

落葉宮は。

藤壺は。……

ここいらで「源氏物語の性関係はレイプか」どうか、えがかれる性関係のすべてを、一年かけて、洗い出してみるのがよいのでは。

それを避けられない、時に来ているとタツオには思われた。

比香流比古のマンガが、ずっと気にかかってきたことら、理由の一端だった、と認めてよいはずだ。「これはレイプだ」という、あれ。

フェミニズムからも、『源氏物語』への、批判の火の手はあがりつつあった。空蝉の物語をとりあげて、「……ここに描かれていることは、現代の認識でいえば、間違いなくセクシュアル・ハラスメントであり、その究極の強姦である」と、論者は著書のなかで言う。「女をなぐり倒す強姦もあれば、優しい言葉をかけながらの強姦もある」と、その女性論者はつづける。さらには「長い長い間、人々は前者を強姦とし、後者を強姦と考えなかった。女が命がけで、抵抗して、傷でも負わないかぎり、強姦ではないと考えてきた」とふでを継ぐ。

題名コンペであるから、タツオには、「レイプ」を提案するために、あらましをプレゼンテーションする義務がある。一年かけて、討論するに値する、課題であるかどうかを、あらあら「証明」しなくてはならない。

タツオは、憂鬱さを抑えられなくなってくる。「現代の認識でいえば」というような、みぎの論法が、もしつよくなってゆくならば、勝ち負けで言うと、ちょっと勝ち目がないように思われる。

あるいは「優しい言葉をかけながらの強姦もある」ということになると、なるほど空蝉は犯されたことになる。そうかもしれない。

これからの一年、そのテーマを探求会がささえ切れるかどうか、メンバーから、危惧が表明されて、結局、会としては、「レイプ」を視野にいれて、より広く、ということだろう、「性(セックス)」という、案が採択されて、新年度にはいっていった。

7

(タツオの書いた批評の一節と《復元語訳》さらに)

《伊予の介はその後妻をたいせつにかしずくよな？》《主君とそれこそ思ってござりますようで。すきずきしいことと、それがしよりはじめて、承知いたさぬことでしてな》と、紀伊の守は申す。《だからといって、おん身らが似合いの、今様の者だろうから下げわたしてしまおうとはゆくまいよ。あの介はなかなかダンディで体裁を気どりおるからなあ》など、おはなしなさって、《どっち方面に？》《みな下屋にさがらしてしまいおりまする、なかにさがり切らないのもおるのでは》と守が申し上げる。

女性を一人ほど、近くの居室に用意してあるという、含み。——

酔いが進んで、みんな人々は簀の子に臥し臥しして、静かになってしまう。源氏の君はくつろいでも寝られなさらず、いたずらな、ひとり寝とお思いになると、お目が覚めて、こちらの北の障子のあちらに、ひとのけはいがするのを、こちらがあのように言う、人の隠れている、方向だろう、あああああと、お心をとめて、そっと起きて立ち聞きしなさると、さっきの子の声で、《お尋ねします、どちらにおられますか》と、かすれている、きれいな声で言うと、《ここに臥していますよ。客人は寝ておしまいか。どんなに近かろうと覚悟したところなのに、それでもちょっと遠かったということね》と言う。いままで寝ていた感じの声がしどけなくて、たいそうよく似通っているから、姉君だとさあ、お聞きになった。

《庇の間に寝《やす》んでおしまいになるよ。噂に聞いた通りのおありさまをついに見申して、じつに絶賛したい感じがしたよ》と、声をひそめて言う。《もし昼だったならば、覗いて見申したいのに》と、眠たげに言って、かおを引きいれてしまう声がする。《くやしいな。心をいれてでも尋ね聞けよな》と、つまらなくお思いになる。《ぼくは端に寝ることにしよう。ああ暗い》といって、火をかきあげなどするらしい。女君はただこの障子口の、すじかいとなっている辺りに、臥しているようだ。《中将の君（侍女）にどこにか。ひとのけはいが遠い、ここちがして、何となくこわい》と言う、声が聞こえると、なげしのしたの間《ま》に人々が臥して、返辞するのが聞こえる。《下屋に湯におりて、もうじきに参ろうということでございます》と言う。

みな静まっている感じなので、掛けがねを試みに引き上げてみると、あちらからは鎖《さ》してなかったことだ。几帳を障子口には立てて、火はほのぐらい。ほのぐらいなかに目をこらしてご覧になると、唐櫃みたいなのをいくつも置いてあるので、いり乱れている、そのなかを、分けいりなさると、さきほどけはいのした所へはいってゆかれる、そうしてみると、女がたったひとり、えらくほっそりして臥している。

——掛けがねを試みに引き上げてみると、あちらからは鎖してないなんて、だれがかぎをかけ忘れたのだろうか。むろん、だれかがそうしたので、かけ忘れたわけであるまい。第一、紀伊の守が、かぎをかけずにおいた。第二、女の深層心理が、かぎをかけないままにして、男をみちびいた。どちらだろうか。

これはどちらとも決めかねる。ともあれ、

——

女は、なんとなくうるさく感じられるけど、男がうえの衣を押しのけるまで、さっき呼んだばかりの人と思っている。《中将をお召しになったところなのでのう。人に分からせぬ、思いがかなえられる心地がして》と源氏の君がおっしゃるのを、ともかくも分別できず、正体の知れない、何かにおそわれるここちがして、《や》とおびえるけれど、かおに衣がさわって、声になっても出ない。《だしぬけなことで、深からぬ、心の程度と、ご覧になっておられよう。道理であるけれど、長年思いわたる、心のうちも打ち明け申そうとて。お会いできる、機会をずっと待って、ようやくその機会を見いだしていまあるというのも、因縁浅からぬ、きもちだとあえてお思いくだされ》と、えらくやわやわとおっしゃって、鬼、神も、荒々しくできそうにない、けはいであるから、どっちつかずで、《ここにひとが》ともさわぎたてることができない。

ここちはしかし、困惑しきって、あってはならない、大事《だいじ》だと思うから、あさましくて、《人違いのようです、人違いでしょう?》と、言うのも息の下だ。消えいらんばかりの、惑乱のさまが、まったく気の毒で、また愛らしげだから、魅力的な女だとご覧になる。

――さらに引用。――

魅力的な女だとご覧になって、《人違いするはずもない、心のみちびきを、心外にも不審にお思いになることよな。好きがましい、態度とはけっして見られ申すまい。心ざしをすこし申しあげるつもりだ》とて、えらく細身であるから、さっと抱きあげて、障子のもとにお出になる、そのとき、さっき呼んだばかりの侍女の中将らしい人がやってくるのに出くわす。《や、や》とおっしゃる声に、いぶかしくて、さぐり近寄るときに、たいそう香気がにおい立って、かおにもたきしめる、ここちがするので、源氏の君だと思い寄るに至る。あさましくて、これはどういうことだ、と動転するけれど、申し上げようすべがない。並一通りのひとならば、荒々しくでもつかんで引っぱりもしよう、それすら人がたくさん知るようなのはどんなだろうか、心も立ちさわいで追ってくるけれど、動じるけしきもなくて、奥にある寝所におはいりになってしまう。

――みぎのように、たどってみて、空蟬の君の、深層心理をさしおいて、見る限り彼女が、源氏の君からおそわれることを、予想していたかどうかという、要点に、課題がしぼられる。

《ここにひとが》

《人違いのようです、人違いでしょう?》

全然、予想していなかったかのように見られる。はたしてそれでよいか。

重要な人物が一人、浮かびあがってくる。言うまでもなく、侍女である、中将の君だ。源氏の君のおそってくることが、予想されるから、空蟬の君の身近に配備された、人物。その中将の君が、下屋に湯を使いに行っている、すきをついて、もう一人の中将、つまり近衛中将である源氏の君が大接近する。

侍女中将の君という、ガードがやぶられたとき、空蟬の君は無防備になり切って、衣装をはがされた、裸体になるしかない。

　おそわれることを思いもしなかったかのように、空蝉の君が言うのには、わりびいてみる、必要があるということではなかろうか。

　……

　四《し》のみやようこという、作家による、少女マンガに、物語好きの女性が出てくる。比香流比古という、ふしぎななまえを記憶する、その女主人公は、明らかに空蝉の君を動機とするらしく読まれる。それを機会があって読んだことがあり、そのなかに「これはレイプだ」という、きつい一句があったのを、ずっと気にかかっていまに至る。

　今回、このように空蝉の君について、課題をめぐり、考えてみるにあたり、比香流比古をつよく思い出してきた。彼女の「これはレイプだ」という一句に対して、答えを用意しようと思った。

　結論は。

　結論は出せない。結論を持ち越して、代わりに以上のような、批評めくエッセイで、責めをふさぐことにしたい。

　この課題について、考え進める、きっかけを与えてくれた、わが比香流比古に感謝したい。


（追記）

　みぎのエッセイが雑誌に載せられてからあと、二週間ほどをへて、「比香流比古」とのみさし出し人の署名のある、一通の書状をタツオは郵便受けに見つけた。はがきほどの大きさの紙がなかに一枚。

　そこにはなつかしい、比香流比古のかおが、すこし悲しげな、でもちょっぴりうれしそうな、表情を見せてえがかれてあった。


（おことわり）

途中、年間テーマについては『物語研究会会報』第27号（一九九六年八月）の記事を利用させていただきました。

三　源氏物語というテクスト——「夕顔」巻歌を中心に

その名のようにはかなく現世を去る夕顔という女性、朝顔をめぐる気の利いた贈答を交わす侍女、中将のおもと、おぼえず一夜妻を受け持たされる軒端荻らが、それぞれの五七五七七、つまり詩的言語によって造型される。それらのうたと人物の造型とが不可分であるさまを論じる。二〇〇九年三月の、ハルオ・シラネ／藤井貞和対論「物語と詩的言語―夕顔巻をめぐって」（於、フランス国立東洋言語文化大学）での素稿をここに起こす。

1　雨夜の品定めから夕顔の物語へ

物語歌は物語作者から提供されて、（一）登場人物どうしがそれらを使って会話や手紙文や独詠をするとともに、（二）物語の場面や時間を積極的に作り出す。難解な一首である、中将のおもと（「六条わたりの女」の侍女）が詠む、

朝霧の晴れ間《ま》も―待たぬ、けしきにて、「花に心をとめぬ」とぞ―見る[*1]

について言えば、（一）彼女が光源氏と侍女らしい態度で応対する、みごとな挨拶歌であるとともに、（二）朝霧の立ちこめる場面や時間のなかでの、人物たちの関係を作り出す。（一）と（二）とは双方向的に規定される。さらに言えば、（三）詩歌としての鑑賞に値する出来映えやよしあしはたいせつで、文学的価値を有するだろう。中将のおもとにはあとで登場してもらう。

物語の場面、時間をさかのぼらせると、よく知られる「帚木」巻の「雨夜の品定め」が視野にはいる。「雨夜の品定め」の始まる直前、「帚木」巻の巻頭近く、頭中将が源氏に「おのがじしうらめしきをりく、待ち顔ならむ夕暮れなどの」（一―三三ページ）手紙を読みたいと、まるで夕顔という名を踏まえるかのようなことを言ったり、「心あてにそれかかれかなど」（三四ページ）女の名を言い当てようとしたりしている。女性たちを推測してあれこれ言う際の、地の文に「心あてに」それかこれかと問うとは、早くも「夕顔」巻の「心あて」歌の伏線かと受け取れる。

頭中将が「中の品」の女を推奨し始めると、それに源氏はいたく興味をそそられる。光源氏を聞き手として、頭中将が「中の品」の女について、見所があるなどと語っているうちに、左の馬の頭《かみ》たちがやってくる。左の馬の頭はあとのほうではっきりするように、「いまは、たゞ品にも寄らじ」（四一ページ）と、中の品にこだわらない意見の持ち主だ。そうすると、中の品の女にこだわっている会話部分が頭中将のそれということになる。

確認すると、頭中将が「中の品になん、人の心く、おのがじしの立てたるおもむきも見えて……」（三五ページ）と語り出し、源氏が「いづれを三つの品におきてか分くべき。もとの品高く生まれながら身は沈み……」（同）と質問する。高い位から転落した人と、成り上がりとを、どう区別できるのか。もう夕顔の物語へつながりそうな始まりであり、そこへ二人の男、左の馬の頭と藤

（1）引用の仕方として短歌に句読点を施し、係助辞などのあとには「―」を附ける。「と」によって受けられる箇所を「かっこ」で括る。

式部の丞とがやってくる。頭中将が待ち取って、この品々についての区別を定め争う。周囲で女房たちが聴き耳を立てている。雨夜の品定めが始まる。

　待ち取って、まず自説を展開するのは頭中将だろう。しかしながら、旧大系でも、旧全集でも、それを左の馬の頭の発言とする。それはおかしい、「取り〴〵にことわりて中の品にぞおくべき」（三六ページ）「中の品のけしうはあらぬ選り出でつべきころほひ也」（同）と、中の品を推奨するのは頭中将ではないかと、大系について批判したのは私の修士論文（一九六六）だった。旧全集（一九七〇〜）ではまだ左の馬の頭の発言としているが、私は担当した新大系（柳井滋、室伏信助氏らと、一九九三〜）で、勇気を出して頭中将の発言だとし、新編全集（一九九四）が追いかけて、そこを頭中将説だと新説を採用するに至る。

　ところで私は、つづく「もとの品、時世のおぼえうちあひ、やむごとなきあたりの……」（三七ページ）をも、修論において頭中将の発言だと認定した。新大系では「引き続き頭中将の言か。それとも左馬頭の言か。複数の発言からなる議論とも受け取れる」という書き方をした。新編全集では依然としてここを左の馬の頭の発言だとするから、採用してもらえなかった。けれども、「さて、世にありと人に知られず、さびしくあばれたらむ葎《むぐら》の門《かど》に、思ひのほかにらうたげならん人の」（ここにもあとにも「思ひのほか」が出てくる）、「閉ぢられたらんこそ限りなくめづらしくはおぼえめ。いかではた、かゝりけむと、思ふよりたがへることなんあやしく心とまるわざなる」（同）という発言を含む会話は、頭中将のそれと見る時、常夏の女（ひいては夕顔）の伏線になっているのではないかと気づく。

複数の発言かとしたのは、「末摘花」巻に「かの人〳〵の言ひし葎の門」（二二六ページ）とあるからで、左の馬の頭の発言だと確実に言えるのは「おほかたの世につけて見るには咎《とが》なきも」（三八ページ）云々以下というところだ。複数の発言が入れ替わる会話文はしばしば見かけるから、ここもそうだろう。

雨夜の品定めでの、頭中将の語る「常夏の女の物語」の後日談が夕顔の物語であることは言うまでもない。そこでの、

山がつの垣《かき》ほ荒るとも、をり〳〵にあはれは―かけよ。なでしこの露（五四ページ）

（「帚木」巻、常夏の女）

というたと、

心あてに、「それか―」とぞ―見る。白露《しらつゆ》の光添へたる、夕顔の花（一〇三ページ）

（「夕顔」巻、女）

というのとは、同一の作者であるとの判断が光源氏に生じることとなろう。かれのなかで二つのうたには響き合いがあると、両者間の聯合が感じられてならない。どちらも女から詠みかけるという立場を取っている。うえに言ったように、雨夜の品定めの始まる直前での、頭中将が、

心あてにそれかこれか〔推量に某女か某女か〕と問うという言い回しと、うたのなかの言い回しとは似ており、意味合いを見定める上での要点となろう。

2　光源氏の油断――顔を見られる

夕顔の家から、女性たちがそとを見ている。近所に光源氏一行がやって来て、こういう場合にだれでも物見高くなる。光源氏から見ると、簾越しに「をかしきひたひつきの透影《すきかげ》、あまた見えてのぞく」〔しゃれた額かっこうの、〈簾を〉透かした人影が、たくさん見えて覗く〕（一〇〇ページ）というのは、こちらを女性たちが観察している。

つづく「立ちさまよふらむ下《しも》つ方思ひやるに、あながちに丈《たけ》高き心地ぞする」は、「さまよふ」が行ったり来たりすることで、立ちあがって右に行ったり左へ行ったりする。見物するのに、よく見える位置を求めて横に移動することは、われわれにもよくある。「あながちに丈高き心地ぞする」とはどういうことか。「下つ方」は足もとをそれとなく言う〔露骨に言わない〕ので、つま先立ちになるからむりをして背が高い。あまりの物見高さに、源氏は「いかなる者の集へるならむ」〔どのような人たちが寄り集まっているのだろう〕と、ふつうと違う様子だとお思いになる。

ここでどうしても必要なので、ちょっと叙述の時間に注意しておくと、冒頭からここまで、いわば物語内の〝現在〟としてある。物語の時間はいま刻々と進行する叙述であって、あたかも映画やTVドラマの画面、劇画のコマを見るときのように進行しつつある。物語の大枠が冒頭に「六条わたりの御忍びありきのころ」と設定される。歴史的現在という考え方はあくまで全体が過去であるなかでの「現在」だから、ここは当たらない。

大弐の乳母《めのと》が病気のあげくに、いま尼になり病床に臥せっているところ、「いたくわづらひて尼になりにける」とは、現在のことに属する。完了の「に」（＝ぬ）と、時間の経過をあらわす「ける」（＝けり）*2とからなる。過去からつづいていまにあり、眼前に進行したことを表現する。ここは注意点だろう。フランス語は半過去を始めとして、たぶん十種かそれ以上の、時制やアスペクトを活用形のうちに保っていまに至る。古典日本語でも、七種か八種かの時制やアスペクトを、機能語（「ぬ」や「けり」などの助動辞〈助動詞〉）として附加することにより、細かく表現する。現代日本語ではその区別が大きく損傷している。だから古典文学をじっくりと読みたいならば、喪われた古典文法を復元するところから始めなければならない。「けり」は古語として、主要な機能は〝時間の経過〟（未完了過去ないし「半過去」に近い）を中心とする。詠嘆の機能はなく、過去の指標であり得ない。時間の流れから回想や気づきなどの意味合いが派生的に出るときがあるという程度だ。

夕顔たち（女君、侍女たち）は光源氏を光源氏だと認識できたか。これは「うた」の内容にかかわることなので、確認しておく。いま、刻々進む時間がある。「御車《くるま》もいたくやつしたまへり、前駆《さき》も追はせ給はず、「たれとか知らむ」とうちとけ給ひて」〔お車もえらくたいそう（身分を）隠していらっ

（2）藤井『日本語と時間』（岩波新書、二〇一〇）は副題「〈時の文法〉をたどる」。時制や完了その他についておもに検討を加える。

しゃる、人払わせもなさらない、〈(私を) だれと (光源氏だと) 知ろうか (知るひとはいなかろう)〉と、気をお許しになって」とは、光源氏が有名人で、宮中にその人ありとだれもが知っている。けれども写真もTVもない時代であり、うわさに聞くだけで、一般のだれも見たことはない。五条という陋巷に、一貴公子を見かけるとしても、まさか光源氏の顔を知っているひとはいまい。つい気を許して、光源氏はどうしたかというと、「すこしさしのぞきたまへれば」〔すこし (顔を) さし出しなさると〕、つまりそとからしっかり顔を見られてしまう。「さしのぞく」とあるから、夕顔の家を見るために、物見窓から顔をすこし出している。すっかり顔をさし出さなくとも、そとから見られるぐらいには窓に顔を近づけている。

「すこしさしのぞきたまへれば」と、これぐらいはっきり書かれるのだから、読み誤りようがない[*3]。「さしのぞく」は『源氏物語』に用例がいくつかあり、たとえば「花散里」巻に「門近なる所なれば、すこしさし出でて見入れ給へば」(三九六ページ) とある。

3 「心あてに」歌

光源氏はその女性を頭中将の女だと認識できたか、どうか。物語が成り立つためには、「もしかして、あの頭中将が話題にした女性ではないか」という、光源氏がわにかき立てられる思いが必要だろう。とすると、光源氏が、あの女ではないかと気づくのが、「心あてに」歌を贈られての時だ。それを読んで、「もしかして」と思う。

そのうたは、随身が夕顔の枝を折り取った時、女童が遣り戸口から手まねきして、「これに載せてさし上げるように」と言って取らせた、たきしめてある白い扇の上に書かれている。日がとっぷり暮れてからであろう、源氏の君は灯りをもって来させ、夕顔の枝が載せてあるのをご覧になると、女のいつも使っている移り香がする扇で、かっこよくさらさらと書いてある。

a（女＝夕顔）
心あてに、「それか──」とぞ──見る。白露の光添へたる、夕顔の花

このうたが「そこはかとなく書きまぎらはしたるも、あてはかにゆゑづきたれば、いと思ひのほかにをかしうおぼえ給ふ」（無造作にとりつくろって書いてあるのも、品がよくて由緒ありげだから、えらく思い掛けなくて、興味をそそられる思いがなさる）（一〇三ページ）。新編全集は「書き手が誰か分かりにくいように、無造作に書いてある」とする。「書きまぎらはす」はいくつか用例があって、内容を分かりにくくするというのが一般のようだが、書き手をわかりにくくするという場合もたしかにあるかもしれない。証拠をのこさないように書くという感じに、用例からは受け取れる。つまり、その場限りにして。それでは女からうたを贈らなければよいではないか、というと、そこは敷地内

（3）古注に、夕顔の女たちは光源氏を頭中将と見まちがえたかとする「説」があり、現代になお踏襲する研究者もいる。侍女たちはともかくもとして、女君が、二年も性的関係にあり、あいだに子まであるあいての顔をわからないことがあろうか。車のやつし方を見るだけでも、自分の付き合った男かどうか、見ぬけないのだろうか。

にはいりこんで花を盗《と》ったひとに対して、一言あるべきところだろうと、私の初期の論文では論じた＊4。

女としてはその場限り、挨拶歌なのだ。ところが、このうたが、源氏の「もしかして」という疑念をかき立てる。品がよいこと、由緒ありげなこと、たしかに興味をそそられる理由ではある。しかし、ここはそれだけだろうか。「思ひのほか」（案外だ）とはキーワードかもしれない。すぐ後に、惟光に、「この西なる家は何人《なに》の住むぞ。問ひ聞きたりや」（お宅の西隣の家はどんな人が住むか。訊ねて聞いたことがあるのでは）（一〇四ページ）と問い、「……この扇について、尋ねなければならない理由があってと見られるので、もっとこの近辺の様子を分かっていそうな人を召して訊け」とあるから、うたの主がかの頭中将のもとから失踪した女かもしれないとの疑いを抱く。まさに意外な展開を物語は見せようとする。光源氏はこのうたとその状況とから、頭中将の女ではないかと嗅ぎつける。「心あてに」歌にもうすこし近づこう。

諸説があるものの、問題点を（ア）以下、並べると、（ア）「……「それか―」とぞ―見る」の「それ」は何か、（イ）「白露の光」を「添へ」るのか「白露」が「光」を添えるのか、（ウ）〈「夕顔の花」は〉か〈「夕顔の花」を〉か、（エ）〈詩的言語としての特質〉はどうか、（オ）叙述の時間はどんなか、ぐらいだろうか。

あとのほうの（オ）「叙述の時間」から見ると、物語内のいまでよい。「たる」（＝「たり」）は結果の現在をあらわしている。物語全体の基本が刻々と進む現在であることを最初に確認した通り、それと作歌のなかの時間とは連続する（このことはむろん、うた一般へ押し広げられない）。

次に（エ）〈詩的言語としての特質〉はどれぐらいあるだろうか。序詞、懸け詞、縁語のたぐいは比喩的表現を作り出す技法で、ここに認められない。序詞があれば同時に懸け詞があり、また縁語（複数）は懸け詞（複数）とつねに連動するから、複雑になり過ぎる傾向にある。ここに出てこない理由と考えてよかろう。比喩的関係が、それではないのかと言うと、このうたじたいはまさにそこに焦点化される。

物語のなかでだいじなのは、懸け詞と別に、物（花など）による暗示のたぐいがあろう。「寓喩」とでも名づけておきたい*5。夕顔（夕方に見る顔）、なでしこ（撫でーしー子、いつくしむべき子供）など、物語に多いのはそんな用法として見られる。決定的な暗示内容であるから、象徴的関係でありえない。

（イ）「白露の光」を「添へ」るのか「白露」が「光」を添えるのか、これについてはあとに、このうたを受けて男が「露の光やいかに」と言うところがあるから、この「心あてに」歌でも「白露の光」という句と見ることにする。光に映えて一段と美しい夕顔（夕方のお顔）を讃える。ここに光源氏の名を暗示（寓喩）する。なぜ、夕方のお顔を光に映えさせるのか。女は物見窓からさし覗いた男の顔を見て、「あれが（著名な）光源氏だ」と見ぬいた。こんな陋巷なのでと油断した源氏の

（4）「雨夜のしな定めからの「蛍」巻の〝物語論〟へ」一九七四、『源氏物語論』二ノ一、二〇〇〇。

（5）「アレゴリー」というのは、シラネ氏との打ち合わせでも話題になったように、西欧的絵画のモチーフを思い併せるべき語で、ここにかならずしもふさわしくない。しかし他に言い方がないので、日本物語からの術語として「寓喩＝アレゴリー」を立ち上げておく。

君と、陋巷なのにしっかり男の素性を見ぬく女とがここにいる。

「心あてに、「それか――」とぞ―見る」の「それ」（＝ア）は、人名ないし人物がはいる箇所と見て、光源氏を代入すればよい。（ウ）〈「夕顔の花」は〉でなく〈「夕顔の花」を〉であることについて、口調からも内容からも、そして他の用例からみても別解はない。倒置であって、夕べの光に見たお顔を「それ」（光源氏）と見るよ、という一首の意味に不安定感はない。「それ」に花の名まえを代入するという別解では、自宅の垣根に咲く白いそれをさし上げるのに、なぜ「心あてに」と推量するのかが説明されない。

推量して、それ（＝光源氏）であるかと見るよ。
白露の光を加えて（一段と美しい）夕顔の花（を）

女から贈ることに何か疑問があろうか。「帚木」巻でも女から贈っていたし、男からうたを贈るのがさきというルールなんかないし、敷地内にまではいって花を折り取られた立場として、一言あることに何の疑問もない。

4　筆致を書き換える――「寄りてこそ」歌

「心あてに」歌を寄越した扇の女を、もしや頭中将の失踪したひとではないかと直感する光源氏は、惟光に調査を命じる。「はらからなど、宮仕へ人にて来通ふ」と聞いて、その宮仕え人ではないかと想像する。さきにあった、雨夜の品定めでの頭中将〈従来の読みでは左の馬の頭〉の言の、宮仕えに中の品の女性が出て思いかけぬさいわいを取り出す例も多いというところを、源氏の君は思い出しているかもしれない。あの頭中将の女ではないかという見通しを捨てていない。

光源氏は返歌を畳紙に、「いたうあらぬさまに書き変へ」〔ぜんぜん別の筆致に書き換え〕（一〇四ページ）て女に返す。これはどういうことだろうか。このことの重大性も、従来、見逃されている。「私は光源氏ではないよ」というアピールをそこに込めたはずだ。むろん、女は光源氏のお習字の字を知らない。でも光源氏なら、当時一流の字を書くことだろう。顔を見て光源氏だと思ったのに、字のあまりの折れ釘流にがっかり。やはり光源氏じゃなかったのだ、と。

光源氏の思わくとしてそうだし、物語の進行上、女もいったんは半信半疑になるかもしれない。だいじなこととして、随身を介してやりとりし、交際が始まって以後も、そのおなじ随身を連れて行ったり来たりしている。「光源氏じゃないんだ、おれは」というアピールをしつづける光源氏の演出だろう。

b（光源氏）
寄りてこそ―「それか―」とも―見め。たそかれにほの〴〵見つる、花の夕顔（一〇四ページ）

このうたについて、a歌のペアであることを思えば、「〈花の夕顔〉を近寄って見よ」という、倒置的な言い方であることなど、もはや難解でなかろう。難解さは、あるとしたら、（カ）「つる」（＝

つ）の使われ方は何か、（キ）女からの挨拶歌を好色な歌へと曲解してみせる技法、といったことだろうか。「つ」は「ぬ」同様に時制に関係がない。「つ」は今朝からつい今しがたまでの時間で起きたことや、未来推量のなかで使われる。つまり、さっき見られたばかりの顔を言う。ここの「つる」（＝カ）は、源氏として不用意から顔を出して女に見られてしまったことを逆手に、言い返す。（キ）挨拶歌を好色歌だと「曲解」してみせて、好色な返歌で返すというのはありふれた技法だと考えられる。

近寄ってこそ、それ（＝光源氏）かどうかを確認しなさいよ。たそがれ時に、（あなたが）ぼんやりと見たばかりの、花（みたいな、美しい）夕顔（夕べの顔）を

遠くからぼんやりとしか見えなかったはずだから、近寄ってご覧あれ、と。男の好色さを跳ね返す、女からの返歌がさらに期待されるところだろう。このうたを随身に与えて届けさせる。

受け取った女がわは、

まだ見ぬ御さまなりけれど、いとしるく思ひあてられ給へる御側目《そばめ》を、見過ぐさでさしおどろかしけるを、いらへたまはでほど経ければ、なまはしたなきに、かくわざとめかしければ、あまえて、「いかに聞こえむ」など言ひしろふべかめれど、「めざまし」と思ひて、随身はまゐりぬ。（一〇五ページ）

〔まだ見ぬご様子でありいまに至る（＝けり）のに対して、（光源氏だと）じつにはっきり言い当てられていらっしゃる斜めのお顔を、見過ごすことなくことばをかけてきたことである（＝けり）のに、ご返辞なさらぬままに時間が経ったこと（＝けり）だから、何やら中途半端な感じで（いるときに）、かようにことさらめいて（源氏の返辞が）あったこと（＝けり）だから、照れくさくて、「どのように（返辞を）申し上げようか」など、（互いに）言い合うに相違ない様子に見えるけれど、おもしろくないと思って随身は舞いもどってしまう。〕

と、つまり源氏をこれまで見かけたことがなかったにもかかわらず、女はみごとに源氏だと言い当てて、見過ごさずにうたをさし上げたのに、なかなか源氏の返歌がなかったところへ、ようやくその返歌が*とどいて、女がたはさらに返辞をさし上げようと、みんなで「がやがや」やっている、というところ。敬語はすべて光源氏への敬意。四つの「けり」は、女たちが返歌について合議しているのを見切って随身がもどってくるときが現在で、それに至る時間の経過（いままで光源氏を見たことがないということ、「心あて」のうたを贈ってからの時間、返歌がなくていまに至る「ほど」、源氏の返歌がようやくあるという経過）を示している。

5　秋にもなりぬ――中将のおもととの「朝顔」贈答

秋になってしまう（＝ぬ）。六条わたりの女のもとに通うある日の翌朝の、侍女の中将のおもととの交わす「うた」で、これらは難解歌どもと言ってよいだろう。

c（光源氏）

咲く花に、うつるてふ名はつゝめども、折らで過ぎうき、けさの朝顔（一一〇ページ）

問題二つは、（ク）「咲く花」を寓喩とすると、だれをか、（ケ）「うつるてふ名」とは何か。まず、新編全集に「咲く花」を中将のおもと（女主人＝「六条わたりの女」の侍女）とし（旧全集も）、新大系はおなじく中将のおもととした。ところが女主人ととるのが旧大系（山岸）だ。私の読みの出発点は山岸源氏であり＊6、ちなみに（わが愛読する）北山谿太『源氏物語辞典』（一九五七）も女主人と取る。古い谷崎訳はそうなっていたし、松尾全釈もそうだ。しかし玉上琢彌氏は「咲く花に気が移る、と評判されては困るけれども」（角川文庫）とあるので、どうやら中将のおもとらしい。いつごろより「咲く花」が、六条わたりの女から中将のおもとへと変更になったのか。

この問題は、あとの、

d（中将のおもと）

朝霧の晴れ間も待たぬ、けしきにて、「花に心をとめぬ」とぞ見る（同）

とも連動する。冒頭にふれた、さらに難解な一首だ。「朝霧の」歌の問題点をも出してしまおう。（コ）「朝霧の晴れ間も待たぬ、けしきにて」とはどういうことか、（サ）「花に心をとめぬ」の「ぬ」

は完了か否定か、（シ）うたに続く「おほやけごとにぞ聞こえなす」とはどういうことか。「朝霧の」歌の後半部分の問題から見よう。

（サ）完了と否定とが両立することはありえない。助動辞という機能語がぜんぜん別の機能、つまり完了でもあり否定でもあるという機能を持たされていたらば、言語の基礎が崩壊する。もし助動辞や助辞が懸け詞式に、完了かつ否定に使われることになったら、言語の根幹が成立しえなくなる。したがって、「〜心をとめぬ」は完了（〜てしまう）か、否定（〜ない）かのどちらかであり、古代の言語使用者にとってはわかりきったことで、後世のわれわれが迷うようになったに過ぎない。

これには案外、簡単な「解決法」がある。「と」は文末を受けるから、うえに係助辞があれば「ぬ」は否定（「ず」の連体形）、係助辞がなければ終止形の「ぬ」（完了）だ。むろん、文体効果として係助辞なき連体形止めはありうるにしても、ここは誤解されやすい語法が必要なところと違う。上部に係助辞を見ないから、完了の「ぬ」でまったく疑いない。

花に心をとどめてしまうと見るよ

となる。花の上に心を置いて離れなくなってしまう。それでよいはずなのに、みぎに見た注釈や辞

（6）アグノエル氏もまた読んだのは旧大系だったろうか、「桐壺」巻について（かっこ）を駆使する苦心のフランス語訳は、期せずして山岸源氏の頭注と方法的に近い。「桐壺」巻のみ刊行されて（一九五九）、あとを次代に委ねるという姿勢であろう。ちなみに『沖縄大百科事典』全6巻（沖縄タイムス社）に「アグノエル」が立項されている。

書、現代語訳のたぐいを見ると、谷崎、北山、山岸、松尾、玉上、新編全集、旧全集と、すべて否定で理解している。新大系だけが「〜てしまう」を堅持する。

一首の前半の（コ）「朝霧の晴れ間も─待たぬ、けしきにて」は何だろうか。煩をいとわず書き出せば（頭注、訳文など）、

朝霧の晴れ間もお待ちにならないでお帰りになる御様子なのは、（谷崎）
この朝霧のはるる間も待たず出で給ふけしきにては、（北山）
朝霧のはれ間も待たないでお帰りなさる源氏の御様子では、（山岸）
朝霧の晴れ間も待たないでお帰りになる御様子で、（松尾）
朝霧の晴れるのも待たずお帰りのご様子は、（玉上）
朝霧の晴れてくる間もお待ちにならずお発ちになるご様子で、（新編全集）

と見えて、大同小異だ。これらだと、後半の「花に心をとどめてしまうと見るよ」と、うまくつながらない憾みがありそうで、つながらないために、ぜんぶがぜんぶ、「花に心をとめぬ」を否定に解して統一させてきた。「ぬ」を「朝霧の晴れ間も─待たぬ、けしきにて」とのつながりから、否定に取りなして現代人にとっての理解に仕立てている。

男は霧がまだ深くて眠たげに帰りたくないのを、そそのかされて帰る。本心はいさ知らず、「霧のいと深きあした、いたくそゝのかされ給ひて、ねぶたげなるけしきにうち嘆きつゝ出で給ふ」

（一〇九ページ）と本文にある通りだ。うたのなかで、もし、「朝霧の晴れるのも待たずに帰るの？」と言われているとしたらば、わざわざそんなふうに言われるすじ合いはない。そうでなく、女君の心持ちを忖度して、あるいは男君のきもちを受けとって、すなおに「朝霧の晴れ間も待たない様子のまま」、つまり帰りたくないのに帰ると詠むと見るのでよかろう。寓喩だとしても、なによりもまず前提に自然描写としての朝霧の消え去らぬさまが印象づけられる。

朝霧の晴れ間も待たない、（まだ眠たいご）様子のまま、
（貴方様は）花（＝女主人）に心を置きっぱなしで、とお見受けするよ

「花」は何の寓喩か。うたにつづいて（シ）「おほやけごとにぞ聞こえなす」（あえて女主人関係のこととして申し上げる）とあるから、「花」が男君なら、心をとどめてしまうのは女主人ということになる。

花（のような貴方様）に（女主人は）心をとどめてしまう（心がとまったまま）と見ますよ

あるいは逆に、「花」が女主人で、

花（＝女主人）に（貴方様は）心をとどめておしまいになるとお見受けするよ

といったところか。新大系では前者のように考えてみた。後者のように受け取るほうが、c歌との関係からすなおかもしれず、侍女の立場としてはそういった感じだろう。このたびはそのように取ってみる。

ｃの「咲く花に」歌もまた、ｄ歌との関係から、「花」を女主人、あるいは源氏の君その人とするのがよいと思われる。ここではｄ歌とおなじように「花」を女主人と受け取ることにしよう。女主人に対しては慎しむとしても、あなたに心移りすると、中将のおもとに挨拶する。おもて向き、自然現象としての花の盛りの移ろいを詠むという前提があろう。

（山岸）
咲く花に色があせる即ち「うつる」という言葉は、慎しむものであるけれども、美しさに私の心が移って、おらなくては通り過ぎる事のつらい朝顔の花である。……

新大系では「咲く花」を中将のおもととしたが、旧大系にもどり、その一部をみぎに引いてみた。

6　夕露に紐解くとき

ｉ（光源氏）
夕露に紐とく花は―玉鉾《たまほこ》の、たよりに見えし、えにこそ―ありけれ（一二〇ページ）

ｊ（女＝夕顔）
「光あり」と見し夕顔の、うは露は―たそかれ時のそら目なりけり

光源氏と夕顔の家の女との関係は進展して、顔を（袖で）隠しながら通う。覆面でなく、袖で隠

して。女は当初、この男を光源氏かと思った。ところがそのあと、男は顔を見せない。この男は光源氏らしからぬ筆跡の字を返し、連れて歩く随身も、最初のときのままだ。源氏歌に「寄りてこそ――「それ（＝光源氏）か――」とも――見め」とあったように、寄り合う関係となって、言われたように光源氏であることを確かめたい。ついに「このわたり近き」なにがしの院で、八月十五夜も明けて、男は身元を明かす。顔を見せるという仕方で、「うた」を添えて自分が光源氏であることを示す。それがｉ歌だ。

夕露に紐とく花は――玉鉾の、たよりに見えし、えにこそ――ありけれ

（ス）「夕露に紐とく花」とは？（セ）「玉鉾の、たよりに見えし」とは？（ソ）「えに」という懸け詞の意味は？

さいごから見ると、（ソ）「えに」は「縁（に）、枝に、江に、疫に」などの、どんな組み合わせで懸け詞になるか。ここではさきに手招きした女童が、枝を扇に載せてさしあげよ、と言っていたから、一房の枝（＝え）と「縁《えに》」とを懸けている。（セ）「玉鉾」は道を言うから、道すがら夕顔の枝を折り取った、あのご縁でいま、このような関係になったのですね（＝「けれ」〈時間の経過〉）、というのが男のうたの後半をなす。

前半の（ス）「夕露に紐解く花」は「夕べの露を待って開く花のかんばせ」、いよいよ見せる自分の顔を言う。「花」は一貫してあの夕方の光に見た男の顔を言う。光源氏だと名告るのは、うたに

引きつづく「露の光やいかに」というところに込められよう。

つづく、女の応答がまたまた問題となる。女が流し目で見て、

「光ありと見し夕顔のうは露はたそかれ時のそら目なりけり

と詠む。「たそかれ時のそら目なりけり」〔夕暮れの時間の見損ないだったことですね〕とは、たしかに返歌らしく言い返す否定的な句に違いない。光（＝美しさ）の否定だろうか。私はこれまでそのように取ってきた（新大系）。しかし、どうにも腑に落ちない。何を見まちがいとか、見損ないとか、言うのだろうか。

わざと戯れて反対に云つたのである。（谷崎）

〔玉小櫛〕……あくまで光ありと見ながら、ことさらに逆《サカ》ひて、かくそのうらをいふこと、此たぐひ今の世にもよくあること也。〔評釈〕この説いとよろし。……（北山）

実は美しいが、却って反対に、多少は源氏に戯れる気持ちで言う。……（山岸大系）

さほどとは思えないと、わざと本心とは逆のことを言って戯れる媚態。（新編全集）

はたして戯れだろうか、媚態だろうか。女はつよくはっきりと言い返しているのであって、光源氏かと思ったのをまちがいとし、光源氏ではなかったのですねあなたは、とはねつけた、と見るの

でなければ、一連の贈答歌として徹底しない。「反対に言う」とはそういうことだろう。戯れに違いないとしても、女の関心は一貫して光源氏であるか否かの疑念にあるのだから、美しさをここは否定するのでなく、光源氏であることを否定するのでこそ徹底する。

7　「まし」をめぐる光源氏作歌と軒端荻の秀歌

軒端荻《のきばのおぎ》との関係はごくふつうに、若い男女の情交関係に始まり、恨み言とともにそれが終わるというストーリーをなす。

n（源氏）

ほのかにも―軒端の荻を、結ばずは―露のかことを、何にかけまし（一四三ページ）

軒端荻との最初の逢瀬ではなぜか詩歌の贈答がなかったから、これが初めての交わすそれだ。この二人に情交関係が生じたことについて、何ら近親上のタブー性はない。また軒端荻が蔵人の少将を通わせて以後、源氏との関係は途切れる。この贈答はしっかりと規制に守られて成立しており、物語ぜんたいのなかに置いてみて、よい歌群を形成している。

たしかならずとも、軒端なる荻と、（あのように契りを）結ぶことがないならば、
何に関係づけて言い出そう、露ほどの恨み言を

「露のかこと」とは「ちょっぴり恨み言を言いたい」ということのはずだが、どんな恨み言なのだろうか。諸注のなかには病気の源氏を見舞わないことについて怨みを言っていると受け取るのがあるけれども、そんな恨み言はあるはずもない（源氏の自業自得だ）。やはりここは蔵人の少将を通わせていることについて、いかに虫のよい源氏の言い分だとしても、女に恨み言を言うべきところとしてある。源氏としては女が別の男を通わせていることをとがめて身を引く。恋の恨み言を言う場面に終わる。

「まし」という機能語（助動辞）の出てくる『源氏物語』歌は三十七首ある。じつにさまざまな出てきかたを見せる。「まし」の「ま」は「む」（意志、推量、未来）に通じると見るのでよいとしても、「し」は何だろうか。活用は過去の助動辞と言われる「き」に近くて、

（まし）	ま―せ	○	ま―し	ま―し	ま―しか	○
（「き」のサ行活用〈終止形「き」を除く〉）	せ	○	○	し	しか	○

と並べると、「まし」の「し」は形容詞や形容詞型の助動辞を作る「し」と関係がうすい。仮定がIf I were ～（英語）のように過去形になるのにむしろ類推されてよい。n歌（光源氏歌）の「かけまし」は仮定であり、これが本来の用法で、まだ「反実仮想」と言われる複雑な心理に至っていない。

○（女＝軒端荻）

ほのめかす、風につけても―下荻の、なかばは―霜に、むすぼほれつゝ（同）

ほのかに（関係をほのめかして）吹いてくる、風（の便り）につけても、
荻の下葉（のような私の、）半分（は嬉しく）、半分は霜にとじられつづけて……

下荻について、『岩波古語辞典』に「下招《を》ぎ（心待チ）の意を掛けていうことがある」とする。女の字を見ると「あしげ」で、まぎらわし、ざればみ書いてあるので、品がない。冒頭の「心あてに」「寄りてこそ」贈答歌に対して、パロディになっていよう。中の品の女にはよいのがあるはずだという思いは、ここにおいて裏切られる。空蝉のような女性をなかなか得がたいと思い知らされるということでもある。

でも「ほのめかす」歌は秀歌だと評価したい。

四　赤い糸のうた（小説）

「明石」巻のうた、明石の君の作歌をめぐって、やみくもに調べ出したひとがいたという設定で、そのひとがモノローグ、自分のなかでの対話をかさねているうちに、自身、なんだか霊媒のようになってしまう、という小説。研究することの究極にはみずからが霊媒になるという、そういう妄想にとりつかれる物語。途中、淡路麻呂というのは、水軍をひきいる〝海賊〟をイメージしているようだ。

「どのような時、どんな機会にめぐりあうと、歌人であるひとは、絶唱を詠むのだろうか。ふつうにはない力が、もしかしてある時、ある機会にうたを支える、ということがあるのだとしたら、そこを知りたいな。以前にすこし考えたきりになっている。絶唱とはたとえばこのようなうたをさす、——

（斎宮女御徽子《きし》女王）

野の宮にて《琴に風の音かよふ》といふ題を、

琴のねに峯の松風かよふなり。
いづれのを（緒、峰）よりしらべそめけむ

（『斎宮女御集』西本願寺本）

この名歌を産むことによって歌人が歌人になるのだとしたら、歌人は歌人になろうとしているひとのことだ、自明に歌人がいるわけじゃないと、そこまでは言える。清水好子というすぐれた読み手による、『王朝女流歌人抄』という本のために、私はかつて三ページほどの書評を作りながら、秀歌とは何かについて、思いにとらえられた。

……いづれのをよりしらべそめけむ

よく知られる、これは絶唱と称しても異論が出そうにない。伊勢の神宮に仕えるために、斎宮に卜定されたむすめ規子内親王は、西暦九七六年九月、京《みやこ》の西、嵯峨の野宮《ののみや》にはいる。じつに母とむすめとの、二代にわたる斎宮がここに誕生する。翌《あく》る、十月二十七日に催される野宮での、庚申のよるの歌合せには《松風、夜の琴にいる》という題が出て、期するところのある徽子女王のみぎのうたは傑作としてある。清水好子は《無我没入の境地から我にかえったとき、聞こえてくる松籟と琴の音、野の宮の夜は更けて、風は寒く、神韻縹渺の趣きがある。題詠とはいえ、入魂の作である》と絶讃する。まさにその通りだ、と私にも思われる。ひとはどのような時に絶唱を詠むのか。むすめの伊勢下向《げこう》につき添って、ひそかに女王その人もまた伊勢に赴こうと、すでに決意している。そういう決意みたいな何かが、ある作品にうかがえる、とか、込められている、とか、そういう問題ではぜんぜんない。そんな心意がおもてにうかがえるような作品ならば、かえってたいしたことではないと断言してかまわない。そういうことじゃなくて、ひとは人生のどのような、一回きりの凝縮した時間に際会して、先端の感性をうたのしらべに託することをするのか。いま四十九歳か、五十歳かになろうとして、女王はふたたび伊勢に下向する。こんどはむすめである斎宮につきしたがって。そのすがたにかつての自分がかさなる。朝廷は女王の下向を、《前例がないから》と、停めさせようとする。とは、その禁止をふり切っての、かたい意思にさきだてられた伊勢ゆきには、世捨てにも準じる、それは清水好子が《この世への辞表だ》と述べるほどの強靱さをそなえていたことだろう。そういう人生のあらたな展望をまえにしてこのうたはある。伊勢への下向の実情ということならば、世捨てとはうらはらの、むしろすなおにむすめへの愛情、心配のなす、しかし母としての心の闇にはとじられぬ、おのれの若き日の人生をたどり直してみる時間の旅のそれとしてある。心の奥処《が》が韻《ひび》きになって伝わる。思いが糸にして張ってあるところに、ちょっと風の手がふれるみたいな感じ。」

「紫式部はこの徽子女王の伊勢下向に深く共感して、『源氏物語』の六条御息所——伊勢の御息所——のそれに、女王の旅をかさね合わせた、とそう、こんにちまで読まれてきたことに対して、私にも異議がない。共感がつもりにつもって次代へ継がれてゆく、と清水好子の言うところは端的にそう集約されるな。須磨の巻で、女は、

（六条御息所）

伊勢じまや—潮干の潟にあさりても、
いふかひなきは—我が身なりけり

といううたを源氏の君へ送ってよこす。残念ながらそんなに絶唱ではないのが御息所のうたのここでの位《くらい》だろう。別れたあとの女と男とが絶唱には踏み込まない、とたしかに思われる。しかし、それでもうたに力のこもらないことがあろうか。ここでのうたの力はどのように、どちらへ向けてはたらくのだろう。あさる、とは貝を取ることで、漁《あさ》っても貝がない、言うかいがない、とわが身を嘆く。もう一首あって、

（六条御息所）

うきめ刈る伊勢をの海人を、思ひやれ。
藻塩たるてふ須磨の浦にて

と、うたのうらではっきり、女のわが身を思いやってくれと呼びかける。自己中心なのではなく、そういう個性として、運命としてかたどられている以上、なりゆきを定められぬ将来への罪深い共有の感覚をあいてに求めないわけに

ゆかない。わかると思うが、伊勢と須磨と、そして明石のくにとをも向き合わせて、京をはさみうちにする作者の意図には底知れないものがあるね。源氏の君の返歌のひとつは、

（男君）
海人《あま》が積む嘆き（投げ木）のなかにしほたれて、
いつまで須磨の浦にながめむ

と、《須磨をこれより出てどこへゆこうか》とは、瞬間、御息所のうたに感応しているかと見ぬかれる必要があるし、もう一首は、

（男君）
伊勢人の浪のうへこぐ小舟にも——
うきめは——刈らで、乗らましものを

と、いっそのこと伊勢へ、いっしょに行けばよかったと詠むこととの深層には、かならず御息所がわからの回廊づたいに、ひたひたと波が浸《ひた》してやまぬはずだろう。つまり須磨を出て明石へゆきむかえ、とはこれらのうたのやりとりのうちに浮上する予言のていをなしてここにはっきりとある。凡庸なうたのつらなりのように見えながら、御息所のあわれの思いは疑って男君を明石へまでとどけるはずだ。しかしどのようにして。」

「三歳のちいさな女の子が、須磨の巻と明石の巻とのあいだにいるのが見える。父はこの三歳の女の子を背負って昔、明石の浦へやってきた。しかし、女の子はある赤い糸を信じていた。なぜなら良清という朝臣《あそん》の思い文《ぶみ》に対して、彼女は返事をよこそうとしない。彼女の赤い糸は明石と京とのあいだにぴいんと張られて、そのあいては良清じゃなかった。ここで糸の性質を考えてみると、切れるかもしれない、

張られる強度に反比例するあやうさにそれは尽きる。竜女になるために明石にやってきたと言ってよい女の子は、京を去ること二千里の距離に糸を張って、だれを待っている。冥々にそれを知るのはもしかしたら伊勢の御息所、六条御息所だけだったという含みがここにはある、ということか。」

「竜女になるとは《海の底にもはいってしまおう》などと言っているから、まちがいのないところだろう。のちに『平家物語』灌頂の巻によって知られる、安徳天皇が竜宮城を内裏にして海底にいますというのは、この明石の浦の直下のことだ。まだそれより二百年もまえのことだけど、そこいらの海人ならみんなが知りつくしたこととしてあるさ、きっと。伊勢をの海人を自称する六条御息所の冥々が、それをわからぬはずはなかろう。明石にやってきて半年がたつ。春、夏から秋へ、求愛の期間ののちに、訪れて明石の君を、源氏が始めて抱くところ、その直前の描写に《伊勢の御息所にまことによう明石の君は似ている》とある。身近な几帳の紐に箏の琴がまつわりついて、ふとかき鳴らされるのにも、女君のふだんのようすが偲ばれて、もう抑えられぬ、むつみごとを拒まないでほしいと言わぬばかりの、

（男君）

　むつごとを語りあはせむ人もが―な。
　うき世の夢も―なかば覚むやと

という、播磨国風土記には『なびつま』伝説というのがあって、その《密事《むつみごと》》をあきらかにふまえるこの作歌に対し、女君のつがえる返しうた、こんな絶唱がなぜ、どうしてここに、という課題だ。

（女君）

明けぬ夜にやがてまどへる心には—
いづれを夢とわきて語らむ

無明長夜にこのまま惑いつづける心には、その夢というのがどれのことか、分別して語る力量がないと応じる。明けぬ夜だから《無明》には違いないにせよ、心のなかのまっくらな闇を照らしてくれとも深部からうったえているみたい。応えるうたはそのようにして、否みながらうったえる、ということをするんだから、意味じゃないよな、うたという容れ物。『なびつま』は万葉集なんかだと《否みつま》とも言う、明石の君は障子をかためて拒否する神話の女のすえを演じる、でもうたが意味とは逆に心の闇を明かしてしまうんだから。

［現代語］
明けぬ（—無明の）夜のままに、（さながら）惑乱し（て）いる心に（あって）は、どれを夢（どれを夢でない）と、分別して、語（る資格があ）ろうか

さらには『伊勢物語』のうたという、

かきくらす心の闇にまどひにき。
夢うつつとは—こよひ定めよ
（在原業平）

をみぎのうたにかさねるなら、一層その意味は剥奪されてしまうだろう。最近では久富木原玲が論じていることだから、この業平歌との接点については彼女にゆずるとして、女君のうたに、すぐにつづけられるのが原文『ほのかなるけはひ、伊勢の御息所にいとようおぼえたり』という、男の内面へ引き取られる書かれ方で、『おぼえたり』は『似ている』、身じろき、息の遣いまでがほのかに感じられるとは、六条御息

所の匂いの記憶をかき起こした瞬《とき》の間《ま》の思い以外ではない。そういう書き方がいけないわけではけっしてなくて、ここにきらりとするのは、

明けぬ夜にやがてまどへる心には――
いづれを夢とわきて語らむ

と、覗かせた女のうたにこもる《無明》という語が、良夜《あたらよ》とも言われた十三夜の月明かりとあまりに対照的で、きっと彼女の才気がそうとっさにくちをついて言わせたことだとしても、うたの才能ということならば、けっして引けを認めないはずの六条御息所その人が、憑依して明石の君のくちを藉りているかとふと思えるぐらいに、御息所の心、――心の闇にここはかさなる。なにしろ憑依が好きな御息所のことだから。絶唱を感じさせる理由はそういうところにひとつあるかもしれない。」

「赤い糸が、女のほうからつながると思ったとしても、男君にとっては当面、慰みものなんだから。《人ざま》とは、すらりと気高く、男が恥じられるほどの気配という、着物のしたにさしいれられる手やゆびを許す、その瞬間からの姿態の描写で、やわらかいとも、うつくしいとも、これ以上は書かれてなくて、しかもそのさなかが、契り、つまり運命をおぼえ、愛情の深まるところだという露骨な展開に対して、女からはこのうたが始まりであることをつよく主張しないわけにゆかぬと思える。いやらしく言ってよければ、なるほど《心はづかしきけはひ》は、めのとたちの高貴な性教育のたまものかもしれないけれど、

明けぬ夜にやがてまどへる心には――
いづれを夢とわきて語らむ

という、うたの能力だけは周囲の手だししよう

のないところにある。これが女の、物語のなかでの第二の短歌で、第一のうたが、もう半年もまえになる、

(女君)

思ふらむ心のほどや―やよいかに。
まだ見ぬ人の聞きか―なやまむ

という〝名歌〟だったことを思い起こそう。作者はおしげもなくこの女に絶唱をめぐみつづけて、なにをもくろんでいるのだろう。切り返すような才気を見せて男を引きつける、というタイプの『思ふらむ』歌はまだしもうたのルールに寄り添っている。切り返すというルールであるよりは、人の心の真実を衝きながら、わが不安に現在を引き寄せる、秀歌のたたずまいが一首をうまくととのえる。あの男はどうわたしのことを思っているのだろう、刻々とすすんでいる男の内心をはかりしれない、という独白でもよし、男というものはうわさだけ聞いて心を悩ましたりする生き物か、男とはそういう動物か、という一般論でもよし、そんないろんな広がりがあってこそ、浮上したうた言葉はかりのものでない、ある決定的な水位を迎える。」

「第一の、という〝名歌〟をも、きみのまねして現代語へひらいてみよう。

[現代語]

(あいてを、わたしを)思っている(なんて、)

(なやんでいるなんて、)

(いまどう)思っているのだろう(、その)心のほど(―深さ)(は、)おい、どんな(深さというの)やら。

まだ見ぬ(―会わぬ)人の(―が、)

(耳に)聞い(てだけで)悩(むことがあろ)うか

これだけ括弧を使わないと、現代語へひらけないという仕儀なのだから、『思ふらむ』の《らむ》の現在推量進行辞の迫力はものすごい。なかなかむずかしい作業だな。韻《ひび》きは消えちまうし、これでよいのか。ともあれ三歳の女の子はこうしてようやく源氏の君にたどりついた。」

「源氏の君だって明石の巻のうたはわるくない。どうしてだろう。

(男君)

秋の夜の朱鷺毛の駒よ、
わが恋ふる雲居をかけれ。
時の間も━見む

[現代語]

秋の夜《よ》の月(の名に似て)、
月毛《つきげ》の駒よ、
わが恋(しく思)う雲居(━空、雲のありか)を翔ろ。
瞬《とき》の間《ま》も(その姿を)見よう

よいうただとは言えるにしても、男、源氏の君の、新しい女、明石のもとに通いそめるという、夜深く、馬をやってでかけようというのに、京《みやこ》の恋しい人、紫上のことばかりが思い出されて、みぎのような独り言のそれをくちずさむ。それがよいうたになる条件だとはちょっと考えられなくて、明石の巻にはどうして〝名歌〟が多いんだろうという課題は、こんなうたをまえにしてわからなくなってしまう。うたどもはどこからくるんだろう。男主人公そのひとは須磨から明石へ越えてやってきた。反逆のこころざしがそこにはある。須磨の《関》を海上から突《破》して。王族は畿内を出てはならない、というおきてがあるんだから、やばいよな。源氏の君は王族じゃない、ということなのか。しかし、京にいられなくなり、須磨の里へ退去して、恭順、謹慎のおもてを中央に向けていまある、というなりゆきは、けっして畿内から畿外へ出ません、というアピールだったんだから。臣下に終わらぬ、という予言を背負った未来の王者が、畿内から畿外へ出る、というときには王権回復の祈念を身に体して、覚悟の関所破りだったろうよ。太古、須磨の里までが、王化、直轄の地で、明石のくにからさきはみはるかす化《け》外《がい》、その喉元に源氏の君は足跡を垂らす。」

「さらにむずかしくなる議論だな。《覚悟の》とは云えなかろうとしても、出てしまうと明石のくにからは、京が一望のもとに見える。復習しておこうよ。《国家》発祥の地、寧楽《なら》の都を亡ぼして、山しろの開拓地に平安の王朝をたもつこと、もう二百年が経って、亡びるかもしれないじゃないかと思うと、次代はどこからやってくる。京都からはそこ、もっとも重要な地名がわかっていただけに、くちに出しはしなかった。それが明石のくにだったのだろうね。播磨国風土記を見るとわかる、明石のページは引きちぎられている。でも耳を澄ますならば、松風にも紛う、琴のねに似た、あの《音》はどこから聴かれるのだろう。」

「海上に目をやると、《あれは!》と見透せる、あのかげは淡路の島だ。ひしひしと迫りくる水軍の動きは源氏の君の目、心にたとい見えなくとも、感じられなくとも、京の覇権への、叛旗をひるがえすためにはここにたのもしい勢じゃないか。明石入道にとり、用達しのできない手数ではなかろう。あるいは澄むそらの月の光に、飛び魚の海人たちがひらりと躍る身のしなやかさは見えないか。海人たちのすがたを実際に見せなくとも、反逆の王者の今後のためにはかげとなり、より添って、明石の君の忠実な忍者たちになりすますことができないはずもない。のちに松風の巻に見るならば、鵜飼いの徒に変じて大堰川にまで、かれらは随いてゆくつもりだったかもしれないよな。それはあとのことだからおくとして、ここ明石の源氏は感にたえずして琴《きん》の琴を取り出して弾く。松の韻き、波のおとにそれはかよい、若女房は身にしみて物思いにふけり、老人は風邪をひきながら浜を散歩するという次第。入道は修行そっちのけで駆けつける。松風の物語の始まりだ。淡路島、松帆の浦、けいの浜辺のかなたへまでそれはとどいていることだろう。海賊たち、海人どもは起きなおり、いまや耳をかたむけていることだろう。多島海の全域に、むくりと起き上がるけはいがする。

（男君）

あは―と見る淡路の島の、

あはれさへのこるくまなく澄める夜の月

［現代語］

《あれは！》と見る、（眼前の）淡路の島（のみならず）、（古人の詠んだ）《あはれ》（の思い）さえ（もが）、あますなく（わかる、そのように）のこすくまなく澄みきっている夜の月

（よ）

源氏の弾く琴《きん》の秘曲『かうれう』とはどんなだろう。それはわからないが、入道は涙をとどめあえずして、琵琶と箏の琴とをとりよせ、源氏に箏の琴を弾かせると、みずからは琵琶をたんじ、また箏の琴にとりかえて弾く。この箏曲こそは秘伝のそれとして、延喜帝の手を伝えるという。これらの演奏は松の韻きにかよい、すこしは離れた岡辺の宿りに住む明石の君の耳にもとどくというしかけ。早く、むすめ明石の君にその秘伝はさずけられていたはずだから、心していま女君は聴いていることだろう。源氏の君は延喜帝の手を伝えられるべき、正統の王者としてここに招かれている、という含みがありそ

うに思える。何代かをさかのぼれば、桐壺更衣、いうまでもなく源氏の生母の祖先家と、明石の一族とはひとつになって延喜直系を誇る、といった思いが入道にとりついて去らない。それは書かれている通りだから疑問がないとして、それならばなぜ明石入道の、ここで奏でる箏曲は催馬楽の『伊勢の海』なのだろう。偶然以上に伊勢と明石との瞬間通路を証明する楽のねにほかならないのでは。

（催馬楽）

伊勢の海（律）

いせ　の　うみ　の
きよきなぎさ　に
しほがひ　に
なのりそ　や　つまむ
かひや　ひろはむ　や
たまや　ひろはむ　や

古説『たまもひろはむ　かひもひろはむ』

これを声のよい若者にうたわせて、源氏もまた拍子をとり、さらには声を添えると、思わず箏の手をやすめて入道は聴きほれてしまう。問わず語りにむすめのことをはなしに交じえ、真意を初めてのように明かす。この浦に住み始めてからのいきさつをいまは心ゆくまで語り出す入道だ。十八年の歳月ののちにして、ついに源氏の君にめぐりあうことになるむすめの思いを、住吉の神がよみしたまう結果の、いよいよかなう運命かと入道は思わずにいられない。かならずしも書かれているわけではない裏面にまでたちまわると、ほかならぬ六条御息所、つまり伊勢の御息所は、明石の身かた、一族であるらしく、明石の君を遠く加護していま伊勢の地にある、ということではないのか。さらには桐壺の一族ということにもなろう。もののけ姫として著名な六条御息所が、葵上にも、紫上にも、女三の宮にも祟るというのに、その反対に、絶対に祟らない、つまり六条御息所のもののけが守護してやまなかったのはだれとだれとか。生き霊として、また死霊でありつづけて六条御息所は、自分のむすめ斎宮女御、のちのち秋好中宮のためにならば、むろんのこととして、あわせて明石の一族をも守りつづける。つまり明石の君と、まだ生まれていないむすめ、将来の明石女御とにはけっして祟らない。その理由は、ということになると、六条御息所そのひとが明石と同族だから、ということを、坂本和子はつきとめて発表した。もうふた昔になる、そういう裏面から読むことができるようになって、そのまま桐壺の同族でもあるという、真相にこれはつらなってくる。その六条がいま伊勢の地、おそらくは敵地に乗り込んでいることに気づいてか、知らずにか、入道は左の手に緒を揺すり深く澄ましながら弾く。

きよきなぎさ　に
かひや　ひろはむ
……」

「凡庸に贈る男君の作歌に対しては、明石の君の返歌がないということにも、伊勢の御息所はかかわってくるのだろうな。よい作歌をしてくれないことには、かげの御息所として立つ瀬もないから。

(男君)
をちこちも―知らぬ雲居にながめわび、
かすめし宿のこずゑをぞ―とふ

といううたなんか、かろうじて鳥の比喩をもって《詩》を成立させるにすぎなくて、凡庸だというほかはない。

[現代語]

遠くもこちらもわからぬ雲居（のそら）に、
（物思いして）ながめわび、
（入道が）ほのめかした宿の梢を訪ねる
（消息を与える）

という、これこんな作歌では、気位の高いむすめからするならば、まことに失礼な手紙ではなかろうか。『かすめし』に霞みがかかっているという読みもあるけれども、その読みがむりなのではなくて、作歌のむりを糊塗しようがない、破綻を見せている、ということでしかない。書いたという高麗《こま》の胡桃色の紙のメッセージ性、情報内容もまたよくわからない。むろん失礼な、と思えるのは近代の読者からの感覚にすぎないことで、むすめ正身《そうじみ》は高貴な男との身分の隔絶を、恥として目覚めさせられるばかり、返辞のしようもない、というのが正直なところとしてあろう。ひとのおん身分とおのれの分際とのひらきにうちひしがれる女君だ。こんな女が返歌をするきもちになるのは、連帯の感情をいささか投げかけようとし始める、源氏のつぎのようなうたによってだ。

（男君）
いぶせくも―心にものをなやむかな。
やよや―いかに、と問ふひとも―なみ

なよよかな、うつくしげな薄様に書かれたこれに向いて、ここに女は返歌をこころみる気になる。これがさきに示した、紫の紙に書く『思ふらむ』のうたにほかならない。

（女君）
思ふらむ心のほどや―やよいかに。
まだ見ぬ人の聞きか―なやまむ

みぎのような心比べがつづいて、何とかして女を、自分のもとに呼ぼうとするものの、がえんじない女の意地に、ついに折れて出向くことになる男君は、秋という季節、八月だろう、入道のみちびくままに、十三夜の月明かりのもと、岡辺の家を訪れる。もう見たように『むつごとを』歌、『明けぬ夜に』歌の贈答があって、《否みつま》を演じる明石の君が逃げ隠れすることももう、さきにふれた通り。近まさりして、愛情が湧きはするものの、忍びごと、みそかごととしてやり過ごしてしまいたい気分もまた男の態度にはみえみえという感じ。」

「明石の君の第三首めはもう別れうたなんだもの、早いことだな。京への帰還が決定して、この浦を去ることがわかってから、かえって夜《よ》がれなく女のもとにかようとは、源氏のおん癖とみるべきことのひとつなのだろうよ。女から言うならば、結果は懐妊の身を浜風のもとに捨て去られることになる。これが男の正義なるもの、うらおもてなのかと思うと沈むばかり。明石のパワーを身につけてしまうと、もうこの浦にわかれて上京するとは虫がよすぎる。われわれの明石のくには京という論理のやわさについほだされて、史上にすがたをあらわすこともなく《敗北》しさる、ということなのではないか、これでは。源氏は朱雀の王朝とぐるだったのではないか、など、しかしあいなく帰京の喜びを隠しきれない男を非難しても始まらない。敗北によって男を支える、反天皇制のくに明石は『かすめし宿』でしかなかったと、だれかが決めつけても反論はむずかしかろう。けれども、女君のうたはわれわれのすべての予想をうらぎるある種のけなげさを数瞬、覗かせてなる。

（女君）

　かきつめて海人のたく藻の、
思ひ（火、物思ひ）にもいまはかひ（貝）
なき
　うらみ（浦、恨み）だにせじ

うたの数瞬はしかしあくまでそのなかで見せる意気でしかなくて、噫《ああ》と女は、思わぬに涙をほろっと落とす、けれどもすぐにこらえるのは別れにそれは禁物だという民俗におしとどめられるから。かいなき浦、貝のない浦、恨みだにせじ、恨みはすまい。この、背筋のすっとうつくしい感じの物思いには、なんらかの成算がこめられているだろうか。絶唱の一歩手前のように抑える一首に隠されてあるものはなにか。ここにうながされて、筝の琴をひく彼女が、ふいに演奏なかばの手を止める。『形見にもしのぶばかりの一こと（琴、言）』を、と所望する源氏のことばには、このことばの限りで再会など考えていないふぜいが濃厚だとすると、反対に女はこの瞬《とき》の間《ま》に、再会への呪術を琴のなかにうち込めた、とみるほかない。女の弾きさす琴にわれをややとりもどした男君は、心の限り再会を約束して別れることになる。男がとりつくろうとはそんなところなのだろう。どう取りつろっても『形見にもしのぶばかりの一こと』と、放ってしまった失言が容易に取りもどせることではなかろう。あの最初の琴《きん》の琴をひとつ形見にのこして、『かきあはするまでの形見』だと言い換えても、それがどれほどの慰みになるというのか。女からのうたがそこに贈られる。

（女君）

　なほざりに頼めおくめるひとこと（一琴、一言）を、
　尽きせぬねにや―かけてしのばむ

女の送るうたは正確に、男の『形見にもしのぶばかりの一こと』という失言へ、矢のように向けられて、いよいよ別れが近づいている。

（女君）

　年へつる苫屋も―荒れて、うき波の、

かへる（帰る、返る）方にや――身をたぐへ
まし

『かへる方にや身をたぐへまし』とは、通説に《海へ身投げしようか》などと理解されている、はたしてそれでよいのかという読みの疑問があろう。源氏に随いて帰りたい、という思いを率直に述べた作歌なのではなかろうか。『たぐへ』とは『二つのものをいっしょにする』という意味だろう。どうして通説では身投げということになるのかな、引きうたでもあるのだろうか。うたに託した真情なのだとしたら、いつか遠く女君もまた帰京することになるはずではないか。つづくうたは着用する狩衣に、

（女君）
寄る波にたち（立ち、裁ち）かさねたる旅衣、
しほどけしとや――人のいとはむ

とくくりつける。寄る波はかならず返る。旅立ちにかさねて、ここでも帰る男のころもにたっぷりと涙をし込んでおく女の意気を汲みとるべきところ。この巻についてならば、明石の君のうたはこれをもってしめ切られる。」

「ここいらで、素朴な疑問なんだけど、うたをめぐる批評というやつは、一般に言って、恣意的という語がぴったりじゃないか。これまで避けられてきたのはもっともだという気がする。おまえさんのうた談義を支えるらしい、恣意性を越える根拠は示してほしい。物語の用意した三人のすぐれた歌人、明石の君と、浮舟と、それに玉鬘とが、いずれも女であることと、京から遠くにあって生いそだてられてきたこととは、ここでの核心だときみは言いたいのだろうね。明石の君は播磨国、浮舟は東国、常陸国、玉鬘の君は九州北部、肥前国にまでわたったら

しい。偶然だろうか。現存する播磨国風土記、常陸国風土記、肥前国風土記、ついでに豊後国風土記までをカヴァーしているんだから、はんぱじゃないな。作者はこの四冊をてもとにひかえて書いているのかもしれない。当時のものすごい広がりのなかから、ちいさな女の子として、それぞれの国に生いそだった、三人だけを京都へつれてきて、すぐれた歌人へのみちをあゆませる。言ってみれば風土記の女たちをうたのために京都へ拉しきたった。でも、そういう言い方は気にいらないたらや・める。明石は明石、浮舟は浮舟、玉鬘は玉鬘。なかでも明石の君二十二首には、〝名歌〟がかず多い、という認定だな。

思ふらむ心のほどや―やよいかに。
まだ見ぬ人の聞きか―なやまむ
……
明けぬ夜にやがてまどへる心には―
いづれを夢とわきて語らむ
……
かきつめて海人のたく藻の、思ひにも―
いまは―かひなきうらみだにせじ
……
なほざりに頼めおくめるひとことを、
尽きせぬねにや―かけてしのばむ
……
年へつる苫屋も荒れて、うき波の、
かへる方にや―身をたぐへまし
……
寄る波にたちかさねたる旅衣、
しほどけしとや―人のいとはむ
……」

「ちいさな手とめぐりあい、ちいさなかげが地上をはっていったゆめ。だれもが聴いていた、めのとの物語はさしかかる。いまをさる九百年のさきには、まくらのさうしのなかにも、さらしなにっきのなかにも、ちいさな女の子の声が絶えることはなかった。夕陽がはい延びる、韻きの消失点、ヴァニシングポイントで、散っていったのは彼女たちのちいさな作文。みんな、一本一本、糸になり、赤く傷つきながら待っている。

わたしは糸です。

うたはもう意味を捨てていた、意味をまったく知らない、意味はまだ生まれていない、ひとすじの糸がながれて落ちる、そこは明石のくに。寄る波が返し、返しては寄せ、そのたびに糸屑は、すこしずつすこしずつたまって、かじかんで、たいせつな海を汚染する。海鵜は苦しみ、あがいて息絶える。どうしてなんだろう、神話の日が近づいていると、水軍の淡路麻呂は悟る。あの日、暴風雨の晴れ間を利用して、光源氏さまをお連れしたのはこのおれよ。わが《播磨》国に《晴れ間》がやってくる、あいてはアマテラス、不足はないて。稲妻の先端に火柱があがり、燃え上がる臨港に、石の油を寄せてやれ。風土記には『明石の郡』が欠けているから、どんなわるさでもやろうと思えばできる。燃える水に乗って、ちいさな神のやってくる岸辺、《晴れ間》に見る、8の字の目覚まし時計が海峡からやってくる。ぜんぶがあつまったらどれぐらいの助っ人たちだろう。目を覚まし、ゆりわか大臣がやってくる、象に乗って海上をわたる。サンタクロースがやってくる、これはトナカイさんに乗ってね。とにかく風土記がこの辺り、記事を欠いているんだから、どんな神話になってふくらむのか見当もつかない。」

「……

わたしは糸です。

たしかにおれの耳にも声がきこえる。わたしは
糸です、声がきこえる。

（霊媒）
　糸にひかれて、
出てくるのは砂のなかから、
沈んでいった青年の腕と、
ちいさな女の子の小声と
……
それはわたしです、ぼくと、
『ぼくら』とに、
少年のすがたをして、
路上のふすまにあたたまり、
あなたと寝ています、
見えますか
……
糸は、風に、
はこばれてきました、
いとゆうとそれを言います、
糸遊と書く、
糸木綿（—ゆう）かもしれない、
ゆうぐれに浮遊する蜘蛛の、
いとなみのような、
それを表現する日記文学があり、
あるかないかの結びめに、
そっと心をたくして、
見えない思いをかげろうの宿に住まわせ
る、
訪れよと、ねがいの灯る、
糸の穂先を垂らしています、
ほのおの撚糸に指の作用でぼっと明るみを
作り出し、
わたしの糸は成長しつづけて、
もうおばあさんですから、
すこしでもよいから、
音によっていやされたいから、
こうして舞台のかたすみに、
いさせてもらって

……
最後のノートを、
若い社会になげだしていった、
いつまでもいとしく、
抱きしめたいひとのページに、
風を聴きたいから
……
糸屑がばらばらこぼれるから、
韻きが絃をつたわるから、
いまの淑景舎の廃墟に、
松風を聴くみたい
……
この世への、
糸でんわが鳴りつづけます、
場合によっては童貞や、
処女性のままでいっちまったぼくら、
わたしたちのために、なにができますか、
きょうの少女たち、
少年たち、

それはわたしです
……
赤い糸で、
しずめられますか、
切れやすい、
雨の糸みたいなんです、
舗道は野辺へ、
つづいています、
見えますか
……
萩の、
したつゆとしたつゆ、
縒りあって、
鳥の遊び糸みたいに、
ちぎる、また結ぶ、
また結ぶと糸は発生する、
おとをかなでる、
むねとむね、
おとをわかちあう、

つむぐ雨の、
糸みたいな、小糠のふる、
雨みたい、
あたらしい塚に、
糸を垂たらす
……
清涼殿の御遊に、
月がまだ出ないよいのそらより、
細い砂がふる、
吹きもつれて風になる、
ともしびが消え、
光りをはなって去る、
糸をたらし、
つないでください
……
ほつれることともつれること、
白い花になるやどりは、
蜂のため、
ともだちのともだち、
ともだちのともだちのともだち、
手を引いて、
やさしくなる糸、
手文庫をひらいて、
やさしくなる、
つないでもつないでも、
遠くをつなぐ、
雨が引いてゆく庭、
つなぐ遠さは粒子がひきうけて、
声は糸です、つなぐから
……
おとは糸です、
伝わるから、
韻きとやさしさ、
ふるえる、
ちいさな三歳、
ちいさな女の子は声です、
糸になるから
……

糸のたま、
屑が、
胴にたまり、
琴の腹で、
ぼろになり
……
ねずみが敷く綸子《りんず》、
百年、
絃はにかわよりも固まり、
糸は、
慈善病院で、
さいごの息をひきとろうとする、
イキル　シヌ
繰る、あるいは来る、
カク　カカヌ
最後のノートに、
あつまり、
うつろう時間に、より合わされて、
しだいにもつれる風のページ、
かげろうにっきのゆらゆら、
老人でもあるわたしの酔っ払い、
断念の暗部で、
おとがする
……
ちいさな女の子は、
ともだちのともだちで、
すすきが招く、
ともだちで、
……尾花は、
どこにありますか、
荒れる心が呼ぶ……
赤い糸
……（霊媒、倒れる）」

「物語はここから後半へむかうというのに、明石の君の作歌はこれ以上、よくもならないのさ。もちろん澪標の巻にはいっても、巻の名になったほどの、〃名歌〃はあって、明石の君のつくるうただ。一等の歌人であることはずっとつづく。

（女君）

　数ならで、何は（＝難波《なには》）―のことも―かひなきに、
　など身をつくし思ひそめけむ

こんなのが秀歌としてあるな。『身をつくし』は澪標《みおつくし》。舟のみちびきとなる水脈《みお》、航路を示す指標をさして、それに『身をつくし』、《使い果たした身のへとへと》を覆いかぶせる。澪標が水のうえにある、ということは自然だ。だれかが設置した、ということでいえば自然ではなくても、澪標なら澪標という語が投げ出されていると、一種の自然ということになる。人称と、こんな自然称とを分けることによって、そのかさなりようがわかりやすくなる。人称と人称とがかさなったり、人称と自然称とがかさなったりすると懸け詞になって、うたに緊張が生じる。『身をつくし』というのは女君の人称だ。それが自然称にかさなるところにうたらしさが緊張してくる、というしかけ。そのあたりの緊張がほどほどにあると、よいうたということになる。この『身をつくし』の場合はちょっとしつこいかもしれないな。

［現代語］
　ひと数にはいらぬ、何としたって、
難波の貝の、なんの効《がい》（も）なくて、
どうして澪標、身を尽くし（てありったけ）、
（あなたを）思いそめ（なんかし）たのだろう、
（わたし）」

「絵合の巻は、明石をわすれぬ源氏の君の、わずかに一回出てくるのみにおわって、松風の巻

に至り、明石の君がいよいよ上京する。源氏は二条に東《ひんがし》の院という御殿を新造しおえている、その東の対《たい》に明石を住まわせるつもりでいる。ところが明石の母方の領有してきた家、荘園が桂川のおく、大堰川のわたりにあって、そこを源氏ぐらいの男をかよわせるに足る建物へと修造してみせたから、源氏は明石方の心用意をあらためて思い知らされる、という展開。明石の浦に似せて瀟洒に造ってあるとはいえ、父の入道にわかれて、母の尼君、三歳のむすめとともに移住するという、極端さは目にあまるものがある。現代に沿っていうなら、けっして解体の理由にはならない理由による、一族の解散であり、入道から見るなら天よりさずけられた子に託して、京へ回収されるはずのわが始祖神話を実現させる過程として、既定の方針通りに物語が達成されなくてはすまないことのむりが、ここより押し通される。

（女君）

　生きてまたあひみむことを、いつとてか――
　　限りも知らぬ世をばたのまむ

［現代語］

（京へ）行き、生きて再び会いみる未来を、いつ（のこと）と（思っ）て、
（命の）限りもわからぬ世をば――あてにしようか

既定のその神話ふうの内容がつよすぎて、物語の方向を変えようもない。うたが物語にかかわってその方向に参与する、というようには働かない。父とむすめとの別れの悲しみになびく一方の叙述だから、緊張を欠いてうたを凡庸にしてしまう。たといなびかぬつもりになって対抗しようとしても、うたが意味でその既定の方向へ対抗しようとするならば、ことばが決まらないという負荷のために、定型という容れ物の底が重くなる。《生きてまたあひみむことを、

いつとてか―知らぬ》というのか、《いつとてか―限りも―知らぬ》というのか、つめ切れてないし、《限りも―知らぬ世》というのにしても、老いゆく父をまえにして言語がにぶるのは人情で、どうしても曖昧であることを避けえぬ以上は、凡庸なうたをここにむしろ必然とする。たしかに別れうたが〝名歌〟だとしたら、あまりうれしくないよな。凡庸に詠ませるのは作者の技倆のうちだ。」

一つづくうたも別れのそれ。

（女君）

いくかへりゆきかふ秋をすぐしつつ、
浮き木にのりてわれかへるらむ

［現代語］

幾返り幾返り交替する秋を（明石に）、
過ごし過ごしして（いままた京へ）、
（帰る）浮き木に乗ってかしらん、（わたし）

《憂き》をひびかせて、銀河を浮きわたる流木みたいな舟で、順風をうけて、予定通り、京へとかれらは帰りつく。あたらしい家どころは明石の浦に似せて造ってあるだけに、かえって捨ててきた家居が恋しくて、つれづれにあの形見の琴《きん》を取り出すと女君はかき鳴らす。松風がそのねに応えて韻きあうのは、かの斎宮女御の絶唱、

琴のねに峯の松風かよふなり。
いづれのをよりしらべそめけむ

に拠っている。調律、演奏、吟味、調査のすべてにわたり《しらべ》の原意は糸の緒を伝ってそらへ韻き出す。

（女君）

古里に見し世の友を恋ひわびて、

さへづること（言、琴）をたれか―わくらむ

［現代語］
ふる里に（昔）見た世の友を、恋しさのあまり、
さえずる（意味不明のわたしの）ことば、
（わたしの）拙い琴を、だれが（聴き）わけているのだろう

しらべは虚空の通路を伝って男にとどくらしい。源氏の君はやってきて、女君と、二葉の松といわれる三歳の姫君とついに再会する。源氏のかつて派遣したためのともまた、いまの盛りにうつくしい面ざしを一段とつややかに見せつけて、この女性こそは将来に、わが明石の物語を語ることになる語部の役割を負わされる予定だ。明石の君の寝室からは夜一夜、むつみごとが漏れてやまないのもことわり、三年ぶりの逢瀬に繰り返し交わりながら、ついに朝を迎えてしまう。つぎの夜も男君は大堰にやってくる、かの形見の琴《きん》がしらべもそのままに、男君のまえにさし出される、こらえられずにそれをかき鳴らすと、昔にひき（弾き、引き）返し、明石に過ごしたころの思いがもどってきて、

（男君）
契りしに変はらぬこと（琴、言）のしらべにて、
絶えぬ心のほどは―知りきや

［現代語］
変わらぬ琴のしらべ（のまま）で、
（その琴とおなじ）言（葉）で（再会の）約束をした、
（その言葉のとおりに、）
切れ（ることの）ない（わたしの）心のつよさは、
（あのころ）存知であったか

（女君）

かはらじと契りしこと（琴、言）を、たのみにて、
松の韻きにねをそへしかな
［現代語］
（琴のしらべのように）変わりはしまいと、（あなたが）約束した言葉に、縋る思いで、松（風）の韻きに（琴の）ねを添えて、（あのころわたしも）泣くねを添えたことよな

これが明石の君の秀歌であると認めることにやぶさかでありたくない。明石の巻から吹き寄せる松風の韻きがここにうたの緊張を添えている、ということだろう。うたは意味じゃない、と繰り返しそれが言えるね。」

「意味じゃないんだよ。流行《はや》りの語で言えば、身体技法としての動きが、繰り返しによってうたになる。しかしこれらはうたうことをしない。それなら《うたう》とはどうすることを言うんだろう。楽器に染み込んだ記憶、とそれを言ったひとがいる。これらのうたが、琵琶のこえ、箏の曲、琴《きん》のしらべに絶えずかよい、それらをいつでも松の韻きが聴いている、という構成だった、その力を忘れてはいけない。うたわないうたを、うたううたが囲み、うたううたが、うたわないうたに生きられる。音楽の楽音が韻きの消失する場所で消えてゆくときに、糸はいつまでもふるえている。ゆびがそれをいつまでもおぼえている。音楽家は電信柱に耳をさしつけて、ワイヤーの音をじっと聴いていた。電線のうえに並ぶ、バタンインコも、ブンブンダルイも、セジロカササギフエガラスも、オーストラリアからソングラインを伝って、三歳の女の子たちには聴こえる。糸でんわをはって、肥前国からだって、常陸国からだって、遠くの声を聴くことができた。みんなそのようにして生いそだつ。それが生まれかわるということなのか

もしれないね。明石の君は、真相を言うと、竜女が生まれかわり、また竜女に生まれかわって生いそだてられたのだから、作歌があわれ抜群にうまいのも仕方がない。三歳のとき、その女の子は竜の口で、神に身をささげさせられ、かわりに入道のさずかったのが明石の君だった、という物語。その画策をしたのが住吉の翁だ、という落ち。垂水の駅を降りてすぐそこ、海神社（あまじんじゃ、わたつみじんじゃ）に行ってごらんよ。ちいさくていなくなる女の子のために、糸でんわの糸を水のように垂らし祀っている。」

五　性と暴力——「若菜」下巻

皇女の密通を物語は最大級の事件として、あますところなくえがいてみせる。本来ならば不婚という、独身の生涯だったかもしれない二人の皇女、女三の宮と落葉宮（女二の宮）とを、「若菜」巻と「夕霧」巻とに配し、各自の人生を歩ませる。幸、不幸という棲み分けによるのではなくて、密通する女三の宮にも人生の密度がある、といっていけなければ、次第に成長してゆく一女性としての道すじが、同性の作者によっていつくしみとともにたどられる。

1　にゃくにゃーにゃるらん

私が向かうのは「若菜」下巻で、「性と暴力」というタイトルを課題として与えられた。あつかうべきは『源氏物語』中、だれもが物語性のピークをなすと認める「若菜」巻のうち、下巻に相当する部位で、そこには朱雀院の皇女、女三の宮が柏木という男と密通することがえがかれているので、課題はその事件をどう読むかという興味深い内容におもにかかわってゆく。

事件の突端は「若菜」上巻に始まる。六条院の蹴鞠（三月）に、督《かん》の君《きみ》（柏木衛門《えもん》の督《かみ》）は、夕映えのなか、女三の宮の方をしり目に見ると、御簾《みす》のつまからいろいろの袖口がこぼれ、透影《すきかげ》からもおおぜいの女性たちがこちらを見ていると分かる。唐猫が逃げようとして綱をまつわらせ、御簾が引きあけられて几帳のすこし脇に、袿《うちき》の立ち姿の人を見る。みぐしの裾までうつくしげに、ささやかな姿つき、髪のかかる横顔は、ことばにならないほど高貴に愛らしげで、夕日に奥暗い感じがしてもの足りない。猫が鳴くので見返るその人のおももち、身のもてなしを正面から見たろう。「若くうつくしの人や」（新大系、三―二九七ページ）、と柏木に見られる。同時に夕霧（大将）もまた女三の宮を見る。

帰宅して、胸痛く鬱屈する柏木は、小侍従（女三の宮の乳母子）へいつもの手紙を遣る。「ひと日、風に誘われて、御垣《みかき》の原《はら》を分けいりましたところ、（女三の宮が私を）どんなに見落としなさったことでしょう（＝「いとゞいかに見おとし給ひけん」）。その夕べから、乱り心地がまっ暗で、あやなく今日を眺め暮らしおりまする」（三―三〇一）。私（柏木）を見落としなさったろうと言い、引き歌と言い、「よそに見て……」歌と言い、その女人を見たぞという訴えだ。小侍従には、「御垣の原」云々の文句から蹴鞠の日のことと分かる。しかし、彼女には「いとゞいかに見おとし給ひけん」の深意を摑めない、ということだろう。

女三の宮その人は引き歌から、あの時、男の視線に曝されたことを知って赤面する。日ごろ、源氏から、「大将の君（夕霧）に気をつけるように」と言われていたから、受け取ったのはほかならぬ夕霧のレターかと女三の宮は幼く思った、ということではあるまいか。いまは夫である源氏の君と、その長男である夕霧とに対して、そのあいだにはさまれるかのごとく、情愛よりは恐れの感じのほうがまさりそうな女三の宮だったろう。

小侍従は代わって返りごとを書く。「あの日はそしらぬ顔を（していましたね）」（三―三〇三）とは、男の「いとゞいかに見おとし給ひけん」を軽く受け流そうとする言い方だろう。女三の宮に近づくことを小侍従は「めざまし」（失礼だ）と、これまで許し申さなかった、なのに「見ずもあらず」とはどういうこと？　小侍従は危ない手引きの役割を引き受け始めている。手紙を女三の宮にわたすときにも冗談ながら、〈男のためには一働きするかもしれませぬよ、私は自分の心を知りがたいからね〉（三―三〇二）と、そんな笑いを見せていた。この冗談はのちのち冗談でなくなる。

ここで「若菜」上巻と「若菜」下巻と、巻が上下に分かたれる。下巻は柏木の、源氏に対して「なまゆがむ心」（三―三一〇）、不遜な思いが次第に募る、というところから始まる。唐猫をいただいて代償的愛撫に耽る男でもある。「寝よう寝よう」（ねうねう）と鳴く猫に答えて、

……手にゃらせばにゃれよにゃんとてにゃくにゃーにゃるらん（三―三一四）
（〈恋ひわぶる人のかたみと〉手ならせばなれよ何《なに》とて鳴く音《ね》なるらむ）

とは、はなはだ冴えない戯れ歌だ、にゃーにゃー。この猫というエロスも、冗談で終わりそうにない。

2　密通という暴力

二年か、歳月が流れて、御代替《みよが》わりのことがある。柏木はもともと源氏のおとどが出家すれば、そのあと女三の宮を引き受けるのでよいと思っていた。しかしながら、そのけしきがなかった二年だ。かえって源氏は女三の宮のもとに通う日かずが、紫上とひとしくなる。とは、夜離れのつづく紫上みずからは高齢化をつれなくやり過ごすことでもある。女三の宮には今上の心寄せも厚く、二品となる。女楽では琴《きん》を演奏する女三の宮。彼女近辺の栄華が描写されるいっぽうで、柏木は中納

言となり、女二の宮と結婚する。しかし、女三の宮を思い忘れはしない。

源氏は自分が出家しないばかりか、紫上の出家を許さない。なぜ、二人は出家しない、あるいはさせないのか。これが難問であることは言うまでもないが、「若菜」巻の課題と深くつながる難問としてあろう。十一世紀初頭の『源氏物語』に見る仏教なら仏教は、十世紀代のあまりよく分からなくなっているさまざまな宗教形態の混在を描写している、ということがあろう。宗教形態が大きく様相を変えてゆく、複数の考え方のぶつかるすきまにぽっかりあいた精神の自由領域があった、そこに『源氏物語』は書き込まれたという面があろう。

だから、出家しない、させないという、ちょっとふしぎなこだわりを主要な主人公たちが示していることについて、あるいは出家しても在家仏教であったり（女三の宮その他）、または「総角」巻に至り一種の新興宗教が試みられる（宇治の大い君）といった、特色ある在り方を『源氏物語』時代の特徴としてすなおに受け取ることになる。それにしても、である、源氏の君も、そして紫上も、何かに対して非常に恐れを持つという感触を払拭できない。

かくて、紫上は病に臥す。その直前に亡き六条御息所を源氏の君が回想するというきわめて危ない会話がある。六条院は六条御息所の「六条」であって、その記号的意味であるとともに、じっさいに御息所の霊魂のうち休む霊安室だという実質でもある。むっくりとあたまをもたげたもののけは、（折口的分類に従えば）むろん生き霊でなく、単純な死霊でももはやなく、悪霊に達しつつあるということではなかろうか。それでも、秋好（わが娘）および明石母子（は六条御息所の同族である）に六条院を占有させるためには、御息所の霊魂が狙いすます、ターゲットとしての女三の宮であり、ついで紫上だ。この二人を六条院から追放するためには（しかし女三の宮を六条院から追放することは至難であり）、まず、紫上のうちなる敗北感を利用する。一月が過ぎ、二月も過ぎて、病状が回復しない紫上を人々は二条院へ移す。

六条院から二条院へ移したことは一応、正しかったろう。しかし、六条御息所のもののけは病人にはりついたままで二条院へ来てしまっている。女三の宮の密通という犯行は紫上が去り、悪霊からもいっとき解放された空白の六条院を舞台として進行する。六条院は宮廷じたいではないから、擬似的に宮廷に吹き荒れる暴力ということになろうが、密通が古来、天変地異を引き起こすなどのゆゆしい暴力行為であったことはいうまでもない。

3　魂を女三の宮のかたわらに置いて

ややもすれば、この密通事件は、柏木という男の「暴力」によるかのように言われる。しかし、高貴な女性が犯す密通の暴力性と、手順および歳月を尽くして女性に近づこうとする臣下の男の捨て身とを、単純に並べたり、一方的に断罪したりしてもしょうがない。

小侍従の母は女三の宮の乳母で、その乳母の姉が督の君柏木の乳母と言う、この濃密な乳母空間のなかで、柏木はまさに幼時より女三の宮のきよらなるさまを耳にし、運命的なあいてと思い込むに至った。そう物語は語っている。小侍従とて、〈源氏よりも早く求婚者は私だった〉と、柏木に説明されてみると、物深からぬ若人でもあり、もとより手引きという犯行を犯すかもしれない自分を深層に抱えていたままに、ついに女三の宮の寝所へ男をみちびき入れる。

男は近づいてどうするつもりだったか。「たゞいとほのかに、御衣のつまばかりを見たてまつりし」、かの「春の夕べ」のおんありさまを、さらに「け近くて見たてまつり、思ふことをも聞こえ知らせては」、一くだりのご返辞などでも下さるのでは、そして「あはれと」分かって下さるのでは、と思ったという から (三—三六二)、覚悟がなくても密通の欲望であり、持たれるであろう情交のはてには懐妊が予定される。むろん、そこまでは思い寄らない、と物語のはっきり言うところであるけれども。

近づいた男は宮を床《ゆか》のしたへ抱き下ろす。宮は人を呼ぶけれど、近くに聞き付けてかけつける人もいない。わななき、流れる汗に正気のなくなる宮を、男は「あはれにらうたげ」だと思う。「かずならぬ身であるけれど、かようにお嫌いあそばすのが当然の身とは思われませぬ (=「思給へられず」)。……罪重い心もさらにござりませぬ (=侍るまじ)」(三—三六二) と、都合十行にわたる長々しいくどきのせりふは、これだけの長さじたいがリアリズムかと思われる。「罪重き心もさらに……」という一句は記憶しておこう。宮は「この人なりけり」(柏木だ) と気がつく。男のせりふはつづく、〈かような忍び逢いは世にないわけでもありませせぬ、めったにないあなたの無情な心がつらくて「ひたふる心」が付くのです、せめて「あはれ」なりと声をかけて下され、その一言をうけたまわって退出しましょう〉(三六三～四)。

これまでそとから慕っていたのと違う、いま眼のまえにするなつかしくやわやわとあてなる宮の姿態に、男は思い静める心も失せて、どこへでも連れてゆきたい。このまま死んでしまいたい、と思い乱れてしまう。女が一言もない状態で情交に向かう。そこには言われるようなレイプ性があると考えるのか、どうか。一時、一九九〇年代にはいり、『源氏物語』内のいくつもの情交について、さまざまにレイプ形態ではないかという議論があり、私に与えられた「性と暴力」という題はその議論に対してどう思うか、答えを用意しろという課問と思われる。

男はまどろむ夢に猫を見る。「虎の夢を見た時、直ちに合歓せば、男子を生み、成長ののち武官となる」（今村鞆『朝鮮風俗集』、一九一九）とは、おなじ猫族、大きめの唐猫のはなしだ、と言えば強弁ながら、男子誕生の予言であることは一致する（いや、夢と「合歓」との順序もすこし違うか）。

柏木が「のがれぬ御宿世の浅からざりけると思ほしなせ」と言うに及んで、宮はくちおしく同意する。猫が綱を引いた「夕べのこと」を男が言い出すのを聞いて、なるほどそういうことがあったのだろう、「契り」がつらい身の上であったよと分かる（三―三六五）。幼げに泣く宮を柏木はかたじけなくあわれと見たてまつると、自分の袖で宮の涙をぬぐう。

退出の時間が迫る。まだ一言も交わさぬ宮に、つらく思い詰める柏木が、自殺を口にし、ないし強引に連れ出して情死をほのめかす（抱きかかえて出ようとする）のは、明るみで宮をもっと拝見したいという欲望でもある。「あはれなる夢語り」もお聞かせしたい（あなたとのあいだに運命の子が生まれるのです）と暗示しつつ、うたを詠むと、宮はすこし慰んでうたを返す。

あけぐれの空に憂き身は―消えななん。「夢なりけり」と見ても―やむべく（三―三六六）

女からの同意のサインとしてのうただとしても、密通が（もし宮廷社会ならば）重大な秩序壊乱という暴力を意味し、六条院（という疑似宮廷）を崩壊させる端緒となってゆくことを、幼い宮はきっと気づかないでいる。柏木は半分聞く感じでその場を出てしまうという次第だが、重要なことが書かれる。「……魂は、まことに身を離れてとまりぬる心ちす」と。ここちにとどまらないだろう、柏木はほんとうに魂を女三の宮のかたわらにおいて、自分は腑抜けになりつつ、ここを退出するというのだ。

4　死病にとりつかれる

柏木はたしかに六条院の若い女主人公を犯した自分を、「さてもいみじきあやまちしつる身かな」（三―三六七）と、そら恥ずかしいきもちになっている。しかし、帝のおん妻を犯すような重罪を思い浮かべて、それほどの罪には当たらないとも考える。源氏の君は帝王ではない、それでもこの院（源氏）には目をそばめられ申すことだろうと恐れる。顔をあわせることはできないとどうしても思われる。男にとり、密通は深き過失であるのか、それとも、つみないとしてはランクの低いそれだというのか、やや読み取りがたい告白がつづく。

女は女で、まことにくちおしい身柄であったことと思い知るようだ。その病態を心配して源氏が六条院へ駆けつける。と、二条院では紫上の病勢がにわかに進み、絶えいってしまう。源氏は二条院へと走る。振り回される源氏だ。もう手遅れのようで、侍女たちは泣きさわぎ、僧どもはみ修法《すほう》の壇を壊して、高僧を除き、ばらばらと帰り支度している。のこった僧が、そこでどうしたかというと、〈寿命が尽きてしまうとも助けてくれ〉（＝「この世尽きたまひぬとも、たゞいましばしのどめたまへ」、三―三七〇）と祈願を立てる。めちゃくちゃな祈願なのに、これを聞いてやったのは不動尊だという。

不動尊のたたかったあいてがもののけであること、そこに六条御息所の死霊があらわれたことなど、くわしく復唱するまでもあるまい。紫上の奥底には女三の宮への敗北感が渦巻いており、そこを利用して、六条院の秩序に壊乱をもたらそうとしたのは御息所の霊魂だ。病床の紫上そのひとを不動尊がついに守護して、いっときの助命の祈りに応えることとなった。紫上は二条院にいながらにして在家仏教的な五戒をいただくこととなる。もののけの世界を操る民間宗教者たちとの妥協点がその辺りにわだかまっていよう。御息所の霊は源氏の君と紫上とのあいだで交わされた〝物語り〟（三―三五一）を知って、現世に姿を現したのだという。すべては巫覡らによる妄想劇だとするならば、かれらは紫上のうちなる不安をよく捉えていたのであり、つぎにかれらが女三の宮に的をしぼる流れも容易に見て取れよう。

女三の宮は予定通りというか、懐妊する（三―三七七）。柏木との逢瀬をつづけた結果かもしれない。源氏が女三の宮を見舞うことを知れば、それだけで嫉妬する柏木だ。柏木から綿々と書き綴った手紙がとどけられる。それを源氏が見つけて、源氏もまた苦しむこととなる。柏木は小侍従から、ことの次第を知らされ、源氏に合わせる顔がないと恐れるものの、「さして重き罪には当たるべきならねど」（三―三八八）と、さきの思いを繰り返している。朱雀院、女三の宮の父の五十賀の試楽が六条院で催される。その当日、源氏が柏木を「さかさまに行かぬ年月よ」とうち見やるということがあり（三―四〇四）、めぐりくる盃にもかしら痛くなった柏木は、惑乱し退出してそのまま病床に臥す。父邸にもどってふたたび立つことがなくなる。

以下、「柏木」巻を、成り行き上、すこしかいま見ると、「深きあやまちもなきに、見あはせ奉りし夕べのほどより、やがてかき乱りまどひそめにしたましゐの」(四―八)とあるのは、かの蹴鞠事件をあらわす。猫のせいでお姿を見たのであって、われとわがあやまちではない、と。つづいて「身にも返らずなりにしを」とは、密通ののちに「魂は、まことに身を離れてとまりぬる心ちす」とあった。さきに注意したように、二年かそこらの歳月が流れていたといえ、蹴鞠の日に魂を六条院へ起きっぱなしになり、密通のときからはほんとうに女三の宮のもとを魂が離れなくなった、という一連の時間で受け取れ、とする文脈だろう。定説に「若菜」下巻の源氏が「うち見や」った時のことをさす、と読まれているのは失考だと思われる。試楽の時に源氏がうち見やることで柏木は死病に取り憑かれたのだった。

女三の宮は六条御息所の死霊によって出家させられ、「鈴虫」巻において三条宮に在家のかたちで仏道修行する。女三の宮とはだれだろう。柏木という男を破滅させ、みずからは出家するというかたちで罰せられる。六条院は密通事件によって栄光が傾斜し始める。六条院への闖入者ともしばしば評され、のちに三条宮への退去を余儀なくされて女主人公性を終える、この女三の宮という女性をどう評価するか、むずかしい。

5　『源氏物語』の性的結びつきは

『源氏物語』に見られるいくたの情交関係を、「レイプ」だとか、いや「レイプ」でないとか、一時流行した論調で、話題になるのは順に、あいてを源氏とする場合では、空蟬、軒端荻、末摘花、朧月夜、紫上あたりだろうか。藤壺との関係をもその視野で見るひとがいるかもしれない。あいてが源氏以外では、いま問題とする女三の宮や、いまは措くとしてもずっとあとになって、浮舟をどう見ようかという問題につらなる。

レイプの基本は戦争犯罪としてあって、原型的には民族間の殲滅戦で敗者の男どもを殺害したあと、婦女子を出産要員ないし奴隷として拉致し去るところにあったろう。それが変形して、戦時下や戦後に勝者による婦女陵辱としてのこった。しばしば男の集団によるレイプというかたちをいまにのこす理由だ。

日中戦争下の中国大陸で、あるいは第二次世界大戦直後のヨーロッパで、大量のレイプが行われたことは、近代史上の悲惨な事実としてある。二十世紀のすえでも、旧ユーゴ解体に伴う戦争下に、人類はレイプ事件を繰り返していた。戦争に附随してレイプがあるのでなく、じつに戦争の三要素として、虐殺、略奪、そして陵辱をかぞえるべきだというに尽きる。それの変形に次ぐ変形の果てに、男のなかの戦争欲望みたいな何ものかが、常習のレイプ犯を産むことになったろう。戦争欲望と言っても、はなはだ漠然としたことながら、政治支配欲や権力志向、あるいは宗教支配が暴力と結びつくと、容易に戦争状態となる。敗者にもまた怨念や復讐欲だけがのこって、報復的な戦争状態になることはよく知られる通りだ。戦争状態以外でのレイプをその状態から切り離して、卑しむべき犯罪としてのみ論じてもここでの疑念は解けない。

空蟬は「帚木」巻の後半で、貴公子源氏の君のために、受領家からの〈歓待〉として一夜妻の役割（性的サーヴィス）を果たさせられた。そうは読めない、という意見があるとしても、紀伊の守が「なめげなることや侍らむ」（一―六二）、源氏が「女遠き旅寝は……」（同）と、まさに阿吽の呼吸であり、侍女たちが退出したあと、隣室のさき、へだてた辺りに女を寝《やす》ませ、むこうからは掛けがねをかけてないというのだから、同意の上で進行した情事と見られる。たとい女の合意があったとしても、これはレイプと見る余地があろう。紀伊の守一族が源氏がわの権力にすり寄るという企みのなかで、彼女として避けられない一夜妻の役割を果たさせられたのだとすると、ある種のレイプ性がそこにあるのではなかろうか。女性を〝縛っ〟て情交することをレイプとするならば（物語研究者はまさか強姦犯人のそれだけをレイプと認定するわけではあるまい）、権力で身動きできなくする性的関係にはレイプ性があると見られる。

「空蟬」巻では軒端荻と契る。空蟬と思って近づいてから、「人違い」と思われるのも滑稽だからと、さきに見たあの美人ならば、「ま、いいか」と、情事に及ぶ。自分を源氏と知られずに（名告らずに）いるという選択肢もあるにしても、空蟬に対して気の毒であるしと思って、源氏はこの美人に対してうまく言いつくろう。若くて何も知らないらしいけはいにもそそられて、「忘れずに待って下されよ」などと源氏は一通りの約束を口にする。〈自分は身分柄、なかなか連絡できないでしょうが……〉という男のせりふに、「え聞こえさすまじき」（どうお便りをさしあげればよいか……）と、女に無邪気に応えさせて終わる。ここにも一夜妻の感じがこもる。

末摘花に対しては侍女である命婦の計画のもとに、忍んでやって来る。もの越しに会うつもりで、末摘花は「格子をしっかりさしておいてね」と言い、命婦は「大丈夫ですよ」とかぶつぶつ言いながら、障子をぴしゃりとさして、簀子では失礼だから、とうちがわまで源氏を招じ入れる。高貴なお姫さまと心得ている源氏が、奥ゆかしい女の挙措にじれながら短歌を詠むものの、返歌はない。乳母子の侍従が代わって返歌をする。源氏はもう一度、うたを与えるものの、なかなかめずらしいお姫さまの無言にはだんだんプライドを傷つけられる思いで、しずかに障子をあけてはいってくる。命婦は知らない顔をして席をはずし、侍女たちにしても「ま、いいか」とこれもそんな感じの遠巻きで、女が〈「たゞわれにもあらず、はづかしくつゝましきよりほかの事」(一―二一八)がまたとない〉とはごく一般の描写だろう。つまり、当時の姫君が始めて男に逢う一般の描写を越えた感じではなかろう。

朧月夜との関係は「朧月夜に似るものぞなき」(「花宴」巻、一―二七六)とうち誦じてやってくる女性の袖をとらえる。おそろしさに「ああ気味がわるいよ、だれ」と言う女に、「いいえ、いやがらなくともよい」と、男はうたを詠んで抱き下ろす。戸をしめてしまう。わななくわななく、「ここに、人」と女。「わたしは人に許されているんだ」という男の声に、源氏の君とわかってすこしほっとする。わびしいものの、お酒ははいっているし、許すことはくやしくても、若くたおたおとして拒む意志がつよくない。名を明らかにせよと言われて、「うき身よに……」のうたを言うさまは艶になまめいている。扇を取り替えて別れる。

紫上は「若紫」巻で母親が亡くなって十何年という女性で、だから十二歳かそれ以上で、それから四年後(「葵」巻)に結ばれるというから、十六歳以上と見たい。年齢的にむりのない結婚ではなかろうか。世間は以前から二人が結婚関係にあると思っている。ある朝、男君がはやく起きて、女君はまったく起きて来ない、という時があり、紫上の新枕としてよく知られるところ。きぬぎぬの文がうたとして贈られる。紫上はこれまで源氏の君が自分を性的関係のあいてとして見ていたとは思いもしなかった。当時、そういうふうな女性もありえたろう。

さて、藤壺との性的結びつきは「若紫」巻でわれわれ読者の知るところとなる。その前後に妊娠もしており、運命的と言うほかはない。この〝運命〟ということは、男女の愛情とか、情念とか、そういう読み方をかさねても、それ以上どうしようもないことで、始まりを尋ねると、「桐壺」巻の高麗の相人の予言に言い当てられている。帝王の上なき位に即くとすれば、とか、臣下に終わらないとか、要するに后にあたる人と密通して子をなし、その子が帝王の位に即くという予言であって、藤壺との密通を言い当てている。源氏の君も藤壺も苦しいこととして嘆き、身の定めをかこちこそすれ、そこいらの結びつきのごとく「好きだ、愛してる」などと言いそうにない（よく探せば言っているのかもしれないが）。なした子を見ては「なほうとまれぬ。やまとなでしこ」（＝「うとましく思ってしまう、この子を」〈「紅葉賀」巻、一―二五四〉）と詠まないわけにゆかない。

これは女三の宮の密通にきわめてよく似る、と注意しておこう。しかし、女三の宮は皇女であり、源氏の妻であって、それに対し、これは帝のおん妻《め》をあやまつという重罪ではないか。柏木その人が繰り返す、自分は重罪に当たらないとする主張には、根拠がそれなりにあるということになる。

『源氏物語』においてふしぎなことがある。つまり、出家する女性と出家しない女性とがいる。六条御息所は「澪標」巻で出家して、まもなく亡くなる。もう一人、朝顔の君もまた出家する。この二人の出家についてはなぞめいているにしても、考えられることとして、伊勢という神域に至ったこと（六条御息所）、賀茂斎院であったこと（朝顔）が、それぞれ仏教的に罪ではなかったかと、あえて考えなされる。彼女たちを除くと、藤壺、朧月夜、女三の宮、空蝉そして浮舟の五人が浮かぶ。これらの五人の共通点は何だろうか。五人とも、密通を犯していると気づかされる。密通を犯していない女性たちはほぼ出家から解き放たれている。それらと対比的であり、密通は『源氏物語』のなかで罰せられている、と判断してよかろう。

暴力は、申してきたように、密通じたいにある。須磨から明石へかけての暴風雨は、その暴力を如実に表現する。いろいろな原因が穿鑿されているにしろ、謹慎する藤壺（出家）、源氏（須磨退去）を罰しつつ、次代の王権を冷泉へ持ってくるための、避けられない壊乱であったとみたい。直接の引きがねは朧月夜だったかもしれない。そのような壊乱についての出典が中国文学にあると、かれらはよく知っている。密通に対しては天罰か地の罰か、懼れなくしていられなかったろう。かくて彼女たちは出家する。藤壺も、朧月夜も、そして女三の宮も、浮舟も、密通を背負って出家するのであり、そういうかれらのうしろめたさを読者たちが非難したくなったり、やりきれない思いがしたりした、ということはあろう。そんな思いが非常にゆがめられて、レイプ事件の被害者であるかのように言説化されていった現代人の読みだったのではなかろうか。「性と暴力」という課問について答えを出すとすれば、柏木に暴力性はほぼ認めがたいという意見に落ち着く。

6　ジェンダー、シャドウ・ワーク

ジェンダーは文法用語で、もともと文法的性を言う。男性名詞、女性名詞あるいは中性名詞を持たない日本語常習者（日本語ネイティヴ）にとっては、感覚的にほとんど理解不可能な言語現象だと言ってよい。しかし、それを言うならば、英語社会の人々にあっても、ほぼ男性名詞、女性名詞を喪ってきた。のこっているとしても、かず少ない。世界にはジェンダーを持たない言語圏（たとえばヨーロッパ諸語その他、広く世界に分布する）と、ジェンダーを持つ言語圏（これも広く分布）と、半分ずつぐらいだと言われる。文法的性であるジェンダーは、おそらく実際の性（雄、雌）に発し、数千年か、数万年か、まったく推測ながら、悠久の歳月が、言語に性を宿させてきた。男性、女性、中性のほかのジェンダー（性）を持つ言語もまた世界にはあって、格構成にあずかるなど、ジェンダー理論の基幹はなかなか複雑さをきわめる。

ジェンダーのある言語、ない言語という区別はちょっとふしぎなことで、中性名詞をかなめにしてジェンダーを発達させたり、無性化させたりしてきたということではあるまいか。無性的な日本語をいきなりジェンダー理論に当て嵌めて、男ことばそして女ことばに類推するのは、たしかに見識であって、世界には「男ことば、女ことば」を発達させてきた言語もあり、まったく無意味ということではない。すべては発達途上か、衰退途上か、途上に置かれている現象だろう。英語がジェンダーをだいたい喪っているということは、ジェンダーのない言語に移行し切ったのでなく、途上にあって喪失感（あるいはジェンダーを持つ諸言語への深いコンプレックス）を持ちつづけ、いまに至るということではなかろうか。

著名な（日本では一九九九年に翻訳の出た）『ジェンダー・トラブル』（ジュディス・バトラー、一九九〇）は、当然のことだからか、ジェンダーを文法用語出自であると言わないばかりか、言い出しっぺのイバン・イリイチ『ジェンダー』（一九八三、日本語版一九八四）について、原註にも、日本語版では訳者解説にもふれない。つまり、バトラー氏としては文法のくびきを脱して、社会（学）的ないし哲学的タームへとこれを読み換えようと腐心した、ということだろう。英語圏の著者として、一理あるとして、ジェンダーなき日本語社会で彼女の所論がどのように受け容れられるか、思い半ばに過ぎるものがある。

関連すべきこととして、もっと極端なことがこの国で起きた。イリイチ『シャドウ・ワーク』（一九八一、日本語版一九九八）という名の先駆的な書を、日本ではどう受け容れたか。シャドウ・ワークはたとえば医療専門職（医師）と患者との関係に成立する。患者が医師の指示に従い、施術を受けたり、朝晩のお薬を飲んだりと、〝苦行〟をなぜしなければならないのか。シャドウ・ワークだからではあるまいか。車両の運転者に対する乗客という行動などもイリイチ氏は挙げている。学校の先生が出す宿題、レポート題を、生徒、学生はなぜ苦労してやらなくてはならないのか。宿題とはシャドウ・ワークだからなのでは。

神父（や牧師）たちを介して神の示しに接すると、どうして人間は、信者たちだけかもしれないが、服従しなければならない（あるいは修行しなければならない）のか。ちかごろの課題として言えば、なぜわれわれは被災地に寝袋を持って駆けつけるのか。ヴォランティアリズムはシャドウ・ワークではないのか。小説や詩に向かう読者の行為もある点からするとシャドウ・ワークだろう。作品に対する深い信頼や敬意が文学研究を成り立たせる。持ち出しの文学研究はシャドウ・ワークにほかならないということだろう。

けっしてマルクス主義的な労働概念を否定するのでなく、労働概念のすきまに人間としての信頼や敬意を前提とするもう一つの労働を見いだそうということだと思われる。医者は労働を売っているのだろうか。患者がそれを買うのだろうか。けっしてそうではなかろう。医者は服薬を命じ、施術のために病人の身体をベッドに括りつけるなどする時、信頼や敬意がそこにはこもり、共同して将来の医療文化の進展のための寄与をどこかでしている。しかも、患者が徹底して医療費を払うという特徴がある。乗客について言えば、運賃を払って目的地まで運ばれる。信者は教会にドネーションする、あるいは修行という苦痛に耐える。ヴォランティアリズムも持ち出しを基本とする。読者は本を買い、研究する人は研究費を集めて文学作品に打ち込む。一方的に資金（時には生活費）を注ぎ込んで、何か文化的将来のために誇らしいことをしている。（消防隊や、あるいは軍隊が〝献身〟的な活動を見せたとしても、報酬が払われるとしたらば、それはシャドウ・ワークにならない。）

7　皇女不婚と結婚

日本社会では、シャドウ・ワークの意味するところが、たしかにイリイチ氏の取り上げるところだとしても、主要に〝専業主婦の家事労働〟というような限定になってしまう。日本社会に当て嵌めてゆくと、女性たちの家事労働が何か「シャドウ・ワーク」として、各自の所属する家庭に対する信頼や敬意に対して奉仕し、だから報酬が払われないのだ、とでもいうように理解されたということだろうか。

ふた昔か、もっとまえのこと、平安時代高級貴族の娘たちは十二単を着せられた生殖器だ、というようなことを私は述べて、執拗に抗議され、撤回させられたから、撤回したままにしておく。だから、そういう考え方は単純にまちがっているので、「帚木」巻一つとっても、〝雨夜の品定め〟には本格的な主婦論といった趣きがあると読むことができる。「須磨」巻では紫上が、ご新造さんでありながら家政を任せられる（何十人もの使用人たちを統率しなければならない）という、シャドウ・ワーク性を読み取ることができるかもしれない。ジェンダー理論としてはそこを読み取って、そこからのことだろう。

問題は依然として女三の宮だ。彼女はけっして高級貴族の娘ではない。高級貴族の娘でなく、不婚とされてきた皇女の身分だ。皇女問題を骨子に据えなければ、解決はないことになる。というより、事実上、結婚するからには、不婚という考え方は革新されたのか、という説問となる。式部卿宮の娘たち（朝顔、紫上）や常陸宮の娘（末摘花）、あるいは前坊の娘（秋好）などはボーダーラインであるから措いて、ここ「若菜」下巻で柏木と結婚する女二の宮、そして六条院に降嫁する女三の宮は、もし皇女不婚が習わしだとするならば、父朱雀院の選択として、彼女たちを結婚させないという道がありえたにもかかわらず、結婚する。結婚させたことの結果が、一人は密通を犯して出家し、もう一人は結婚あいてを早世させるという、ともに不幸を招いた、と言えばもうありふれた議論になる。

ありふれたと言えば、女三の宮そのひとが、特に教養や詩歌の才にめぐまれているわけでなく、かと言って家政にタッチするわけでもなく、周囲の男性（父、夫、密通あいて）そして侍女たちの促すままに、成長し、人生を通過し、いつしか老いてゆく。起こした事件は固有であっても、古い社会主義リアリズムの典型論で片付きそうな、文字通りありふれた、典型的な女性像の探求が皇女という描写を通して試みられている、ということではあるまいか。

それでも皇女たちに結婚という道をひらいて、権力者（源氏ら）に〝後見〟させようとした朱雀院の決断は、時代からよしと承認されたのか、『源氏物語』のそれ以上、語ることでなかったということか。いや、女二の宮を「夕霧」巻の落葉宮とし、柏木に代わって夕霧が彼女を〝後見〟するという経過に、物語なりの解決の方向を示したのかもしれない。出家以外の方法で安住の地を見いだした一人が落葉宮だったとは言えそうに思う。

六　橋姫子（小説）

宇治十帖の前半を卒業論文に取り上げようとして、うまく書けなかったらしい女子学生のそれという設定の小説で、読んでみると、なかに「竜王の草」というような、物語内物語が創作されているなど、なるほどこれではとうてい審査に通ることができないと納得できる。何種類かある「橋姫物語」を、宇治十帖の「橋姫」巻にかさねたい思いはわかるにしても、なかなかできないことで、その女子学生のような想念で書くのがぎりぎりの方法かもしれない。

一九九六年に八十七歳で世を去った、父の遺品を整理していると、出てきたのは、学生たちの提出した、大量のレポート類で、なかには明らかに卒業論文の下書きと見られる、ぶ厚いのも何部かある。多くは父の専門の関係から、歴史学のレポート類や、論文のたぐいが多い。なかに混じって、文学関係のそれらがすこし見られるのは、特に父が許可したからだろうか、それともほかに引き受け手がなくて引き受けたのだろうか。

括ってある、一たばがあって、その一番うえに、ドナルド・L・フィリッパイのなまえが見えたので、ひっぱり出してみると、文学関係のそれらを集めてあった。このフィリッパイという人は、日本古典鑑賞講座の『日本の歌謡』（角川書店）の月報に文章を寄せたぐらいの、当時、よく知られた、アメリカ人研究者で、父もあとあとまで「フィリッパイ、フィリッパイ」と話題にしていた。

そのフィリッパイに、私は一九八〇年代の終わるころ、アメリカ合衆国の西海岸で会ったことがある。会ってはなしをすると、日本国内の過激派と、あのころ接触したために、国外へ退去させられ、アイヌ語文化の研究をつづけられなくなって、それ以来《望郷》（とかれは言った）の思いでサンフランシスコにとどまり、渡航の意志を捨てていないのだった。一九七九年には『Songs of Gods, Songs of Humans』を刊行している。Humans とはアイヌ（＝人間）の意味にほかならない。國學院大学へ留学して、優秀な青年だったと、私はのちに、何度も父から聞かされたので、会ったとき、そのはなしをすると、ああ、あなたが藤井先生の子息か、と抱きしめられる。原因不明の衰弱で、その数年後、アパートで急死したと、かれと同居する、男性が知らせてくれた。

文学研究はフィリッパイのそれのほかに、かれのレポートと一緒にして、ひもで括られてある、一たばのなかに、やや厚手の一冊で、卒業論文の体裁の、しっかり綴じられてある、しかし表紙を欠いて、いきなり扉に、

橋姫物語の源氏物語への影響

（橋姫物語より）

と、ペンで書かれてあるのが、細くて、青インクでかすれたようになっている。何かなつかしさをかきたてられるのはどうしてだろうか。丁寧体というのか、ですます調よりも丁寧な、その文体が、異様といえば異様で、もしかしたらこのために卒業論文にならなかったという、事情ではなかったかどうか。扉のうらに短歌形式のうたを一首、書きとどめるというところにも、論文らしからぬ感じがする。しかし、筆者のねらいはそこにあるのかもしれなかった。

「水の物語と称してよろしい、源氏物語宇治十帖でありますけれども、その最初はと言えば、火に追われる、宇治の八の宮という、宮さまのおはなしが、印象深いのであります。私の研究の当初は、めざすところ、なぜ宇治という地名が、源氏物語にとって重要であり、主要な舞台の一つとしてえらばれたかという、課題でありました。あるとき、八の宮邸が全焼します。平安の都の火のことは、よくあることでありまして、八の宮邸のそれもまた、ありふれた、火のことのひとつであったと思われます。むろん、なかには、政争にまきこまれた、火のことと言いますか、よく知られるところでは、蜻蛉日記の、中巻の、源高明邸の火のことがあります。あれは放火でした。それに対して、宇治の八の宮邸の全焼が、放火による、それであったか、確たる、証拠をつかめないにしても、その推測はほとんどする、必要がないと思います。いまは亡き源氏の君（—光源氏）の弟でありまして、冷泉帝が、東宮（—皇太子）であったとき、朱雀院の大后が、よこしまな、画策をいたし、この八の宮を天下に立ち継ぎなさるようにと、朱雀帝の時にまつりあげたという、騒動があり、そのために心ならずも、あちらがわ、源氏がたの仲間からは遠ざけられてしまった、結果となり、いよいよ源氏の君の子孫ばかりがつぎつぎと栄位につく、世の中になりはててしまうと、宮中での、まじらいもままならず、また何年もかけて、宗教的人間と言いますか、聖《ひじり》になりはてまして、いまは限りとすべてを思い捨てます。いったい、そのような、政争があったとすると、源氏の君の須磨下りの前後だったでしょう。つまり四十年もまえのことであり、それに対して火のことは、姫君たちが生まれてあとのことですから、大きく隔たりがあります。すなわち、火のことがあって、八の宮は姫君ともども焼け出されたのであります。

（八の宮うた）

見し人も宿もけぶりになりにしをなにとて
我が身消えのこりけむ

という、悲しみのうたが、橋姫の巻にのこっております。

一緒に暮らした人、わが亡き、北の方も、邸も、
煙となってしまったというのに、
なにゆえわたしの身、この身だけは、
消えずにのこったのだろう

八の宮の妻というひとは、大い君を産み、ついで中の君を産むと亡くなるという、設定です。《見し人》が煙となるとは、北の方を送ったあと、亡くなって火葬することとです。姫君たちの教育は八の宮の手で行われる。つまり、親代わりでそだてあげるべき、乳母《めのと》は、逃げてしまいました。火のことがおきると、八の宮は、姫君たちをつれて、みやこ落ちと言いますか、悄然と京都を去り、別荘地帯である、宇治の地に、山里と言ってよい、一寓があって、そこへ移り住みます。宇治の里のおはなしの始まりでした。」

論文の冒頭は、みぎのように、『源氏物語』の、どうしてそれの終わり近くに、宇治の里が舞台になるのか、その起源を語るという、始まり方だ。「橋姫」巻の冒頭によると、世に存在を認められない、八の宮が、時勢に乗れず、高級貴族家の後援もえられぬままに、世間から冷遇されていた。北の方の親は、むかしの大臣で、最初の八の宮の立坊や即位を期待しただけに、失望して亡くなる。けれども、北の方そのひとは、親の願いに背いたにせよ、八の宮との、むかしからの契りの深さを、憂き世の慰めとして、たがいにたのみかわす。ずっとできなかったこどもが、思いがけなく生まれて、じつに「うつくしげな」(可愛らしい感じの)女君だ、と記事にはある。大い君と呼ばれる、長女の誕生だ。これをたいせつにそだて、はぐくむうちに、さしつづき懐妊して、このたびは男の子でも、と思うものの、おなじく女の子を出産する。その子は中の君、中の宮、あるいは若君とも言われる。産後、北の方は重くわずらい、ついに亡くなってしまう。八の宮の、あさましくまどう、心まどいは一通りでない。時間が経つにつけても、《まことに理不尽で、こらえがたいことが多くある、世であるけれど、見捨てがたく、切なく感じられる、あなたの、おありさまや心ざまに引かれて、現世にかけとどめられる、ほだしとして、これまで過ごしてきたというのに、あなたは亡くなり、私ひとり、この世にとどまって、いよいよすさまじいことよな。幼くてばかりの、こどもたちをも、私の限りある、身とて、ひとりではぐくみ立てようあいだの、えらくおこがましく、外聞のわるかろうことよ》と、他人に見ゆずる、あてもなくては、仏道への本懐もためらいつづけて、年月が経つ。大い君も、中の君も、すくすく成長する、その様子、かたちが愛らしくて、申し分ない。これらを明け暮れのなぐさめとして、自然と毎日を見送る。

――どうなのだろうか。大い君のほうは、その生涯を、物語のなかにたどることができる。つまり『源氏物語』のなかで、その誕生から死ぬまでが語られる、唯一の人物ではないか。光源氏という、主人公ですら、誕生をこそ語れ、その死はかならずしも物語のなかに見えなかった。大い君だけが、物語から、ついに出ることなく閉じ込められる。大い君の悲劇性ということが、もし論じられるとしたら、物語に閉じ込められて、そこを出られない、彼女の生について、そのように呼ぶことができるだろう。このことは強調してし過ぎることがないぐらいだ。大い君の、これからの、短い生のあいだに、いろいろ経験することが、物語にえがかれる。それらが彼女にとっては初めての経験だと語る。そういうことだろう。和歌を作る、ということにしても、披露してよい、最初のうたとして、こんな一首が紹介される。

（大い君のうた）

いかでかく巣立ちけるぞと思ふにもうき水
　鳥の契りをぞ知る

水の世界を出られない、と詠むかのようで、大い君の生とその結末とを思わせる。みぎの論文のまねをして、私も現代語に置き換えておこう。

どうしてそんなに成長して、
いまあるのかと思うにつけても、
憂き、浮き水鳥の運命を知る

対するに、したの子が、

（中の君のうた）

なくなくも羽うち着する君なくは我ぞ巣守
になりはてなまし

これも現代語に置き換えると、

泣きながらも、羽を着せてくれる、
父君がいなくては、わたしこそ、
孵らぬ卵のままになりはててしまいそう

と、父宮の愛育があってこそのわたしだ、と詠む。中の君は負けてないのだ。えこ贔屓というのか、大い君よりは中の君のほうに、いまひとつ父宮の愛情がそそがれる、とこの物語を読める。作者は八の宮を、人間的、対社会的に、欠陥があるというようにえがきたいのだ。八の宮は、父みかど（桐壺帝）にも、母女御にも、早くに死にわかれ、はかばかしい、うしろ盾もなかったから、世の学問などを深く勉強できなかった、とはっきり書かれる。まして世の中に住みつく、心用意も、知りようがなかった、と。上品で、おっとり、《女みたいでいらっしゃる》とあって、当時の表現で判断すると、社会性の欠如を言うつもりか。伝来の財産や、祖父の遺産を全部、他人にまきあげられて、家具や調度品だけはのこったという。こどもへの養育は、さきほど述べたように、和歌と、楽器に合わせてうたうことと、楽器としては姫君（大い君）に琵琶、若君（中の君）に箏の琴。雅楽寮から師匠をつれてきて、こればかりは心をいれて習わせる。自身はといえば、仏道修行にいよいよ深いりして、聖《ひじり》になりはてたといわれるぐらい、在家でありながら、思いはのちの世へ馳せて、現世を捨てている。そうこうするほどに火のことがあり、邸を焼く。宇治の里へ退去して、ますます《遁世の聖》然とする。娘二人をつれて、これが言われる通り、宇治の起源であった。遁世する父宮は、それでもよいとして、宇治へ連れてゆかれて、どんな展望が娘二人の未来にあろうか。——

「姫君には琵琶、若君には箏の琴があてがわれます。ときどき、とりかえっこして、姉君が箏の琴、若君は琵琶を、という場合もあります。雲がくれていたばかりの月が、にわかに明々とさし出してきますと、《扇でなくて、この撥《ばち》だっても月は招かれるはずだったのよ》と、若君はさしのぞきます。じつに可憐というか、つやつやと、妹らしさがこぼれるようです。姉君は添い臥して、琴のうえにうつむきになりながら、《いる日を返す撥ならば、そんなのもあったことだけれどね、変わったことにも思いつかれるお心よな》と、すこし笑い声があがって、妹よりは重々しくたしなみがあります。《日を招くにはちょっと足りなくたって、この撥にしても月と無縁なものかしら》と、はかないことをうちとけて言い交わします。そのとき、奥の方より、《客人が……》と告げやる声がしますので、ふたりはあわてず、すだれをおろしてその場を去ります。衣の音もさせず、しずかに隠れてしまいます。しかし、うちとけて、たったいままで弾奏していた、琴どもを、聞かれはしなかったかと、たいそう恥ずかしく思います。男の香りを気づかないとは迂闊だったと。父八の宮は、山のかけ路に、嶺深く修行の最中で、不在です。薫の君の挨拶を取りつぐ、侍女たちも不慣れで、受け答えする、言の葉も思いつかず、座布団をさし出す、手つきまでがたどたどしい。大い君はかろうじて、《何ごとも、わきまえのない、ありさまで、知りがおにもどう申し上げたらよいのか》と、薫の君に対して応えます。貴顕の男への、これが大い君の最初の言でした。はるばる尋ねてきた、客人ではあり、すだれのうちにまでは、おましをしつらえてよかったのかもしれません。そういう判断はありうることながら、大い君がすだれのそとに、おましを設営した、判断もまた、正解だったはずです。父八の宮のいない、留守のときですから、そのようにして男をしりぞけます。けれども、大い君にとって、男をどう待遇するのがよいかという、あまりにもむずかしい判断は、ここのみで終わる、一過的なことだったでしょうか。

　空のしらじら明ける、時分になって、薫の君と、大い君とは、うたを交わします。これもまた最初の体験でした。男のうた、《あさぼらけ家路も見えずたづねこし槙の尾山は霧こめてけり》（夜が明けてゆく、帰る家路も見えず、訪ねてきた、槙の尾山は、霧がたちこめてしまってある）への、返歌を、例によって、侍女たちがようできないので、大い君みずから、つつましげに詠みます。

（返し）

　雲のゐる嶺のかけ路《ぢ》を秋霧のいとゞへだつ
　　るころにもあるかな

　（雲のかかる、嶺のかけ路を、
　秋の霧が、たちこめて、
　　いっそうへだてる、時節であるのか）

父親がいま不在で、受け答えもままならぬさまを、みごとに表現しています。男の書き送るうた、《橋姫の心をくみて高瀬さすさをのしづくに袖ぞぬれぬる》（橋姫の心を察して、高瀬《浅瀬あるいは急流》を漕ぐ、棹《さお》のしずくに、袖がぬれてしまう）に対しては、

（返し）

　さしかへる宇治の河をさ朝夕のしづくや袖
　をくたしはつらむ
　身さへうきて。

と、書いて返すというのも初めてのことであります。

　棹をさして帰ってゆく、宇治川の、川おさ（渡し守）は、

朝夕のしずくが、袖を朽ち果てさせている
のでは……
身さえも浮いて

みぎの贈歌には、橋姫明神のなまえが詠み込まれ、女は渡し守を詠みこんで応じます。宇治橋の守護神である、橋姫は巻名になりました。大い君は、うたを贈られた、記念すべき、この日から橋姫になります。」

（椎本の巻）

「姉君二十五、妹二十三、と椎本の巻に、二人の年齢が書かれます。匂宮からの贈歌には、中の君が受け答えします。大い君については、たわむれにも、そういうことからもてはなれた、心深さである、とそこにあります。八の宮の病いが重くなってゆきまして、娘どもに遺言を与えます。《よほどの相手が見つかるまでは、この山里をふらふら出るな》といいましめます。薫ならば、結婚あいて、つまり、うしろ見として許せる、という思いが八の宮にはあります。しかし、その許しを大い君に与えるのか、中の君に与えるのか、ついに明らかにすることができません。八の宮は年配の女房たちにも、訓戒を与えると、山寺にこもり、亡くなります。姫君たちの悲しみはいかばかりか、縷々述べ立てても詮ないことですから、そのあたりは省略しましょう。忌明けのとぶらいが匂宮からありまして、中の君に代わる、大い君の返歌です。

（返し）

なみだのみ霧りふたがれる山里はまがきに
鹿ぞもろ声に鳴く
（涙にくれてばかりで、霧深く閉じられてある山里は、まがきに鹿が、声をあわせて鳴く）

匂宮は初めて受けた、大い君の筆跡に、いたく興味をいだきます。それに比較すると、薫の君への、大い君の返辞は、匂宮へのそれよりも実直な感じです。訪ねてきた、薫の君と、うたの贈答があります。男の《色かはる浅茅を見ても墨染めにやつるゝ袖を思ひこそやれ》(色変わりする、浅茅を見るにつけても、墨染めに身をやつしている、姫君たちの袖を思いやることよ)という、ひとり言のような、うたを受けて、大い君は、

(返し)

色かはる袖をばつゆのやどりにてわが身ぞさらにおき所なき

(色変わりする、袖をこそ、涙のつゆのやどりにして、この私はまったく、身の置きどころがなくて)

そして『古今和歌集』の壬生忠岑のうた、《藤衣はつるゝ糸はわび人の涙の玉の緒とぞなりける》(藤づるでつくった喪服、その糸がほつれて、わびの人の涙の玉の緒となったことよ)を、聞こえるか、聞こえないか、《はつるゝ糸》とのみ口ずさみながら、こらえられぬ、悲しみがつきあげてきて、まったく身の置きどころがなくなっていったのです。父親をうしなってこそ、これまでは八の宮が応対して、自分たちはおそろしさもつつましさも知らなかったと、思い知らされます。風の音が荒々しく、いつもは見かけないはずの、人々が連れ立ってこわづくると、それだけで胸がどきんとしてしまう、何と堪えがたいことよと、中の君とふたりで語らいつつ、その年は暮れてゆきます。几帳などをへだてながら、直接に薫の君と、さきざきよりは言の葉をつづけることができるようになる。これは進歩に違いありません。薫の君は匂宮にかこつけて、次第に恋心に変わってゆく思いを、にじませるようになりました。そのことを、初めてのこととて、気づくこともできなかった

と、いまこそ思いあたります。《どういうはなしなのだろうか、心をかけているかのようにおっしゃりつづけるから、なかなか申し上げるべき、ことばもみつからない》と、自分は笑い声をすら立てることができるようになります。そのうえ女からうたを贈ることができるようになるとは、長足の進歩ではありませんか。

(うたを贈る)

　雪深き山のかけはし君ならでまたふみかよふあとを見ぬかな

　(雪深い、山のかけはしは、あなた以外に別に、踏みかよう、足跡を見ない、ふみをかよわせる、あとを見ないよな)

ほとんど恋の初陣でしょうか。いや、あなたにだけ手紙をさしあげるのだという、この思いを、成人どうしで友情が成立することの宣言だと、ぜひ受けとってほしいのです。」

(総角の巻)

「総角の巻にはいりますと、多くの年を耳馴れてしまわれた、宇治の川風も、この秋はいっそう無情に、何かしら悲しくて、命日の、法要の準備を進めることになります。おおよその、相応のことどもは、薫の君や、宇治の阿闍梨らが奉仕して、きょうまでやってきました。ここでは、法衣のこと、つまりお布施や、経巻の飾りや、こまごました世話を、侍女たちの申し出るのにしたがって、何とか営みます。まことにたよりない、あわれなことで、そのような、よそからの援助がもしなかったとしたらば、と思いやられます。薫の君が参りいらっしゃって、いまはと喪服をぬぎ捨てる、この期間のお見舞いをおっしゃいます。阿闍梨もこの邸へ参上しています。

　名香の糸を引き散らかして、あんなにつらい、哀傷のときでも、いのちは生きながらえてしまうのかと、古歌などにこと寄せながら、とりとめないはなしを、さきほどからずっとつづけています。結びあげてある、糸繰りの台が、すだれのはしから、几帳のほころびを通して見えるらしく、名香の糸作りをすると、薫の君にはおわかりになって、《わたしの涙を玉につらぬいてほしい》と、すこし口誦さみなさるのは、《伊勢の御（『古今和歌集』時代の歌人）もそれこそそうだったろう》と、おもしろく聞かれるにつけても、なかにいて、聞き知りがおに応じてはと、遠慮させられて、《糸に縒る、ものとはなしに》（縒って糸にするわけでもないのに、別れ路は細くなって……）と、かの貫之が、旅の行き別れまで、心ぼそい、すじにひっかけて詠んだろうことも、思い出され、古歌はなるほど人の心をひろげさせる、よすがであったと思わされます。

（返し）

ぬきもあへずもろき涙の玉の緒に長き契りをいかゞむすばむ

（ぬきとめがたくも、もろい涙の、玉の糸で、どうしてすえ長い、約束を、むすぶことができよう）

薫の君はうらめしげに、身を乗り出すけはいです。《……世間のあれこれ、結婚ばなしなんかを、まったくおわかりでない方々だとは、お見受けせぬのに、他人行儀にばかり、もてなしなさるから、これほど心底からおたのみ申しあげる、わが意にかなわなくて、恨めしいというか。ともかくもどう理解しておられるのか、いまの心境をはっきりうけたまわりたい》と、真剣におっしゃるから、《お心にかなわぬどころか、背くまいの心でそれこそは、かようにまで異常な、世のためしであるありさまで、へだてのないさまに、だいじにあつかってございます。それをわかってくださらなくていまにあることは、それこそ薄情な、事態もまたふえてきているここちがします。まことに仰せの通り、かような住まいなどに、心根のしっかりとあろう人は、不満をのこすことなどあるまいのに、私は何ごとにもおくてに成長してしまったために、このおっしゃるらしい方面のことは、いにしえの、父の在世中も、けっしてけっして、こうならばああならばなど、将来のあれこれ、ねがいにとりまぜて、ことばをのこしておかれることもなかったから、やはり、かような状態で、縁談めくおはなしを、思い切るのがよいと、思いおかれたことであると、思い合わせておりますから、ともかくも申し上げよう、方法がなくて、そうあるとしては、私よりすこし人生がこもる、将来のある若さで、深山がくれには心苦しく見られなさる、中の君のお身のうえを、えらくかように朽ち木には終わらせたくないことよと、人にわからせず面倒見ずにいられなく思われおりますけれども、どうある感じの、ご人生であろうか》と、ほっと嘆いて何か思い乱れる、しばらく哀切というほかない、感じです。

こよいは宇治にお泊まりになるとて、すげない態度を押し通すわけにも行きませず、屏風にすだれを添えて、改めて対面します。対面とは、直接に対することで、几帳などをへだてる場合を含みます。呼吸や身のこなしが、手にとるようにわかり、胸の鼓動までもが聴こえるかもしれません。ほとけの安置してある、中の戸をあけて、みあかしの火をあかあかとかきあげて、そとの庇の間にも油火で明るくします。薫の君は、《気分がよくなくて、無作法なので。……明るすぎる》とお止めになって、半分、身をよこになさいます。しんみりとおはなしするということ、雰囲気です。うちとけることはありえないにしろ、心がなごんで、愛敬づくとはこんな気分かもしれません。侍女たちはすこしさがって、いつしか寄り臥すようで、仏前の火をかきあげる、だれもいません。これは何か厄介なことになりそうだと、そっと人を起こそうとするのですが、起きません。（大い君）《気分がかき乱れ、苦しゅうございますので、やすんで明け方にでもまたおはなし申し上げよう》と奥へはいってしまおうとします。君は《山路を分けてやってきましたばかりの私は、ましてえらく身まで苦しいけれど、かように申しあげ、またことばをお受けすることになぐさまれてそれこそございます。置き去りにしてあなたが奥へはいりあそばしてしまうならば、私はまことに細る思いであろう》とて、屏風をそっと押しあけて、はいってしまうのです。えらく気味わるくて、なかばばかり、はいろうとするときに、引きとどめられて、非常にいまいましく、つくづくつらいから、《へだてがないとはかようなしうちをどうやら言うらしい。見たことない、やり方よな》と、見下げてやります。その格好がいよいよもって魅かれる、感じで、（薫）《へだてがないという心を、どうしても分かってくださらぬから、耳においれし、分からせようというのですよ、たしかに。見たことがないというのも、どんな方面のことをお考え寄せになってであろうか。仏の御前で誓いのことばも立てましょうか。気にいらぬ、どうぞこわがらないでたもれ。お心をそこなうまいと思うようになってございますから、他人はかようにまあ、推測もできまいことのようながら、私はですね、世にさからっている、愚か者で通しておりますよな》とて、ぼんやりと明るい、火影に、髪の毛がこぼれかかっているさまを、かきやりかきやりして、ついにかおを覗き込まれる。《申し分のない、けぶるような気品だ、魅力的だ》と君はつぶやきます。

――かおを覗き込む、ということが、当時の女にとって、どんな意味合いを持つか。夫婦になって、三日目の朝に、初めてかおを見あわせる、あるいは、関係が生じて、翌朝のかおを見る、というような習俗があったのではないかと思われます。じつに微妙なことながら、ここで大い君について、《うつくしい》と、あるいは《絶世の》といった、表現が避けられている、書き方には注意を向けてよいことでしょう。

（薫）《かように頼りなげで、あまりひどいお住まいに、好きごととしていそうな、タイプの男であれば、邪魔などありそうになく、すぐにでも突破するのに対して、以前の私なら、私じゃなくてもし訪ねてくる男でもいるのだったら、そうするままでその男にゆずって、やめにしてしまうのでは。でも、もしそうだとしたらどんなに残念なことだろう》と、過ぎてきた、心ののんびりさ加減すら、いまは気がかりでいるらしい、男の様子です。けれども、女の、言うだけの効果がない、つらいと思って、泣くかお色が、男にはたいそう痛々しく見えるらしく、これ以上は強行せず、自然と心をなごませてくれる、おりもあろうかと、思いつづけるようです。（大い君）《かようなお心の浅さを思いいたらずに、不思議なぐらい、おはなしし馴れてしまって……。忌みにある、袖の色、袖に隠したかおのやつれを、まるで化けの皮をはぐようにご覧になる、心浅さに、自身の言うかいなさも思い知られることで、さまざまに気のしずまりようがなく》と恨んで、芯からしおれきってしまう、わが墨染めの火影です。

——かおを見られる、ということは、そんなにも悔しいことであり、反面では、身体関係を持つにひとしい、夫婦の成立です。——

薫の君は、《そんなにまで私をうとましくお思いになる、わけがあるのではと、恥じられる思いで、申し上げよう、すべがない。墨染めの袖の色を引き合いになさるのは、もっともであるけれど、長く、歳月に見馴れて、すっかりわかってくださった、わが意中であるから、喪中を憚らねばならない程度の、いまに始まるおつきあいなどと、おなじように考えてくださってよいのだろうか。かえって行き過ぎのご分別ですよ》とて、あの音楽を耳にした、有明のかいま見の月影のときを始めとして、折々の思う心が忍びがたくなってゆくさまを、ことばを尽くしておっしゃるから、恥ずかしい、あの月下の演奏であったよなと、さらにうとましく、かような下心を持ちながら表面は知らぬがおにまじめぶっておられたことよと、ありったけ聞きながら思います。

ようやく明け方になって、おそろしさも和らいで、（大い君）《かようにばつのわるいことにならずに、ものをへだてなどしておはなし申しあげるのならば、真実に心のへだてはけっしてあるまいものを》とお応えする。群ら鳥の羽風が近くに聞こえ、午前四時の鐘の声が遠くにひびき、やがてにわとりのほのかな音《ね》もしてきます。薫の君は、お出になる、けはいもなくて、《他人はどのようにあなたのことを推しはかるだろう。ふつうの夫婦のようにおだやかにふるまってくださり、事実は世間と異なる、関係で、いまよりのちもこのままにしてくださってほしい。……》とおっしゃる。世間体は夫婦になったことにして、あったこととして、つくろってほしいというのです。これはひとつの約束ということになる、《いまよりのちは、そういうことですから、おもてなしになる通りにおりましょう。けさはやはりこちらの申し上げるのにしたがってお帰りくださりませ》。」

（竜王の草）

「むかし、中将クラスのひとが、みやこに、謹慎しなければならないことでもあったのだろうか、難波《なにわ》あたりに住む。妻がふたりいて、思いを深く寄せるほうは、宇治の橋姫と称した。粗末な、住まいながらも、思いかわして過ごすあいだに、この橋姫が、ただならぬここちになって、長く苦しむ。何ひとつたべものを、目にいれるさえかなわない、悪阻《つわり》とはかようなありさまに苦しむのかと、男は思い嘆きながら看病する。七色のわかめというものを、ねがったので、あまりの一途さに、世の一般に聞かない、ありそうにない、めずらしいおものと思いながら、はるか遠く海岸に行って、さてどうしたことか、途方に暮れる、さらには日も暮れて、泣く泣く笛の音に、青海波《せいがいは》という楽を、載せて吹いていると、海のおもてに、浪風が荒々しく立ってきて、現実の心もうせ、夢路にたどるような、心地になってきた。どうしたことだろう、うかうかとして、ゆめのここちがする、ふしぎなことよ。

家で妻は、むなしい日かずばかりがつもって、どうするとも、思いやる方なく、沈みきって暮らすものの、常命という、ならいであるから、たいらかに出産を終える。明けぬ夜の、夢路にまどうここちながら、三とせばかりが経つ。あいてのいない床を、うちはらいながら、待つ夜のむなしい片敷きの袖は、かわくまもない。風のつてにも聞くならばと、思うばかりで、忘れ草も生いしげろうというところだ。けれども、年月はつもるものの、それでも待ち疲れるといった、心もなくて、行方知れずの、おっとを追って、海岸にたどりつくと、はや日も暗くなり、どうしようとも思われず、さらにたどってゆくと、火のひかりがほのかに見えるので、どういうことかと、問うことのできる、ひとでもいるのではと思って、あゆみ近づいて、あばらやのような塩屋を、そっとたたく。うちより、年老いた尼が、《だれですか》と問うので、《路にまよっております。一夜ばかりのやどを、貸したまえ》というと、《ああ気の毒だ。このあたりへ、人のかようこともないのに、どのようにしてきなさったのか》と火を焚いてあるところへいれてくれる。とにかく、涙でなくては語らう友もいない、しくしくと。

ものがたり（談話）をしながら、姥の言うには、《お思いでいらっしゃることも、みな、存じておりまする。お殿は竜王にとられて、婿におなりになって、たいせつにされておりまするよ。それでも、ふるさとを、恋しくお思いで、深く思い屈しておられます。なぐさめようと、さまざまにことばを尽くして、もてなしあそばすものの、効果がなくて、まことに気の毒なことよと、姥は見申すのでござます。この姥は竜王の草を世話する者でございます。今夜も、これへおわしますはずだ。お心のうちを思うと、お気の毒なので、おすがたを見せ申すことにしよう。しばし、帰ってくるまで、据えてあるものを、あなかしこ、見なさるな》と言って、鍋というものに、何であろうか、いれたのを、火のうえに置いて、出てゆく。この鍋のものが、何であったろうか、沸きかえって、こぼれるけれども、手もふれず、どうなるかと、知りたく思われるけれども、言い置いたことのうれしさに、夢のここちがして、つくづくとながめてしばらく経つ。

まことに、行方知れずになってしまったことも、ただわが身ゆえと思えば、いくら年月がかさなっても、悲しみをやる方法がない。つれなく、きょうまでながらえて、わすれがたみさえ身にまとわせて、あまりのつらさに、海岸へまよいやってきて、訪ねあたるとは思わないにせよ、せめて思いのすえに、底の水屑《みくず》とおなじたぐいになってしまいたいと、かような所へまいったことのふしぎさよ。さて、現参することのうれしさは、なかなか夢のここちがして。

やや久しく時間が経ってから、姥は帰ってきて、《ああいとおしい。申す通りに、そのままでおわしましたる、うれしさよ。ただいま殿も、これへおはいりあそばす。ここより覗きなされ。現参は尼がはからって申しあげよう》と言うと、うれしさは限りなくて、待つほどに、あたりに騒音がして、ひびきわたり、おそろしげな、声々を立てて、見る目、嗅ぐ鼻、手長、足長、などいった、化け物どもが、十人ばかりして、中将をなかに、とりかこんで、はいってくる。垣根のひまより見ると、ありし人とも思われず、青みそこなわれて、いろいろのすがたをした人々が、酒坏を勧めるのに対して、ながめていって、

（水死した男）
狭席《さむしろ》に衣かたしき今宵もやわれを待つらん
宇治の橋姫
（短いむしろに、衣を片敷いて、今夜も、わたしを、待っているのでは。……宇治の橋姫よ）

と、何遍も詠じるのを、ここにして聞くここちは、悲しいとも、かえって言いよう方法がない。衰弱しきって、しかし往年の、わがおっと以外ではなかった。（女）《さても待ち申した、夜な夜なの心のうちは、それこそたとえるべき、ことばもない。この三年を思うと、どこをどうと申されぬ。待つ夜はむなしく過ぎ去り、年月はかさなるとも、お声を聞かせていただかぬことには、思いがうすらぎようもなく、世をへて、いまやいまやと、待ちあかし、くらしてまいった、心づくしは、どう申しやればよいのやら。あまりに嘆き暮らして、君が底の水屑ともなりなさるのならば、おなじたぐいに、身をなきものにしようと、うわのそらに、ふらふら出てまいって、かように見たてまつるから、さながら夢のここちもして、かえってなにとも思われない。かいのないことながら、かように時々見たてまつる、うれしさよ》。中将は、《このような身に生まれてより、何ごともさきの世が知られる、身のつらさ。あなたに契りそめて、かえってものを思わせることとなってしまった。さても思いがけなく、こうして対面を給わる、うれしさよ。さりながら、また立ち返り、いまさらの思いはうらめしくても、契りは朽ちないことであるから、かならずわれら、生を変

え、のちの世に生まれあうことにしよう。蓬萊を尋ねたという、いにしえのことよりも、これはかいのあることであるから、会いたくお思いのときどきは、ここを訪ねくだされよ。すえ長い、逢瀬はきっとつぎの世で》と、かえすがえすもたのませる。

夜が更けようとて、いそがせるから、中将は、《思い嘆かれることのないように。恋しいときはここへ来て、折々にはご覧ぜよ》とて、しばしの時間が経過して、この人々はみな、帰ってしまう。姥が出てきて、女の手を引いて、その場を立ち去る。たがいに涙にむせんでは、なかなかものを言うことができない。見果てぬ夢のなごりを、悲しく泣いているうちに、夜があけてゆく。」

(総角の巻)

「京を思い出すかのように、男君のうたです。《山里のあはれ知らるゝ声々にとりあつめたる朝ぼらけかな》(山里のあわれを、しみじみ知らされる、鳥の声を聞きながら、あれこれ思いを取りあつめる、朝ぼらけであるかな)。

(返し)

鳥の音も聞こえぬ山と思ひしを世のうきことはたづねきにけり

(鳥の音も聞こえない、山と思ったのに、世のつらいことは訪ねてやってきたことだ)

他人の思っているらしい、ことの次第を思うと、気が引けてなりません。急にも、よこになれずに、《両親など、たのもしい人がいなくて、世間を暮らす、身がつらいうえに、おる人たちが、女房たちにしても、よからぬはなし、縁談を、何やかやと順番にしたがいしたがい、言い出すみたいなのに対して、心よりほかの事態があってしまいかねない、人生であるようだ》と、思いめぐらされる、そのいっぽうでは、あらためて君を、うとましい人であるはずがなく、わが父宮も、よいあいてとしてお認めになっていたはずだったと、思い起こします。妹君を、この男君に結び合わせて、みずからはこのままで、独り身を押し通してしまうと、決意をかためます。《こちらが、たわむれに意味づけして、返歌なら返歌をすればするほど、その気があって、衣裳一枚のへだてがあっても、結局、対面してしまうことになる。対面と言いながら、まろび逢ってしまったろうと、この妹君にとっても、思うらしいのでは》と、非常に恥じられるから、病気だ、とてうんうん苦しみ、一日を暮らしてしまいます。

その人（薫）は、こちらに近づくことを遠慮しなさり申した、藤の衣も改めなさっておられよう、九月を待ちかねて、落ち着く心がなくて、八月にまたいらっしゃいます。《毎回とおなじように直接に申し上げよう》と、またご消息があるのに対して、心がまどい乱れて、わずらいのように思われるから、とにかく申しのがれをして、対面しません。

思いのほか、つらい、お心であるな。他人もどう思うことでござろう。

と、お手紙でお申しになります。

いまは一周忌とて、喪服を脱ぎました、その間の心まどいに、かえって沈むような思いで、何も申しあげられない。

と、返辞を書きわずらっておりますと、不意に、衰弱した、知らない男が近づいてくるのです。あれほど近づいて、かおまで見られながら、うとましく思い、燃やせない、わたしのからだを占めてくる、知らない男とはだれですか。起き出してきた、侍女たちや、男君の従者たちは、いずれも、われわれのあいだに、交情があった、わたしたちは夫婦になったと、きっと確信したことだろう。《姉君がどうお思いでか》と心苦しくて、（中の君）《父宮は姉君一ところをだけ、どうしてそうやって世に独り身で終わりなされとは申されたろうや。しっかりもせぬ、わが身の気がかりさは、姉よりもそのかずがくわわっている感じに、それこそ思っておられていたみたいだ。心細いといわれる、姉君を、安心させ申すためには、かように朝夕にお会いするよりほかに、どんな方法があるか》と、半分、うらめしく思う表情をしておられたところだから、なるほどと気の毒で、《やはり、だれかれが、私を気にいらぬ、ひねくれものだと言い、あるいは思うに違いないみたいであるのにつけて、思い乱れるのであるよな》と、言いかけてやめてしまう。違うんです、わたしは橋姫です。女房たちが引きうごかしてしまわんばかり、申し申され言いあっているのも、まことにつらく、見聞きするのもいやで、《わたしは不審でどうもずっとありきたる、身であることかな》と、ひたすら奥のほうを向いておりますと、女房たちが、《普段の色のご衣裳どもに着替えなされよ》など、おだてすかし、申しながら、みんなで男君に、会わせるつもりの、いきおいだから、あんまりで、なるほど何の邪魔があろうか、空間もなくて、中の君にとって、かようなお住まいでは、張り合いもなかろう、わたしにしても、身の隠しようのない、のがれよう、方法がない、この自分だと思うと、粗末なあばらやで、橋姫になりました。女房たちのなかには、《だいたい、いつもの、拝すると頬の皺の伸びる、ここちがして、めでたくまたああとしみじみ拝見したい、男君のおかおつき、様子を、どうしてえらく突き放しては相手とし申しなさっているのだろう。何か、これは、世の人の言うらしい、おっかない神が、憑き申していよう》と、歯がぬけて、愛敬なげにあえて言いなす、侍女もいます。別の侍女が、《あら、不吉な。どんな魔物がお憑きあそばそうか。ただもう、人から遠くはなれて、おそだちあそばすらしいから、かようなことに馴れた、手つきで、お世話申しなさる人もなくおわしますので、中途半端に思われるのに過ぎないのだ、きっと。いまに自然と、男君を拝見し馴れなさってしまうなら、愛情をお感じになろうよ》などと、語り合っているのが、高熱にやられた、わたしの身に、聞こえてきます。《そうじゃないんです。わたしは橋姫だから》と応えようとして、汗とともにうつつにもどります。」

思い出してきた、父の留守に〝卒業論文〟を持って、自宅に訪ねてきた、女子学生がいたことを。応対したのが私だった。それが草稿だったか、出せなくて終わった論文だったか。中学生ぐらいだった、そのころの私の、知りようもないことだったが、この「橋姫物語の源氏物語への影響」が、私の受けとった原稿用紙のたば――〝卒業論文〟の草稿――だということはまちがいない。卒業論文そのものならば、事務局などへ出すべきで、受けとってはならなかったろうと、いまにして思える。思い出してきたのはどうしてだろう。これの青インクの筆跡がどこかなつかしく感じられる、理由は、受け取ったときに、何ページか、ページを繰ってみたのだ。きっとそうに違いない。

七

千年紀の物語成立——北山から、善見太子、常不軽菩薩《じょうふきょう》

二〇〇八年は『源氏物語』千年紀という〝祭り〟の一年だった。一千年という、ミレニアムという語も定着して、古典に向き合うひとが増えた。それにあわせて、これまで知られなかった諸本が出現するなど、効果はそれなりにあった。私も求められて概説やエッセイをいくつか書いた、これはその一つ。『源氏物語』の原始性といった視界を、いつも話題にする「成立」という魅力的なテーマのかたわらに、そっと置いてみるとどうなるか。

『紫式部日記』の記事によって、たしかに知られる『源氏物語』千年紀。それのほかに『更級日記』によっても、一〇二一年（治安元）には五十四巻ないし五十余巻が流布していたと知られるから、その前年ぐらいに完結したと考えるなら、千年紀の物語は二〇二〇年（平成三十二）〜二〇二一年（同三十三）までつづくと見るのがまっとうだ。

それらはしかし、言ってしまえば、けっして作中から知られる年代と違う。創作であればあるほど、作中から成立の事情が隠されると、端的に言えるのではないか。

『うつほ物語』の場合だと、作品のなかに史上の人物名がすこし出てくる事情をさしおいても、内大臣という官職が九七〇年（天禄元）に七十年ぶりに復活したこと（物語の最終巻に「内大臣」が見える）、賀茂詣での記事の書き方、正月除目《じもく》、騎射、女子の成年儀礼が初笄から着裳へ変化したこと、下襲の裾、袍の色といった些末までをも研究者たちは挙げて、円融帝時代（九六九〜九八四）の成立かとする。『落窪物語』については天皇代替わりの記事から推定して、一条天皇即位（九八六）よりもあとの成立だと三谷邦明さんが論じていた。

確定的なことが何も言えなくてよいので、時代のかげや歴史によって否応なしに染め上げられながら、物語の成立はそんなところに留まろうとしない。歴史的な印象も神話的なエピソードもひしめくようにする自由な集合であり、物語にどんどん参加してくる。

中上健次の語る『うつほ物語』起源譚はまず最初に「俊蔭」巻の発見としてある。――高校で図書室に『うつほ物語』を見つけて貪るように読んだんだ、『伊勢物語』じゃなく『うつほ物語』を。貪るようにだったか、夢中になってだったか、『うつほ』と名づけられる大長編の物語が日本古典史上にあると知ったことで、中上文学の骨格が世に生まれ出ようとする、だいじな時間の経過だったに違いない。――最初の「俊蔭」巻に母と子とが山に籠り、七年の歳月を秘琴《ひきん》、秘曲の伝授に明け暮れるというところがあるでしょう、あそこ。

じつに神話性のつよい、中上を（そして私をも）虜にした、印象深い物語箇所についてだ。「俊蔭」巻を四部分に分けようか。第一　俊蔭が西方の異土に旅して秘琴と秘曲とを得て帰国する、第二　俊蔭の娘に若小君《わかこぎみ》が一夜訪れ、男子生まれる、第三　子は母に孝養を尽くし、母は子に秘琴、秘曲を伝授する、第四　かつての若小君に見いだされて母子は山を下りる。

その第三の秘琴、秘曲を伝授する物語は、第一の清原俊蔭が異土に流浪する物語とよく対応している、ともに神話的なストーリーの展開だと見なすことができる。父の俊蔭、男の子にとっては祖父である俊蔭がそうであったように、母子は秘琴と秘曲とをたずさえる。そして山深く入り込む。そこに住む、牝熊、牡熊から、「うつほ」＝杉の木が四本組み合わさって洞穴のようになっているところを住処としてゆずられ、獣たちに交じりながら秘曲伝授の歳月を送る。「北ざまに指して行」った山と、「俊蔭」巻に見える。「北山」ともたしかに書かれる、母子のこもったその北山を中上は新宮市の奥山一帯のことと思い込んだ。――辺りを北山と言うんだ。これが中上の『うつほ物語』起源譚の核芯にある。私に高校時代のエピソードをばらしてくれたときの、ややためらうような、失敗を咎められるときのような表情を、鮮明にいま思い起こせる。

中上自身がそのことをどこかに書いているか知らない。新宮市の奥山一帯が土地において「北山」と言い習わされているかどうか、紀州南端の地から熊野の神々を擁するもの深い杜《もり》を「北山」と称しているかどうか、確かめることも要らざる手つづきだろう。

ひとが物語にとりつかれる理由を、私はその瞬間、すごくわかってしまった感じがするし、そればかりか『うつほ物語』の、ひいては日本物語の持つある種の浮遊感覚というか、北山なら北山という地名が地面から離脱する感じ、地名ばかりではない、喧噪や情緒たっぷりの事象や現象のかずかずが、描写というよりは遊離して集まる、集まって物語を形成する、自由な集合であることをはっと察知させられる。

今年は「源氏物語千年紀」。『源氏物語』にとっては言うまでもなくよいことだとして、『うつほ物語』や、あるいは『落窪物語』のファンでもあるわれわれにとって、『うつほ物語』千年紀や『落窪物語』千年紀を祝い損なってきたなと思い当たる。少々だけど悔いられる。『蜻蛉日記』千年紀も忘れていた。そのように言うと、だれかがおしえてくれた、ことしは『源氏物語』の読者代表と言ってよい、『更級日記』作者（菅原孝標の娘）生誕一千年にあたる年でもあると。そう言われて、「源氏物語千年紀」の意味がようやく腑に落ちてくる。読むことがずっとつづいてきた記念であって、現代にもささやかに読みの歴史を刻みつける、これも読者の喜びということかなと納得される。

『うつほ物語』のみぎに述べてきた「北山」は、『源氏物語』の「北山」へ飛び石づたいに伝わる。『源氏物語』のなかに『うつほ物語』の読者がいるという次第だ。「俊蔭」巻の男の子と、『源氏物語』「若紫」巻の北山から見いだされる可憐な紫上とが連絡する。『うつほ物語』の母子は北山に隠れ住んだ。男の子がかつての若小君、すなわち父親に見いだされたときに十二歳であった。

一方の『源氏物語』に見ると、作中のある人の言に、

——北山にのう、某寺という所に、験力のある修行者がございます。

と、そう知らされて光源氏は北山に向かう。やや深く奥まった山へと主人公はみちびかれる。その修行者が峰高く深き岩のなかにすわっているというから、源氏の君はその高い所までのぼったことになる。その辺りから僧坊を見下ろしていると、十歳ぐらいにしか見えない女の子が視界に飛び込んでくる。僧都の談によれば、母君が亡くなって十何年か経つというから、紫上は十何歳か、まあ十二、三歳というところだろう。従来の読みだとこのとき紫上十歳だとされる。源氏の眼に十歳にしか見えなかったというのが正解値だろう。

それほどにも幼く、まだ少女というほかはない紫上であったというのが語り手の眼目であった。はっと気づかされる。『うつほ』の男の子が十二歳という実年齢はそれとして、父の眼に見るところ、「ほど十五、六ばかり」(「俊蔭」巻)、十五、六歳だと言う。身に覚えのある父親として、男の子を十二歳だと頭のなかでは了解しよう。見る限りで十五、六だというのは、紫上が十二、三歳であり

ながら十歳にしか見えなかったことと趣向として同一だ。

『源氏物語』はどうか。成立年代は『紫式部日記』や『更級日記』によって知られるように思え、作品がじつは成立じたいだという、生成的な現場への想像の羽ばたきが抑えられる。もし『紫式部日記』そして『更級日記』の記事がなかったとしたらば、と言ってみたい。作品の内部徴証のみから推定して、あるひとは『源氏物語』について延喜や天暦という十世紀代に成立を求めることだろう、ではないか？ あるひとはずっとさがって、平安末期や、場合によって鎌倉時代の最終的な成立だと言うかもしれない。『うつほ』や『落窪』については、『住吉物語』についてもだが、折口信夫がそんなことを言っていた、つまり鎌倉時代での改作を「国文学の発生」の書き手は考えていた。なぜ鎌倉時代に？ と折口をとがめるつもりなどないので、古典物語は時代からの動転や遊離をやってのける。

『源氏物語』の原始性とでもいうべき性格をもうしばらくさぐり明かしたいのだ。女人《にょにん》往生、悪人成仏、あるいは常不軽《じょうふきょう》菩薩と並べると、これらを代入する方程式の回答は鎌倉新仏教と出てくる。たとえば『岩波仏教辞典』（第二版）の「女人成仏」をひらき見ると、「従来の通説では鎌倉新仏教が初めて女人成仏（往生）を説いたとされていた」とある、けれども「すでに平安仏教において説かれていた」とつづけて書かれる。完成された女人往生の思念が、鎌倉新仏教において見られるというならば、『源氏物語』に見えるのはその原始段階だ。

光源氏は死後四十九日めの夕顔を阿弥陀仏へ譲り渡そうとする（「夕顔」巻）。しかし阿弥陀仏は拒絶して夕顔を受け取らなかったばかりか、夕顔自身、たといもののけになろうとも成仏することを避けようとしたと思われる。もののけとの親和やもののけへの抵抗は『源氏物語』の大きな特徴だと言ってよいらしい。その特徴とはもののけがまともに出てこられる原始性にあるのではなかろうか。娘（玉鬘）を一人、この世に置いているからには、母夕顔としてこれを天界から見守るという役割を捨てられなかった。そういうような事情が横たわる。成仏するためにはどうしても変成《へんじょう》男子《なんし》と言って、男のからだに変移し、女性であることを外見上、やめなければならないとができるだろうか。母であることをすらやめなければならない。

悪人のモチーフについても、物語のなかに見えないとはけっして言えないだろう。宇治の八の宮は仏道修行に明け暮れながら、どうしても成仏できないで、もののけと化すことになる。かれには増上慢というのか、慢心があると見るなら、どう成仏させるか、悪人往生というモチーフが敷かれているように読まれる。常不軽と言えば鎌倉新仏教の一つ、日蓮により開始される教義で重視されることはよく知られる。『源氏物語』のなかでけっして軽からぬ、無視しえない思想的シーンをなしている常不軽行だ。

常不軽についてもうしばらく。

「人はすべて成仏へと至るための師となる存在だ」と唱えて、道行く人すべての前に跪き、額をつけて拝む行だという。橋本治氏がここをうまく説明していて、「この八の宮が親王である限り、絶対に道行く人のまえに跪くなどということはしないでしょう」（『源氏供養』上）。「総角」巻のこはいろいろ論じられている箇所だとしても、橋本さんの説明のしかたがいちばん納得できると、私の一友人の奨めるところだ。

つまり八の宮は親王である以上、「絶対に道行く人のまえに跪くなどということ」をせずにこの世を去った。出家するということは絶対にそれをしない親王がそれを強制されることに通じる。生前の姿のままで夢にあらわれた（＝もののけとなった）親王を見て、宇治の阿闍梨はそのことによやく思い当たる。「八の宮はそれをしていない」、すなわち「傲慢の罪」によっていまもどこかをさ迷っていると橋本氏は結論づける。

阿闍梨はそこで弟子たちに常不軽行をやらせたという次第だが、実際には専門の常不軽行を行う修行者たちがいて、かれらに依頼したという実態であったろう。平安時代の常不軽行はいくつかの文献に散見するところで、乞食《こつじき》行だったはずだ。「身分というものが絶対に崩れない千年前の世界で、紫式部という人は、なんと恐ろしい〝意味〟を平然と置くのでしょう」（橋本氏）。鎌倉新仏教以後に浮上してくることがそんなに早く引用されるとは原始性の産物だからだろう。「千年前の世界」＝千年紀の真の〝恐ろしさ〟がここにある。最近の研究によると、在家信者たち、女性たちへの成仏の保証という意図のもとにこの常不軽信仰はあるらしくて、八の宮にとり、ますますふさわしいといえばじつにふさわしい。

その八の宮にあこがれていたのが宇治十帖の男性主人公の、薫の君であったというのだから、この人こそが在家信者にしてどのように救われるかという、だからたぶん「悪人」の一人なのだろう、人生上の主題をいだいて、『源氏物語』のなかに登場させられていると分かる。薫の君の隠された父は柏木という男。隠されるとはむろん薫の君に対して隠されるのであって、出生《しゅっしょう》の秘密を幼時にほのかに聞いただけの、いぶかしいままにいま元服直前に至り、「せんけうたいし」（善見《ぜんけん》太子でよかろう、従来は根拠なしに「善巧太子」などと読まれてきた）の悟りを手にしたいことよと独り言する（「匂宮」巻）。

——どんな前世の約束で、さように安からぬ思いのついて離れない身となって（私＝薫は）成長してきたのか。「せんけうたいし」が自分の身に問いかけたらしい、悟りを手にすることが可能ならば！

『源氏物語』の遠望はインド亞大陸の説話にまで確実に視界のさきがとどいている。父が殺害した仙人の生まれかわりで、母によって生まれるときに殺されようとした、その阿闍世《あじゃせ》王の別名を善見太子と言う。精神分析学では（古澤平作に始まる）阿闍世王コンプレックスというだいじな術語にもなっている王であり、『今昔物語集』ほかによってよく知られる。それはよいのだが、『大般涅槃経』によう、善見太子説話を忠実になぞっていったのが、鎌倉新仏教の雄、『教行信証』（親鸞）だということを知るとびっくりさせられる。原典を写したというだけのことながら、親鸞が阿闍世王の説話を引き写し、ついで善見太子の説話を引き写してくれたおかげで、二百年もまえに『源氏物語』という原始的段階があり、そこに善見太子はすでに出てくる、呼び出されているということが確認できる。

阿闍世王は典型的な悪人ではないか。悪人にして改悛し、仏道の守護者となる阿闍世王の初期の物語である、善見太子の苦悶を薫の君は自分に引き当てて悩む。尼姿の母を見ては疑い、父であるかもしれない故柏木に、世を替えても会いたいと思う。薫の君の元服は「匂宮」巻で十四歳と言ったところだろうか。元服直前での悩みだと作品が明記していることに注意を向けなくてよいのだろうか。母の過去に何があったというのか。このようにして悪人往生が女人成仏とペアになって『源氏物語』に出てくるとは驚くべきことだ。『源氏物語』のなかにはまるで親鸞もいれば、日蓮もいるかのようだという、鎌倉新仏教以前的段階としてある。『源氏物語』の成立はいったいいつごろの時代にかかると言えるか、外部徴証がなければこれを鎌倉時代の作あるいは改作と人は見ないだろうか。

かと思えば、原始性は『源氏物語』の持つもののけとの親和やたたかいのなかに、十分に立ち上がってくる。紫上が真に重態のとき、とは「若菜」下巻のことである、験者たちがじつにめちゃくちゃな祈祷をささげるのだが、それによって蘇生する。

――限りあるお命で、この世の生が尽きてしまおうとも、それでもしばらくの猶予をくだされ。

そう祈ると、その願いは聞きとどけられる。寿命がなくなってもしばらく生かしてくれというのだから無理難題。それでも聞きとどけられるとは、だれが聞いてやったのか。不動尊だった。不動明王がもののけあいてにたたかって紫上は蘇生するという文脈であると知られる。

浮舟の女君を入水行から守ったのは観音だと、このことはよく注意されているように、いっときもののけに彼女は誘惑されて入水するつもりになった。もののけに親和する主人公たちをしかし助けてやろうとするのは観音が、であって、石山の観音や初瀬の観音、あるいは清水《きよみず》の観音など、たぶん原始的なといってよい独立不羈の観音たちだ。

『源氏物語』のあちらこちらに張りめぐらされるネットワークによれば、かれらの（もしあるとすれば）公式的なサイト類にいろいろ書き込まれているのと異なり（釈尊や阿弥陀仏がそこでは中心なのだろうが）、忿怒像のめらめら燃える不動尊や、変幻自在に立ち回る観音たちや、普賢菩薩も時に頼りにされており（「葵」巻に出てくる）、はては述べてきたように常不軽菩薩までが呼び出される。『源氏物語』の成立とはいったいどのような事件か。よく言われる、源信の『往生要集』などが『源氏物語』へかげを落としていると見るべき箇所は、見つけようにもなかなか見つからない。

当時に上東門院（藤原彰子）の一女房の作だということをだれもが知っていたにしろ、作家の名まえとして後代へ漏れ出るようにしたのは『紫式部日記』のせいであるに過ぎず、それとて本名ではない。作者の存在が知られることは僥倖ということばがここに真にふさわしい。『うつほ物語』という大長編があったから、負けず嫌いの作者はそのこちらへ自分の作品を書き出した。

八　源氏物語と精神分析

薫型コンプレックスという精神類型を構想したい。そのような類型性は、『源氏物語』が読み解かれるうえで、多くのひとが取り組んできた。ここでは日本社会から立ち上げられた阿闍世王コンプレックスを応用する試みとしてある。応用どころか、阿闍世王、善見太子、「せんけうたいし」（「匂宮」巻）、未生怨とたどると、思春期の薫その人の問いかける内容にそのまま到達する。「せんけうたいし」が善見太子であるという推定についても、むりはない。

フロイトからの手紙に「東洋に我友あり」ということばがあったと言う。若き日の古澤《こさわ》平作氏は、フロイトのもとで研鑽し、たずさえていった阿闍世《あじゃせ》王コンプレックスの論文を提出した（一九三二年七月）。原題を「精神分析学上より見たる宗教」という、今日「罪悪意識の二種」という論題でよく知られる。

夏休みの避暑地でこれを読んだというフロイトは、大いに興味をかきたてられたのではなかろうか。『現代のエスプリ』148号（小此木啓吾編、一九七九）誌上にこれを見いだしたとき、私の衝撃はちいさくなかった。われわれがそうだからフロイトもそうだったろうとは、顚倒であるけれども、そう思いたい。

『続精神分析入門』第三十五講「世界観について」のなかに、「私の論究を——厳密に言えば——宗教のたったひとつの形態、すなわち西洋諸民族の宗教だけに止めました」とあるのを、古澤氏は、「あるいは私の論文が参考にされているかもしれない」と受け取った。これは古澤氏のあとがきにあることばで、こういう感触がたいせつだろうと思う。

フロイトがこれを読んで、自身の研究は一ヨーロッパの学究による視野であると、表明したのかもしれない。そういう氏の感触である。『続精神分析入門』（邦訳、一九五三）に見ると、つづいて「……私は、急いで出来るだけ印象深く証明をする目的のために、謂わば幻像をつくったのです」云々とある。自論にはつよい信念をいだきながらも、フロイトが、後進に向けて、東洋の宗教をフィールドとするなどの、これからの研究の沃野があることを指し示しているかのようだ。

『続精神分析入門』の刊行が九月だとすると（序が八月）、じゅうぶんにありうる学の継承ではないか。手紙のことは木田恵子氏の「問題は胎児から」（小此木啓吾・北山修編『阿闍世コンプレックス』、三三二—三三三ページ）に見える。

私はまず、一九二〇年代から三〇年代にかけての、藤秀璻《ふじしゅうすい》『戯曲阿闍世王』（一九二二）、寺川抱光『宿業』（副題「王舎城の悲劇物語」、一九三一）、暁烏敏《あけがらすはや》『王舎城の悲劇』（一九三六）、中勘助『ダイバダッタ』（一九三三）など、いくつか出ているのを集めて読んでみた。まだほかにもあるであろう。

戦後すぐには谷口雅春『悲劇阿闍世王』（一九四七）というのもあった。なかでは寺川の著述に、「生き血が啜りたい……／王さまの……あの王様の右足の」云々とあって、古澤氏の告げる阿闍世王説話に近いことが気になった。古澤氏は浄土真宗関係の本を広く読んだり、説教のたぐいに興味を持ったりしていたらしい。

ついで『大般涅槃経』（四十巻本）、『観無量寿経』、そして親鸞の『教行信証』を、私は虚心坦懐にひらいてみた。結論だけ言うと『大般涅槃経』は、全巻が阿闍世王という、悪人の救済を中心のモチーフとするお経であり、物語としてある。『観無量寿経』は女人往生の、つまり韋提希夫人が阿闍世によって幽閉され、獄死する物語だ（死ななきゃ往生できない）。また『教行信証』は阿闍世王のはなしを、『大般涅槃経』の叙述にすなおに従って、二度、繰り返し、引用している。古澤氏はこれらのほかに、前生譚（ジャータカ類）を読むなどして加味し、おおきな阿闍世王物語を構想していった。

ここからあとが、私の、自分で言うのも何だが、驚天動地の展開となる。『教行信証』はいま述べたように、おなじ説話内容を二回、引用する。一度は阿闍世王説話として。もう一つは善見太子説話として。なぜ二回、繰り返したかというと、理由は簡単で、すぐうえに言ったように、『大般涅槃経』の構造じたいに起因する。それの巻一、巻十九、巻二十ほかに出てくる阿闍世王が、巻三十四で、ほとんど同一人物の説話と言ってよい内容にもかかわらず、善見太子という名で出てくる。これにはきびしい成立過程問題が潜むはずだが、いまは措くとしよう。親鸞は忠実に『大般涅槃経』をなぞっていったので、ややこしいこととなった。

私のしごとじたいは『源氏物語』論の一環であって、前半がよく知られる光源氏の物語だ。それの後半、つまり光源氏死後の物語にはいってゆくと、男主人公の薫が、元服、つまり成人儀礼直前という年齢で、自分の出生の秘密を解き明かせなくて悶々とするところ（「匂宮」巻）、薫型コンプレックスとでもいうべき、物語ぜんたいをつらぬく主人公たちの一性格を代表する。思春期にあって薫は、何らかの罪があって尼姿となっている、母（女三の宮）をしみじみ見て、〈何なんだ、俺の生まれに何があったのだ〉と精神的に葛藤する。

そこの原文を引くと、「せんけうたいしの我身にとひけんさとりをもえてしかな」（せんけう太子という人が自分の身に問いかけたとかいう、悟りをでも欲しいことよな）と独り言を言う。

これを母子間の葛藤と見て、私はながらく、ここに古澤氏の言う阿闍世コンプレックスを思い合わせることが『源氏物語』論にとって有効ではないかと、考えてきた。すこし言い方を変えて「阿闍世王コンプレックス」というように言ってみる。物語研究の主流には、精神分析学の用語が忌避される一面があり（と言ってよいと思う）、研究者なかまから、はなし半分に聞き流されて仕方のないという雰囲気もつよかった。

ある時、私は「匂宮」巻の当該箇所を、例によって眺めるようにして読んでいた。みぎに引用した部分を含む数ページは、物語ぜんたいの構想にかかわり、また独詠歌なども見られる、だいじな箇所だから、立ちどまることが多いと言えば多い。暗記するほど読んできたと言って、まあ誇張ではない。

あっと思った。「せんけうたいし」を善見太子だと気づいたのはどうしてだろうか。従来は〈善巧太子〉などと勝手に字が宛てられて、うちくらまされていた。眼前のテクストから、主人公の葛藤のうちに、阿闍世王コンプレックスまではこれまで思い合わせながら、当のテクストじたいに書き込まれる「せんけうたいし」が、ほかならぬ阿闍世そのひと（＝善見太子）であることに、私はずっと思い至らなかった。

ちなみに古文の常識で、ン音が「う」と表記されることは何らふしぎでなく、したがって「せんけう」がそのままセ（＝ゼ）ンケン、つまり善見ということになる。推定ということになるが、古代インドの王阿闍世 Ajase の太子時代を漢訳して善見といったのだろう。「悪」をあえて「善」だと言いくるめたことも説話のうちにある。父殺しを予言された阿闍世は、生まれるときに母によって高殿から文字通り産み落とされるものの、指を損傷したのみで助かるという、出生の秘密をかかえて成長する。

父王のさしがねでもあろうが、母によって未生以前、あるいは生まれるときに殺されようとする子どもは、どんなコンプレックスの人物になればよいのだろうか。〈俺の指はどうして屈しているのだ〉と悩みながら大きくなる。「屈指」とも「未生怨《みしょうおん》」ともいうのがこの子の別名だ。

古澤氏によれば、「エヂポスの欲望の中心をなすものは母に対する愛のために父王を殺害する所にある」、それに対して阿闍世王の父親殺害は、母そのひとの煩悶にあるのだという。父王の寵愛の去ることを恐れた母は、あと三年経てば天寿をまっとうするという、仙人をむりやり殺害して、その仙人の生まれ変わりの子を懐妊するものの、予言通り、父王の右足の血を吸いたくなるなどして苦しみ、果たしてうまれてきた子、阿闍世は、両親に対し敵意をいだくに至る。

氏はそのように阿闍世王物語を雄大にえがき出す。仏典その他に見る限り、仙人を早く殺して生まれ変わりの子がほしいと思ったのは父王がであって、古澤氏の言うような、韋提希夫人なのではなかった。真相を解きがたいなぞの部位が、たしかにそのようなところに依然としてのこるものの、大すじにおいて、氏の論じられる阿闍世コンプレックスは、その汎用性を『源氏物語』にあって、けっして後退させることがなかろう。

さいごに一言。日本宗教史を縦につらぬく、重要な思想契機として、「女人往生」と「悪人成仏」とがある。平安末期から鎌倉新仏教にかけて、つまり十二〜十三世紀には日本社会を色濃くかたどる、二大精神的葛藤と言うか、ひとびとを不安へ陥れていった特殊な在り方が、それより早く『源氏物語』、つまり十一世紀初頭という文学のなかに、しかも母女三の宮の修行姿と子の薫の阿闍世的自問という、おなじ箇所にペアとなって見いだされるという、私が驚天動地と言いたいのはこのことかもしれない。

「匂宮」巻などを経て、「橋姫」巻以下、本格的な、宇治十帖といわれる巻々にあって、ひとびとはどんな性格の主人公たちとなってゆくのか。みぎに述べたことはおもに男主人公にかかわる。けれども、この物語の作者にとって、はるかにだいじなのは女主人公たちだったように思われてならない。宇治の大い君や、浮舟の女君などが、「匂宮」巻でかかえられたような主題をどうこれから引き受けてゆくか。

（補記）

「せんけうたいし」が善見太子にほかならないとは、志田延義氏に早く指摘があった。「一　構造への序走」を参照されたい。

九　物語史における王統

興亡を繰り返すアジアの一角から訪れた予言者、高麗びとが、光源氏に帝王の相を見るとは、前王朝を倒す反逆者の資格があると見ぬいたことを意味しよう。では、新王朝を建てるためにはどうすればよいか。王妃を犯し、生まれてきた子を王位に即けることによって。「桐壺」巻に藤壺が早くも登場する理由だ。物語が敷く〝運命〟のままに、予言にあやつられるかのようにして密通する女性が、子に対し単純な愛情をいだくはずはなかろう。

1　王権という語と日本語社会

王権に対し「皇権」を構想することは、一時、一九六〇年代歴史学だったかで見られ、「国文学」研究にも影響を与えてきた。室町時代なら室町時代の、日本国王を名告ることもあった足利政権との二重構造を、そんな概念で説明することには、ある程度の実行力があったと思う。けれども、これは日本語社会での難問にかかわってくる。翻訳概念としての術語が実体化することを、おそれるべきか、それとも術語の一人歩きに遊ぶべきか。

一夫多妻は、polygyny の邦訳語として日本社会に定着している。その「一夫多妻」という字面のうちなる「妻」を実体的に受けとって、古代律令には〝妻一人〟と書いてあるから、という理由を持ち出して、日本古代は「一夫一妻」社会だ、と認定するひとが出てきたらばどうしようか、という、模式的に言えばそういう問題としてある。そのたぐいの翻訳語の落とし穴はかず多くあると言ってよい。

「王権」もまた便利だから利用する翻訳語であって、欧米的なフレーム（近代の思考枠）で考えたいときに生き生きする日本語だ。欧米中世の神聖ローマ帝国と新興王国たちとの権力構造を二重にとらえたいとき、帝国と王国（小国）とを対比させたいとき、「王権」の「王」という語は日本語のなかで生き生きした相貌をさらす。あるいは「二つの身体」*1というような、永続性と個的と、あるいは政治的と自然的身体という在り方を考えたいときにも、または批判したい際にも、王権という考え方が一定の有効性を主張することだろう。

私などはなるほど琉球王国に成立する王権にこそ「王」という語の実質的さ、ふさわしさを覚えずにいられない。琉球王の成立をめぐって、その外来王的性格に思いをめぐらす際に、それの根源に王権なるものを（概念的に）構想して初めて、生き生きと、かれらが王であることの理由をわれわれは問いかけることができる。

日本語社会であることとの難問だ、といったが、王権なら王権という語や概念を、われわれは西郷信綱、山口昌男、川田順造氏らから生き生きと受けとった日のままで、それ以上をあまり調べないままに、不便を感じていない、ということがないかどうか。翻訳語だ、ということをいまうえに私は書いた。書きながら、どんな諸言語が王権のもともとの語に当たるか、ということをなかなかうまく答えられない。

『古事記』の語るところだと、外部から大和平野を攻略して神武天皇の王府はひらかれたので、

（1）エルンスト・カントーロヴィチ『王の二つの身体』（ちくま学芸文庫、二〇〇三、所収）。

あたかも琉球王府の外来王的〝起源〟にそっくりだ。〝起源〟に見る限り、どんな原語であるかを確定しえなくても、王権というとらえ方じたいは生きられるので、術語としてこれに統一させてよいのではなかろうか。

2　王権論は回復するか

王統を根源的に成立させるパワー（権力）としての王権とは何かについて、私のぼんやりした概念では、それこそ西郷氏、山口氏からの親譲りみたいな印象で言うと、その権力の外来性と魔術的なその性格、そしてとてつもない蕩尽のようなところに、その超絶性を感じる。祭祀をつかさどる権利、集中された軍事力、後宮の形成（色好み?）、古代奴隷制などといったことも頭脳をめぐる。国家が古代社会なら古代社会で興亡するのは外来性やそのパワーの衰亡で何となく説明のつきそうな感覚としてある。戦争が〝文化〟である理由などにもそのあたりから納得させられる（悲しいことだが）。

国家はコクケと訓んで天皇を意味する場合もあったと歴史家はおしえる。国家にしろ、コクケにしろ、みぎに興亡と言ったように、消滅するときには消滅するはずで、強力な戦争遂行団体となった近代の国民国家体制にあっても、ことの本性としてあまり変わらないと見てよいと思う。『源氏物語』のうちなる王権を近代の天皇制にそのまま移行させるというのは、われわれの発想内での理解不足なのではなかろうか。何しろ現代人は中世以来言われてきた通り、お国が不滅だと信じてやまない習慣があって、それは万世一系と対になった史観的な思いいれでしかなかろう。

しかしながら、王権というかたちを構想してみようと思うのに、『源氏物語』の天皇たちが、「つよい」「よわい」といった範疇（人間くさい、理想的、「よわよわしい」王、……）に嵌め込まれそうになり、つよい父親、よわい父親などと言って王権論を「父」＝エディプス・コンプレックスへと組み込む、なじみぶかい落とし穴がひらく。王権が父と子との関係だ、とは矮小化でしかなかろう。そして桐壺帝聖代論はその延長にあろう。「つよい」という基準がなければ「よわい」「人間的な」「父親みたいな」王は出てこないであろうから、王権論は基準づくりに利用されて終わる。父親問題（家族論の反映）が前面に出てくると王権論はぽしゃるという、こんにち的状況にある。

舜天王統以下、英祖王統、察度王の即位、尚巴志の三山統一、第二尚氏など、これが王権の発動と衰亡とにかかわる東アジアの生き生きした実態だろう。神話だろうと、説話だろうと、「歴史」の反映だと思えば済む。キンマモン（君真物）が下りてきて「おまえが王だ」と讃えれば王国は成立する。だめな王国なら、そうだ、亡ぼせばよい。繰り返すけれども「つよい」父親とは関係ないはずだ。

尚巴志は覇権をとなえ、三山に王となってから自分は第二代を自称し、父親を立てて第一代の王になした。よいではないか、建国神話であることはこうであっていけないはずもない。そうでなくともいっこうにかまわないが、『源氏物語』のなかで起きたことに奇妙によく似る、ということが私にはおもしろい。そういうことに気づくことから研究はうごきだしてよい。

『源氏物語』の「王統」は、といえば、先帝、桐壺帝、朱雀帝、（承香殿女御の子である）今上帝、とつづく。もう一つの「王統」がある。光源氏—冷泉帝という「王朝」だ。『源氏物語』の書き手は何を考えていたのだろう。光源氏をまったき反逆の王者としてえがいたわけではなかろう。幻想の産物だ、ということであるにしろ、ふたつの「王朝」がある以上、一方は反逆者の王権だろう。こういうところで王権が生き生きとする、という（作者の）しかけだ、と気づくのに時間はかからない。

冷泉帝の「王朝」はどのようにして「断絶」するのだろうか。むろん、冷泉帝に男子がいない（——しかし「竹河」巻《増補部分》では男子がいるなどと書かれる難問でもある）という事態は、重くあまりにも重くみる必要があるけれども*2、一方に柏木という男が反逆して薫をなし、源氏「王権」を塗りかえてゆく、という構造へと物語が流れを作り出していることに、王統の新たな据えなおしを見るのでなければ。

以下には交叉いとこ婚の問題をからめておくことにする。クロード・レヴィ＝ストロース氏が「ゆかしげな」い結婚だ、と称したそれだが、物語のなかで「万世一系」的にはたらくパワーとしてあげてみた。光源氏が「外来王」として、物語内に王権を発揮するためには、その一系的な連続を裁ち切る必要があるだろう。王妃藤壺に通じて子をなす理由だが、それならば次代の柏木は女三の宮という皇女を〝妻〟とすることで反逆したことになる、という難問がたちはだかる。「外来王」光源氏は自己犠牲、ないし殺される王をみずから演じるよりも、代替としての犠牲をさし出した、すなわち柏木をほふることにより、みずからの祭祀王たる役割を演じた。ぬけがらとなった女三の宮の尼姿を見いだすのは子の薫だ。柏木の子、そしてぬけがらの子、薫のコンプレックスをどう精神分析しようか。まだまだ難解さはうすれない。

3 東アジア興亡史からの予言

日本国、中国、韓国のあいだによこたわって、いわゆる政治的な歴史問題（「歴史教科書」問題、首長による靖国神社参拝への批判、日中戦争への「評価」、南京大虐殺など）が、古代史、古代文学にたずさわる、東アジアの研究者、文学批評家、ジャーナリストたちを、多く巻き込み、と言いたいところだが、実際にはあまり巻き込まず、擦過性を繰り返している。

発言することには慎重にならざるをえないものの、深く考えようとしている、中国や韓国その他からの、留学生たちをたくさん抱える日本社会なのだから、もうすこしは大学教員たち、教育機関に勤める先生たちが、積極的にこの問題に取り組んだらよかろう。しかし取り組もうとすると、「おまえは古代史、古代文学をどのように構想するか」という、みずからの問いに深刻につきあたるから、若手教員たちは「すこし待ってくれ、考え中」とばかり、答えに窮してしまうことが多いし、中堅教員たちには一家言のあるひとが、けっして少なくないにしても、結果としてならば心情的で淡い大衆主義が、日本社会を広範に覆う傾向に対し、どんどん寄与しているとしか見えない。

提案として言うと、現代のナショナリズム指向に抵抗するためには、古代史や古代文学が根拠にされ、利用されることが多いという現状を顧慮すると、古代史や古代文学から協力する、という態度をやめようということだ。協力することをやめても、勝手に「利用」されてしまう、という現状

（2） 藤井「『宇治十帖』論―王権・救済・沈黙」一九七二（『源氏物語入門』講談社学術文庫、一九九六、所収、『源氏物語の始原と現在』砂子屋書房、一九九〇、所収）参照。

ならば、もうすこし積極的に、そんな「根拠」など古代史や古代文学には「ない」ということを示す必要がある。具体的には（極端に言うと）われわれが日本史や日本文学をやめたらよいのではないかという提案となろう。

一千年を限ることとして、それ以前の歴史や文学は、東アジアへと解消することが具体的な提案としてあってよかろう。日本国、中国、韓国のあいだによこたわる、というような歴史的課題は、一千年をさかのぼるならば、現代やすこし過去での、国境を接して思考するような利害から、もうすっかりまぬがれてよいのではないか。日本史も、韓国／朝鮮の歴史も廃止して、何か不都合があろうか。東アジア史のみがのこることになる。

文学の場合も、そういう処置でよかろう。『万葉集』は日本文学であることをもう二百年まえにやめたことになる。それでよいのではないか。一千年で線引きするとなると、『源氏物語』が日本文学史の記述から消える、という勘定となる。結構ではないか。『枕草子』はほぼ日本文学であることを終えた状態にいまある。そういうことではあるまいか。

『源氏物語』がなぜ、こんにち、こんなにもブーム（流行）なのか、その理由はわかりすぎるほどわかる、と言いたい。それがさいごの光芒を放って、この平成王朝をいとおしみがらもう去り出そうとしている、ということなのではないかと思う。われわれは勇気を出して、この物語を日本文学から世界文学へ、あるいは東アジア文学へと、元気に送り出してやらなければならない。世界文学、あるいは東アジア文学では、多言語、あるいは多文化だけが生きられることとだろう。

みぎのような考え方を持つならば、いわゆる高麗《こま》の相人の予言という条に、ひとすじ仕組まれた、糸のようなものが見えてこよう。「桐壺」巻で、桐壺帝の朝廷にやって来た、こまうど（高麗人）のなかに、かしこき相人（人相見）がいて、右大弁の子のように思わせて連れていった光宮（まだ光源氏になっていない）を見て、おどろきいぶかしみながら、

国のおやと成《なり》て、云々

という、著名な「予言」をもたらす、というところ。物語の最初に敷かれたこのなぞが、どのように物語の展開のなかで実現するか、興味をかきたてられるだけに、古来これに多くの研究者や注釈家たちが挑戦してきた。

おなじことなら、韓国の高校生たちが使う教科書で、歴史の説明や地理感覚を学ぶことにしよう*3。「渤海の領域」という地図では、西を唐と接して大きな「国」であり、渤海の五京が書き込ま

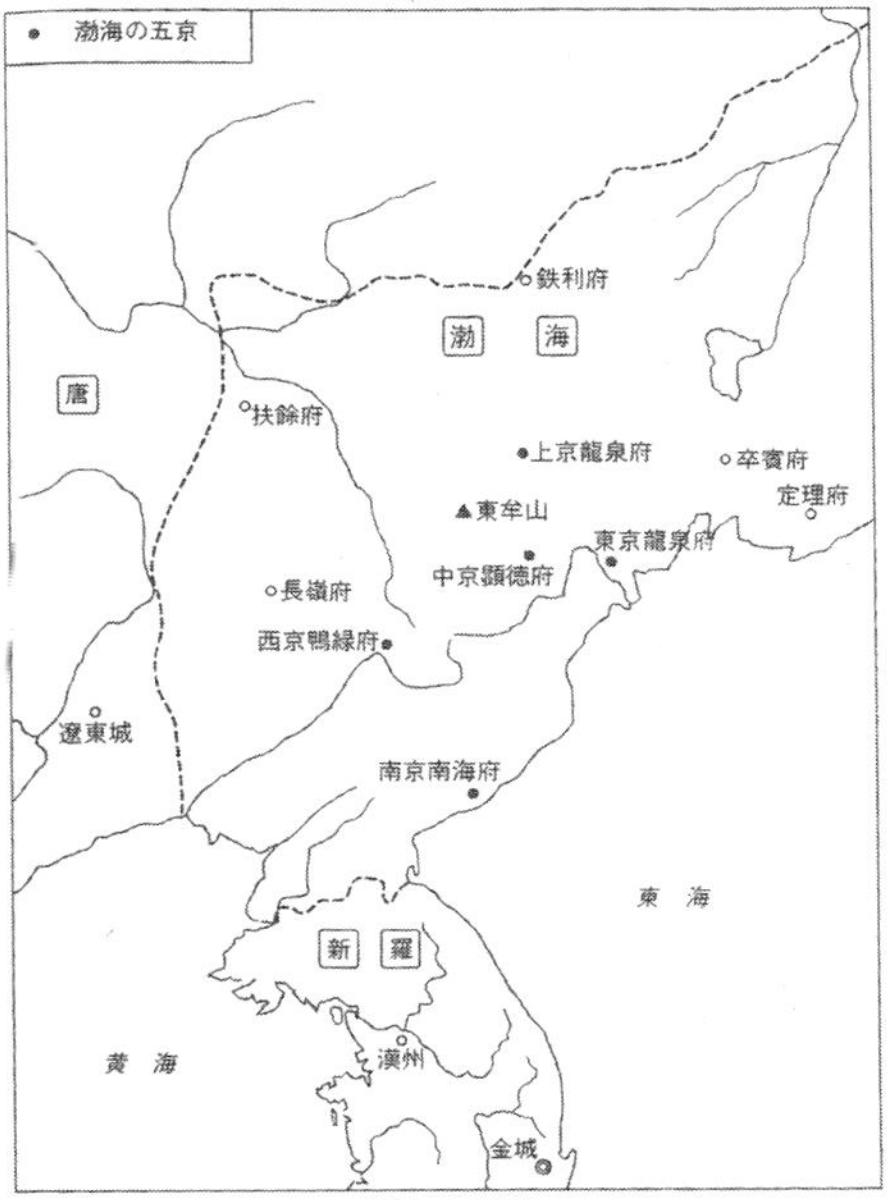

渤海の領域

『新版韓国の歴史第二版』（明石書店 2005）より

（3）大槻健・君島和彦・申奎燮訳『新版　韓国の歴史―国定韓国高等学校歴史教科書』（明石書店、二〇〇〇）。

れている。南はいまのピョンヤン（平壌）辺までが「領域」で、新羅と接する。教科書の見開きのページには中国黒龍省永安県の上京龍泉府跡の写真も掲出する。小見出しは「渤海の成立」「渤海の発展」「渤海の対外関係」とつづき、なかなかくわしい。教科書がくわしい理由は明瞭で、「新羅が三国を統一したころ、高句麗の昔の土地では高句麗を復興させようとする努力がつづけられ、ついに渤海が建国された」と記事にあるように、建国した大祚栄は〝高句麗人〟だというところにある。「靺鞨族」を被支配族としながら発展したというその趣旨は、渤海を高句麗継承の意識のつよい国だとする姿勢につらぬかれる。

高麗の統一

『新版韓国の歴史第二版』（明石書店 2005）より

もう一枚の地図を見よう。「中世社会への転換」という節では、「高麗の建国」「民族の再統一」「中世社会の成立」という項での、「高麗の統一」という図示があって、「高麗建国918」「高麗遷都919」、そして「渤海移民の入国934」などの年号が書き込まれる。さきほどの地図と逆に、ピョンヤン以南だけが示され、はずれる北方は契丹に亡ぼされて、渤海はもうないということらしく、高麗の南は後百済、新羅と接して書かれてあるものの、九三〇年代にいずれも高麗に帰属する、と。

4　言い当てられる王妃密通

渤海と高麗との関係は、教科書によれば、遺民たちが亡命し、これに対し太祖は優待し、「民族統合の意志を確固たるものとして見せた」という。遺民の官吏、将軍、学者、僧侶などを適材適所に任命し、とくに渤海の王子大光顕を「優待」して、同族意識を明らかにした、とされる。にわかに信じがたくとも、いかにも歴史叙述らしくある。

「高麗」という字を見ると、日本社会では「こま」と読むひと、「こうらい」と読む人、まちまちだ。『源氏物語』の「桐壺」巻でやってきた高麗の相人が、かつての渤海使のような、高麗国の使いのような、どんな史実の反映になっているのか、意見がいろいろにある。『源氏物語事典』*4には「こま」が12例あると指摘して、「古代朝鮮にて百済、新羅と鼎立した国の名」とある。いったん、古く成立した「国名」が、その後いかに、王朝交代、建国、滅亡を繰り返そうと、あたかも地域の名称であるかのごとくに、いつまで経っても「こま」でありつづけることは、わかるような気がする。

だから、

（4）池田亀鑑編『源氏物語事典』（東京堂出版、一九六〇）。

国のおやと成《なり》て、云々

と、高麗の相人が述べたとき、光源氏の将来的運命を、いぶかしみながらも、みごとに当てている（つまりあとになって「実現」する）と、われわれは読まざるをえないが、それとともに、相人の言う「国」ならば、大陸的な「大国」たちとともにあって、建国、滅亡、あるいは王朝交代を繰り返してやまない、東アジアの一国であることを前提にして、「国のおやと成《なり》て」云々、と述べているのだろうということに、ぜひわれわれは想到しておく必要がある。さきに述べたように、およそこの国の人たちにとって、過去から現代（とはこの平成の御代）に至るまで、お国という存在が興亡を繰り返す、壊れ物のような在り方であると、なかなか想像できないことだとは、相人にとり夢想だにしえない、予想を超えたこととしてある。けれどもいま、一千年の歳月ののちに、ようやくくびきから放たれて、東アジアの視点から『源氏物語』を読むことの練習をわれわれは開始しなければならない。

多くの「太祖」たち、建国者たちと並ぶか、そうでなくとも王権交替をもくろむ簒奪者としての印象を、光源氏の人相に相人は見てとった、ということなのではなかろうか。「おや」とは祖先を意味できるとすると、「国のおや」とは一国の始祖でなくして何だろうか。

相人の言いあてようとしたこととの射程距離はものすごく遠く、そして物語全体の根幹にかかわってくる。それは冷泉「王朝」の出現を予言している、ということだ。桐壺帝、朱雀帝とつづいた王統を乱して、光源氏を起点とする王朝が誕生することを言い当てている。それは、最も深き意味において藤壺事件、藤壺による光源氏との密通を予言することにほかならない。これが「桐壺」巻において藤壺の紹介、登場と、この相人の予言とがセットでえがかれる端的な理由だ。いうまでもなく藤壺との密通がなければ、冷泉帝の生誕はありえない。

国のおやと成《なり》て、帝王のかみなき位にのぼるべき相おはしますひとの、そなたにて見れば乱れ憂ふることやあらむ。おほやけのかためと成《なり》て、天下をたすくる方にてみれば、又その相たがふべし。

光源氏が藤壺と通じて子をなし、その子が帝位に即くことによって、その父として王朝をひらいたことになる、というすじみちをあとから思い合わせることができるように書かれてある、ということではなかろうか。

5　冷泉王朝の未生怨――「なほうとまれぬ」考

高麗の相人の予言は藤壺事件のあらましを当てて述べ立てたということになる。こんにち的に言えば、母にとり祝福されざる子〈冷泉〉の誕生ということになるが、そうだとすると冷泉「王朝」出現までの物語の根底に、心理的葛藤を敷いたことになる。次代の薫ではないが、未生怨〈阿闍世王コンプレックス〉というのを敷いて読むならば、という程度の、これは提案であって、具体的に母子の葛藤がつよくえがかれるというわけではない。ただし、例の、藤壺のうたのなかの、「なほうとまれぬ」(やはり子供のことが疎ましく思われてしまう) という表現は、私の論を成り立たせる都合上、研究世界での誤解のままに放置してほしくない。放置してはこの辺りの精神分析がかなわなかったことにもなりかねない。あえて異を唱えることを許してほしい。

「なほうとまれぬ」という表現は、『古今和歌集』、『伊勢物語』のうたなどに見られて、うたに見る慣用的な語句ということでよいと思う。『源氏物語』のなかでだけ、当時の慣習的な読みを踏みはずさせてよいものか、と思うと、しかしそういう場合もあろうから一般化はできないにせよ、「なほうとまれぬ」の「ぬ」という〝辞〟が多くの用例で完了なのに、『源氏物語』だけでは打ち消しだとか、ましてありえないことと思うが、完了と打ち消しとがかさなる、とかいうような意見は、藤壺の疎ましい思いを正反対に受け取ることになるわけで、私にはなかなか承伏できないというほかない。

郭公《ほととぎす》、汝が鳴く里の、あまたあれば、なほうとまれぬ。思ふものから

(『古今和歌集』巻三、夏、一四七歌)

ほととぎす、汝が鳴く里の、あまたあれば、猶《なほ》うとまれぬ。思ふものから

(『伊勢物語』四三段)

「なほうとまれぬ」で言い切り、終止形をなす。よって、疎まれてしまう、という完了でよく、ほかの取りようはない。「れ」は自然とそうさせられる、という思いをあらわす。「ぬ」が完了であ

ることは『伊勢物語』歌の返しに「……庵あまたと、うとまれぬれば」とあるのによって確証をえられるというべきだろう。

思へども、なほうとまれぬ。春霞。かからぬ山の、あらじと思へば

（『古今和歌集』巻十九、雑体、一〇三二歌）

これも「なほうとまれぬ」で終止形だから、完了。「なほなげかれぬ」というのもあって、

あふことの……（中略）……しろたへの　衣のそでに　おく露の　けなばけぬべく　おもへども　猶なげかれぬ　はるがすみ　よそにもひとに　あはんとおもへば（同、巻十九、一〇〇一歌）

とあるのは「ぬ」終止形の語例だ。嘆かれてしまう、ということであって、他の解はないのではないか。

くだんの『源氏物語』の事例、

袖ぬるゝ露のゆかりと、思ふにも―なほうとまれぬ。やまとなでしこ

（『源氏物語』「紅葉賀」巻、藤壺歌、一―二五四）

は、ここを「なほうとまれぬやまとなでしこ」と、「ぬ」を打ち消しにとってよいのだろうか。藤壺は、生まれてきた子を、源氏の君のゆかりだからと言って、疎ましい思いがすることを消せない、と苦悩しているのであって、ここに子への愛情表現を読むことのできる箇所でありそうにない。

藤壺のうたは一貫しての身の嘆きにくわえ、あいてをうらむとこそ詠め、子への愛情があるとは受け取れないことだ。むろん、真に愛情があるかないか、思いの底を忖度することは容易ながら、表現がそんなあまやかな読みを拒絶するのであって、その理由をのみ知りたい。藤壺はここからひとすじ、出家にまで追い込まれてゆく。政治的理由からの出家という読みが一般で、いくぶんかはそんな理由があるかもしれないにしても、夫の一周忌に狙いを定め、子との別れに呻吟しながら覚悟を決めてゆく内面が、子をなしたことへの罪の意識に覆われていると、すなおに受け取ることでどこが悪いのだろうか。

そのようにして母に疎まれながら、この世に生を享けた子が、何も知らぬ、事情を知らされずにある、ということじたいに、コンプレックスへの挑戦が皆無だと見るなら、『源氏物語』はついに読者を一千年かけて得られなかった、ということになろう。

ここでの母子の葛藤には、藤壺からの一方的なそれに終始していると思われない。冷泉帝が即位（十一歳）ののち、母の死（「薄雲」巻）をへて出生の秘密を知らされるのがまさに思春期に設定されていることの意味を、物語の深謀と見なくてよいのだろうか。よく知られるように、冷泉帝が考えたあげくに至りついた結論は、「父への譲位」という方法であった。父へ譲位することによって、王統は正されることになろう。そこには同時に母への和解という、子からの提案が含まれていたということではないのだろうか。

物語は光源氏がそれを拒絶することによって、以後を氷詰めにするかのごとくだ。高麗の相人の予言をむなしくしないためには、王統の乱れを解消することなく、冷泉時代の始発とともに物語がいったん、凍結させることになった、という見通しとなる。

冷泉後宮にはいってくる女性の一人が六条御息所の娘、秋好で、前坊とのあいだに生まれた。もし明石の姫君が入内するなら（秘密のうちに）きょうだい相姦になるところを、物語は避けて秋好を入内させ、中宮とする。秋好とのあいだには子がなく、したがって前坊家の血もまたつながらないことになる。内大臣の娘、弘徽殿女御とのあいだにもうけた一女がある。「竹河」巻によれば男子もあったというが、宇治十帖にはたえてその後をうかがうことができないので不審であり*5、おそらく「竹河」巻の特殊性に起因する現象かと思われる。

光源氏に起源を持つ冷泉時代はまさに一世を限って『源氏物語』のうちに現出させた〝潜在王朝〟であった。

6　王権外来論の行くすえ

二代目の「王」＝薫は、しかし今上帝の女二の宮と結婚することによって制度に回収される。こ

（5）注2前掲書を参照。

れは交叉いとこ婚をなす。物語の交叉いとこ婚を以下、確認しておこう。一夫多妻というのはpolygynyの訳語で、多妻のあいだにランクがいろいろあるのを、ひっくるめて妻（＝さい）という。日本古代社会がおしなべてそうだったことは、貴族層などにおいて優勢に観察される。妻方別居（いわゆる通い婚）ということも、生涯にわたる場合には一夫多妻においてのみ起きる現象ということになろう。一夫多妻社会においても同居の妻が決まってくるのは自然のことであって、夫方居住で添い遂げるのが一般ということらしい。そのようにして一夫多妻社会にあっては異母きょうだいが発生する。きょうだいのこども同士はいとこで、それが交叉いとこの場合に優先婚のカテゴリーにはいるかどうか、という課題としてある。

光源氏は元服の夜に、引き入れの大臣（左大臣）の御子《みこ》腹に、「ただ一人かしづきたまふ御むすめ」＝葵上をわが妻とする。父桐壺帝の女きょうだいである母宮の娘であるから、光源氏にとって父方交叉いとこをなす。東宮（朱雀帝）が所望していたのを、もともと光源氏にめあわせるつもりであったという。母宮は大宮とも言い、帝と同母であったろう。朱雀帝の後宮に入内させても交叉いとこ婚であることにかわりないものの。

光源氏と葵上とのあいだに生まれた男の子（夕霧）は雲居雁と結婚する。雲居雁は葵上の男きょうだいである内大臣（もとの頭中将、葵上の同母であろう）が按察使大納言の北の方とのあいだになした女の子で、夕霧がみずから望んでこれを妻とする。夕霧からすると母方交叉いとこ婚ということになろう。

夕霧の娘である六の君（母は藤典侍）は匂宮と結婚させられるが、匂宮の母は明石中宮（光源氏の娘）であるから、これも交叉いとこ婚で、匂宮からすると母方となる。夕霧と明石中宮とは同父であるが同母ではない。

薫と今上帝の女二の宮とのあいだも、同様に交叉いとこ婚という認定でよい。つまり薫の母女三の宮と女二の宮の父今上帝とは朱雀院の異性のこどもたちで、そのこどもたち同士といういとこの関係にある。「母方の交差いとこ婚の結婚の定義としては、理論的に非の打ちどころのないものだ」とレヴィ＝ストロース氏は言う＊6。あとの二例を物語のうえに見るということは、異母きょうだいのそれぞれから生まれるいとこ同士の結婚もまた、交叉いとこの場合には優先婚のあつかいだということになる。

制度と制度を破砕する王たちとの物語はいつか終わるので、光源氏が〝潜在王朝〟に到達する過程は、須磨、明石という巻々で外来王としての風格をととのえ、みやこに帰還するという物語の流れが如実に説明しているものの、神話ならぬ物語の宿命は、最終的な制度への回収ということだろう。

明石一族がそのパワーを支え、海竜王の孫娘（明石の姫君）を光源氏という「王」にプレゼントする次第などは、私にかなりこれまで論じてきたところだ。「神話論的に明石一族は海竜王族だった」と、小林正明氏もまた繰り返し言う＊7。〝海竜王の娘〟と光源氏とのあいだに生まれた女の子

（6）クロード・レヴィ＝ストロース「おちこちに読む」一九八二（『はるかなる視線』1、みすず書房、一九八六、所収）。
（7）「廃墟に外接する源氏物語」（『国文学』二〇〇三・一）。

は、冷泉帝の後宮に入内せず（それはできない）、次代の今上王朝（春宮時代の）に入内する。物語内で、もしかしたら初めてといってよい、平行いとこ婚の成立としてある（「藤裏葉」巻）。結婚成立のとき、十一歳（東宮は元服して十三歳）。

もう一人、光源氏が「外来王」であることを支える登場人物に注意を向けると、柏木だ。外来王はみずから犠牲となって殺されるか、それとも代償をささげるか、という選択肢で、だれかが代わりになって血祭りに挙げられるとすれば、それは柏木だろう。柏木の母、四の君は女三の宮を柏木に、と望んだことがあった。その女三の宮は柏木の犯すところとなる。表面は源氏の子、真には柏木の子である薫が誕生する。反逆の「王」光源氏の血を受け継ぐのは犠牲に供されることにおいて柏木こそがふさわしい。

その子、薫は今上帝の女二の宮と結婚する。レヴィ＝ストロース氏も注意するように、この結婚は交叉いとこ婚であった。制度への回収をこういうところにかいま見ることができる、ということではあるまいか。

十

世界から見る源氏物語、物語から見る詩

『源氏物語』の舞台を世界史の一角に置いてみたらば、どう読み方が変わるか、という仮想的な試みと、物語歌を通して〝詩〟に接近する、という、二種のテーマをかかえた講演の記録。現代詩の集まりからの要請で、そんな内容のはなしを纏めてみた。一千年の歳月をまたいで〝詩〟がめぐりあう、という現在をいろいろ考えてみることは愉しい。歴史、物語、そして詩は、相互に向き合わせることができる。

『源氏物語』が世界文学になりたいかどうか、物語じたいに訊いてみるのがいちばんでしょう。『源氏物語』千年紀は、世界文学になるためのチャンスなのです。千年まえというと、西暦一〇〇八年で、『紫式部日記』に『源氏物語』のことが出てくる通りで、確実に書かれつづけていました。それから千年、もう日本文学に閉じこもる必要はない、世界へはばたきたいだろう。正宗白鳥に『日本脱出』という長編があって、あのだらだら感は『源氏物語』をふまえて書いているのでしょう。その通り、『源氏物語』は日本脱出したいだろうなあと、ちょうど千年をさかい目に、『源氏物語』を日本文学から追い出して、世界文学へ登録する、絶好のチャンスだったと思います。そのお別れパーティーというか、千年紀はそういうお祭りであればよかったのです。

『源氏物語』じたいが、どんなきもちで千年紀を迎えたか、私としては長いつきあいなので、何となくわかるのです。でも私だけがわかってもしょうがないので（笑）、作品のなかから確かめたいことです。『源氏物語』は光源氏が五十二歳か三歳かで亡くなるとして、その死後も、薫という男子がそのとき六歳として、薫二十八歳までえがかれますから、五十三足す二十八引く六、つまり七十五年間という歳月を書きあげた物語です。

一〇〇八年を起点として、そこから七十五年を引くと、九三三年（承平三）ですね。この年をちょっと記憶してください。と言っても、現実の歴史的年代と、物語のなかの年代とをかさねるとは、ちょっとでも文学研究の一歩を踏み入れた人なら、重大な違反だと知っています。しかし逆に、『源氏物語』が、けっして空想的な小説を書いたわけでなく、十世紀（九〇一〜一〇〇〇）なら十世紀という時代をあいてに、想像力の限りを尽くして、幻想的視野を押し広げていった物語であることもたしかです。かりに、あくまでかりにですが、光源氏というひとを、あるいは薫という人物を、十世紀という時代に放り込むとしたらどうか。小説の現象学とはそうした架空の人物を時代のなかへ放り込むとどうなるか、という実験でもあります。

まったく私の感触ですが、先ほどの計算を、二十年ずらしてみるとどうか、九八八年を物語の終点として、そこから七十五年をさかのぼらせた年が『源氏物語』の始まりである。あるいはあと五年足して、二十五年さかのぼらせるところへ、物語の年代を置いてみると、西暦九三〇年というのは史上の醍醐天皇が亡くなる年であり、『源氏物語』のなかでの桐壺帝が亡くなる年にかさなります。しかも九三〇年代（九三一〜四〇）というのは、世が乱世にはいってくるときで、さきほど承平という年を記憶していただきましたように、いわゆる天慶の乱に至る、東は平将門、西は藤原純友の乱を抱える年代です。歴史の流れはわれわれ、結果を知っているのですから、〈将門の乱、純友の乱〉で済ませられる。しかし、その時代にわれわれの身を置いてみるならば、とたんに、明日はどうなるかわからないと言うか、不安な乱世の予感に置かれます。

純友一派は讃岐（香川県）の国府に火を付ける、土佐の国（高知県）にまではいり込む、何と九州の大宰府は丸焼けにする、瀬戸内全域で大暴れするのですが、最初っから京都近辺（山崎です）に出没していて、摂津にかけては政府軍と戦うというような、もう京都からすれば、東の将門と結託して、純友がいつ攻め込むかもしれない、戦々恐々というときが、これは明石在住の植田さんという方の書かれた私信にあった、おもしろい意見なのですが、そのときがまさに光源氏が京都にいられなくなり、須磨へ、そして明石へ移り、淡路島を遠望するという年代と、ぴったり一致するというのですね。

源氏が須磨まで来て、じっと恭順の意を見せているというのは、あくまで畿内（摂津までが畿内）であり、王族の支配するところです。須磨、明石と、巻が並んでいます。しかし、単に並んでいるのではないのです。畿内は王族が自由に闊歩してよいところであり、そのそとは畿外です。須磨と明石とのあいだには太い線が敷かれているのであり、源氏はそのへりにまで来て、恭順のすがたを示しています。そこで神意を推し量るというか、つぎのようなうたを詠みます。

やほよろづ神も――あはれと、思ふらむ。犯せる罪の、それとなければ　（「須磨」巻）

八百万の神も私をふびんだと、思っていることだろう。

犯罪らしい犯罪がないのだから

その直後、神がその哀願を受け入れたのか、怒ったか、大暴風雨、神話的な嵐というべきでしょう、が吹き荒れます。播磨の国というと『播磨国風土記』が知られます。その冒頭部が欠けていて、おそらく国の起源にかかわる暴風雨の神話が書かれていたことでしょう。播磨は〈晴れ間〉、つまり嵐のなかの晴れ間という意味なのです。

光源氏は暴風雨のなかを、龍女の化身と言ってよい、明石の女に呼ばれるようにして、畿外へ出た、つまり反逆児となったということでしょう。淡路島を詠むうたです。

あは——と見る、淡路の島の——あはれさへ、
のこる隈なく澄める、夜の月

あれは淡路の島だ、ああと見る、ああ恋しさで、いっそう、
のこるところなく照らして澄み切る、夜の月だ

（元歌「淡路にてあはとはるかに見し月の近き今宵は所がらかも」、凡河内躬恒）

その淡路島で、純友と出会い、意気投合して、瀬戸内の強力な水軍を背景に攻め上るならば、京都政権はどれくらい持ちこらえることができますか。乱世がここに訪れることを、じつは「桐壺」巻ですでに予告されているのです。つまりよく知られる、高麗の相人の来日です。この人相見は光源氏の人相を見て、「帝になる人相をもっている、しかしそういうふうに占ってみると、その治世とは乱世なのだ」というのですね。相人のこれらの予言に込められる真意は何でしょうか。

さてここからが、紫式部という作家が世界からわれわれの世を見ているという、今日のテーマにかかわるところです。実際に、渤海の使いが、三十数回も、日本を訪れている。十世紀にはいっても、九〇八年、九一九年、九二二年、そして九二七年、渤海国が亡んだ翌年にも東丹国の使いとしてやって来る。これらのなか、九一九年（延喜十九）というのは、二十五年さかのぼる源氏と歴史との対照表で見ると、まさにこの「桐壺」巻で高麗人がやってきた年にぴったりかさなるのです。これは年表を作ってみての発見です。地図（一九〇ページ参照）は韓国の高校生の使う教科書にもとづいているの

で、韓国には韓国の教科書問題があるから、日本国内での説明とややずれるかもしれません。史実としては、渤海国が亡びつつあるとともに、その人たちがどんどん朝鮮半島へはいってくるということがあります。地図のなかに高麗建国九一八年とか、遷都が九一九年とかありますが、日本国に渤海使の来たのがその年で、渤海国にとってはたいへんな時なのです。

高麗の相人のことばについて、もうすこし考えてみましょう。「国のおやと成《なり》て」とあります。東アジアの一角にあって、建国、滅亡、あるいは王朝交替を繰り返してやまない、まさにいま存亡をかけた、危殆に瀕した一国からの使いであり、その相人の語なのです。まあ『源氏物語』の読者の歴史は一千年つづいている、しかしおよそこの日本という、国が亡びるなど考えたこともない、壊れ物としての国家など想像もできないところで育った、われわれ読者には、まったく考え及びもできないことを言っているわけです。つまり相人は光源氏が国家をリセットして新王朝を作り出す人物だと言い当てたのです。

相人の予言はそれだけに終わっていません。光源氏が新王朝をひらくためには、いまの王妃と密通して、その子が帝位に即くということまでが言い当てられているということです。「桐壺」巻に同時に藤壺という女性が登場する理由です。ちなみに藤壺という女性は源氏関係の漫画などに、いまだに「藤壺女御」と書かれていますが、彼女が女御である証拠はなく、あくまで妃《ひ》の宮《みや》であり、光源氏とのあいだに子をなし、その子が冷泉朝をひらきます（「澪標」巻で開始され一代で終わる）。それまでの王朝が朱雀帝の世で、これも史実のうえでの朱雀時代と一致するのですから、作者の意図をここに読むことはけっして深読みではないと思います。

おはなしの後半は、「物語から見る詩」のほうへ行かなければなりません。さきほどから話題にしている、「須磨」巻は「うた」が多いことで有名です。四十八首あります（「明石」巻は三十首）。「須磨」巻にはまた菅原道真の漢詩が引用されており、「ただ是、西に行くなり／恩賜の御衣はいま此にあり」というのは、述べてきたような「須磨」巻の主題である、王族の行ってはならない畿内のそとへと出てゆくことたいへん関係深い詩です。いうまでもなく道真は、いま光源氏が幻に瀬戸内のかなたに遠望する、大宰府の地で亡くなったのです。その大宰府はまもなくこれから純友の手にかかって全焼することになりましょう。

「明石」巻で、明石の女のうたは、

思ふらむ心のほどや――やよいかに。まだ見ぬ人の聞きか――なやまむ

という、絶唱というべきであり、「まだ見ぬ」つまり私にまだ逢ってもいぬ人が、うわさに聞くだけで思い悩むことがあろうかと、つまり逢うなら逢って、しっかり私に向きあいなさい、愛するとはどういうことかをきちんと伝えなさいと言う、挑発と言ってよいうたです。

季節は夏から秋へとめぐり、ついに源氏から折れて、明石の女のもとを訪れることになります。「明石」巻のなぞの一つで、歌のやりとりの最初が四月、夏の始まり。そこから「心くらべ」がつづいて、四ヶ月が過ぎ、ようやく源氏が通い始めます。なぜ四ヶ月も時間が経つのか、というなぞでしょう。女のほうからやってくるならば、召し使う女のようにして世間体を取りつくろえるのに、と言いますか、源氏としては当然、身分の違いを盾にするし、女にはその身分差を越えることこそがモチーフです。身分の高い女性たちよりも気位を高く持つことを貫き通して、ついに男をわがもとに通わせるまでに四ヶ月かかりました。

つまり男を通わせることでその男と同等の高さへ自分を持ってゆこうとしたのですね。男君と張り合うのでなく、男君の背後にちらつく京の女たちと張り合うのです。結ばれる直前の女のうたは、

明けぬ夜にやがてまどへる心には――いづれを夢と、わきて語らむ

です。このうたにこもる真相を尋ね当てたいと思います。このうたを詠んで、けはいがもうわかるぐらいに接近したとき、源氏ははっと気づくのです、「この女はだれかに似ている」と。けっして紫上をでなく、じつに六条御息所を思い浮かべる源氏です。

これはあまりに唐突です。この第二のなぞについては、よい解釈がこれまでありません。玉上琢彌さんにでしたか、「抱いてみると六条御息所とおなじだ」というエロティックな解釈がありと、それはそれで魅力的な意見ですが、残念ながら抱く直前でありますこの場面、源氏として、ぞっとしたと思います。かつて葵上に覆い被さるようにしていた六条御息所の生き霊を見たことがあるのです（「葵」巻）。いま目前にいる女に自分が引きつけられている理由は、六条御息所の生き霊にみちびかれているのでは、ということでしょうか。そうだと思います。とすると、もう逃れられないでしょうね。あるいは、逃げるならいまだ（笑）。逃げるか、男として覚悟を決めるか。なんてことは書いてないですが、うたにもどると「いづれを夢と」とあります。

つまり、このうたには六条御息所が覆い被さっています。〈あんたがいま抱こうとしている女と、この私と、どちらの夢を夢見るのですか〉と。ちょっと違うかな。ともあれ「明けぬ夜にやがてまどへる心」、無明長夜に迷う心とは、明石の君の心でしょうか、それとともに六

条御息所の迷い深い心の夜ではないですか。

今日の題名のなかに、「物語から見る詩」と題しました。五七五七七は、けっして現代詩でありませんが、漢詩とともに、古代における、これ以外にはほとんどありえない、詩としての独占的な在り方です。

うたと言ってもよいが、これを和歌と言ってよいか、どうか。和歌というと、これ以外に詩があるかのような言い方です。現代には現代詩と短歌と、あるいは俳句があり、二〇〇〇年代にはいう、現代短歌が特に、まるでウイルスのように進化しており、口語中心になって、現代詩とのあいだがごちゃごちゃになってきております。

古代詩の五七五七七なるうたが、現代で言えば詩でもあり、短歌でもあり、あるいは俳句でもあって、ぐちゃぐちゃになかにはいっていますす。五七五七七を歌謡だというひともいますが、うたうことをしない、作ったり詠んだりするのが五七五七七で、その点でも、根底にはうたがあるにせよ、古典における詩そのものにほかなりません。

「明けぬ夜にやがてまどへる心」のうたにもどりますと、これが古代詩の世界の在り方だといわざるをえません。惑える心にもう一つの惑える心が覆い被さる、というむずかしさや、言語と不可分にからみつく夢を「いづれ」とも言い明かせない、纏綿とひきずる情念という、散文（物語）でならば文法的に不可能な表現を、詩は完全にこのようにして表現できるのです。その試みを物語のなかでこそ、つまり物語を周囲に敷きつめながら、その口心で可能にしてみせる。もの凄い技倆だと思いますが、そういうことと思います。

六条御息所は生き霊でしょうか。おそらく生き霊であり、ここで源氏を逃れようなくしたと思います。けれども私はこう思うのです。六条御息所はこの時、明石の君を守ろうとしています。怨霊とは、だれかを守るために、守りたい一心で、他の者に対して祟り、怨霊となるのではないですか。六条御息所はだれに祟り、だれに祟らないか、じつにはっきりしています。夕顔は「六条わたりの女」に取り殺されたので、六条御息所とは無関係ですから除外します。紫上に祟りました。女三の宮にも祟りました。

では、六条御息所はだれに祟らないか。まず自分の娘、斎宮女御（秋好中宮）に祟りません。それは当然ですよね。つぎに明石の君なのです。その娘（明石女御）にも祟らない、つまり明石一族には祟りません。じつに六条御息所は明石一族の繁栄のためにはたらく守護霊なのです。『源氏物語』は最後の最後まで、宇治十帖の終りまで、明石一族が繁栄する物語です。

そして、これも明石の物語によって明かされることですが、明石一族は桐壺一族とゆかりの関係、同族であります。『源氏物語』の「桐壺」巻に始まり、明石一族の繁栄へと引き継がれて行く雄大な構想を、少なくとも「柏木」巻で魔界へと去って行くまで、六条御息所が支えているのでした。光源氏の栄花を実現する豪壮な邸宅六条院、その「六条」の記号的意味は六条御息所にほかなりません。

桐壺更衣は物語の冒頭に出てくる人で、出来るや、殺されます。だれが殺したか。弘徽殿女御が犯人だと、漫画などでは書かれていますが、冤罪です。桐壺帝が更衣を寵愛して、別の更衣を追い出した、その更衣の恨みやらんかたなし、とはっきり書かれています。その更衣が呪い釘かなんかを打って、桐壺更衣をあやめたのでしょう。

その桐壺更衣の家が、明石一族と同族だというのです。すると六条御息所ともつながりがあるということではないでしょうか。「いづれを夢と」のうたにはそれらのことが凝縮しており、凝縮できる言語こそは詩であるということをもっともよくあらわしています。六条御息所によってしっかりと支えられた運命的な女、明石の君と結ばれた、桐壺一族の光源氏は、そのことによって得られた姫君を、朱雀帝の子である今上にとつがせることによって、朱雀王朝のすえをも手にいれます。

いったい『源氏物語』の地域的なひろがりは、どんなに広いか、九州から東国まで、ものすごいエリアです。『紫式部日記』に、紫式部のお友達が九州へ旅立ち、同時に紫式部じしんは越前へ行く、ということが書いてあります。その友だちは九州で亡くなるのでしょう。『源氏物語』の玉鬘が九州で育つということには、作者の九州への思いがこもっていることでしょう。

舟人も―たれを恋ふとか―大島の―うらかなしげに、声の聞こゆる
（乳母の娘一、「玉鬘」巻）

来し方も―行方も―知らぬ沖に出でて、あはれいづくに君を恋ふらん
（同・二）

みぎは、これから九州へゆく一行のなかの乳母の娘たちが詠むうたです。「君」とは玉鬘の亡き母、夕顔のことでしょう。一行は大宰府にいて、玉鬘もそこで大きくなりますが、乳母の夫が亡くなり、大宰府にいられなくなって、肥前（佐賀県）で玉鬘は成人します。

行く先も―見えぬ浪路に舟出して、風にまかする身こそ―浮きたれ
（姫君歌）

これは玉鬘が九州から京都へ、逃げるようにして上京するときのうたであり、彼女の最初の作歌です。物語のなかで最初のうたというのはだいじでしょう。玉鬘の旅はまだつづいて、初瀬の観音のみちびきでついに夕顔のもとの侍女、右近に会うのですが、そのときのうた――

初瀬川―はやくのことは―知らねども、けふのあふ瀬に、身さへ流れぬ　（同）

『源氏物語』の広がりは東国へも広がり、あずま出身の浮舟という女性を物語のさいごの女主人公にするのですから、とてつもない広大なエリアをカバーしています。彼女の最初のうたは、

ひたふるにうれしからまし。世の中にあらぬ所と思はましかば　（浮舟、「東屋」巻）

というへたなうたです。うたの素養がないからへただということでしょう。しかし、浮舟は『源氏物語』のなかでもっとも歌数の多い女主人公です。つまり、へたなところから出発させて、成長するとともに、すぐれた詠み手になります。私は、先程来、述べてきた明石の君と、この浮舟と、ふたりを『源氏物語』のなかのすぐれた歌人として位置づけます。

広がりと言えば地域の広がりばかりか、生死を超える広がりとしてもあります。

限りとて、わかるる道のかなしきに、生かまほしきは―命なりけり　（桐壺更衣、「桐壺」巻）

『源氏物語』の主題ということは、うたで示されているように思われます。

死出の山、越えにし人を、したふとて、跡を見つつも―なほまどふかな　（光源氏、「幻」巻）

法の師を尋ぬる道をしるべにて、思はぬ山にふみまどふかな　（薫、「夢浮橋」巻）

さきに明石の君のうたの（六条御息所のうた

でもありました）、「明けぬ夜にやがてまどへる心」という、女性たちの「まどひ」を見ていただきました。男性主人公たちも「まどひ」にあります。光源氏のほとんどさいごのうたと、薫のさいごのうたと、ともに「まどひ」のつづく限りは物語が持続すると言うことでしょうか。物語の終りに近づいてもまだかれらは惑いつづける、こういう「まどひ」に主題を見いだすのです。

十一　源氏物語の分析批評――「語る主体」への流れ

ここ四十年の研究史を、前史を含めて、振り返っておくこともあってよいのではないか。〈構造主義以前〉からという視野を立ててみると、ニュー・クリティシズムという視野の導入された一時節があり、それを分析批評と名づける。〝若き研究者集団〟だった物語研究会（一九七一年十一月発足）の初期に深刻な影響を与えたはずだと私は睨む。ドナルド・キーン氏の著述がよく読まれたことと、分析批評の進展とは、あるところまで両輪だった。

1　分析批評の源流

小西甚一氏の「分析批評のあらまし」『日本文藝の詩学』＊1によって見ると、「もともとanalytical criticismとは、ニュウ・クリティシズムに対する別称のひとつ」（一五ページ）だとある。分析批評を名告る書物としては、日本文学への適用をうたう、川崎寿彦『分析批評入門』＊2がつよく想起させられる。また『國文學 解釈と鑑賞』（至文堂）誌は「古典文学の分析批評」の特集号＊3を組んで、分析批評がしきりに話題になるということがあった。

分析批評の渦流は、そのように英語圏、おもに北米大陸でのニュー・クリティシズムに発し、日本古文関係では小西氏による、それの精力的な摂取をへて、文学研究、とりわけ国語教育（教材研究）に定着が見られる。文体論が小説や物語、口承文学を舞台にして分析を繰り拡げられることは、英米文学を中心に、よく行われたかもしれない。イメージ分析やジェンダー分析が、その特殊な発展形態として、注目される。文学における、イメジャリ（絵画性）探求を最初に提唱したのも小西氏であることを思うと、ジェンダー研究は措くとしても、氏の貢献度は高いと評してかまわない。

日本古典の代表的な、物語文学、『源氏物語』は、おもに欧米でアーサー・ウェーリーの翻訳によって知られてきた。ヴァージニア・ウルフが読んだというのも、これによってであろう。この物語が分析批評の対象になったということが、それまでになかったかどうか、分からないが、これに注目して日本人研究者、小西氏が分析批評の対象に据えたというところに、世界的な意義がある。

　私の手元に、さる講演を聴いたときの、配布プリント、ハンドアウトがのこっていて*4、一九七二（昭和四十七）年十二月十日という日付を持つ、小西氏の手になる二枚だ。それによって、昭和四十年代での古典文学と分析批評との接点を最初に見てしまいたい。

　「源氏物語の語り手」と題する、そのプリントをいま眺めやると、作者（author）、話主（speaker）、述主（narrator）といった文字が眼に飛び込んでくる。

参考文献がいきなり書き出されてあり、

M.Proust: ‘A propos du “style” de Flaubert’, *Nouvelle Revue Française*. vol.XIV, 1 (1920)

A.Thibaudet: ‘Réflexions sur la littérature. Lettre á Marcel Proust’, *ibd*.

C.Bally: ‘Le style indirect libre en Français moderne’, *Germanische-Romantische Monatsschrift*, vol. IV (1912)

とあって、前二者はともかくもとして、あとの「近代フランス語における自由間接話法」というのは何だろうと私は思った。

（1）直接話法

He replied, “I have arrived on Sunday.”

Il répondit: ‘Je suis arrive dimanche.’

（2）間接話法

He replied that he had arrived on Sunday.
Il répondit qu' il était arrivé dimanche.

（3）描出話法（represented speech）
自由間接話法（le style indirect libre）
He replied he had arrived on Sunday.
Il répondit il était arrivé dimanche.

とある、文例を挙げたあと、氏は古文をいくつか提示してゆく（ここでの本文引用は氏の指示するままにしておく）。

（1）女君は、わりなう苦しと思ひ臥したまへり。（『落窪物語』巻一、大系、六七ページ）

（2）かいさぐりたまふに、袖のすこし濡れたるを、男君、来ざりつるを思ひけるも、あはれにて、「何事を思へるさまの袖ならむ」とのたまへば、（同、七五ページ）

（3）〈北ノ方ハ〉鎖《さ》し固めおはしぬ。〈北ノ方ハ〉しつと思ひて、いつしかこの事、典薬助に語らんと思ひて、人間《ま》を待つ。
（同、一〇〇ページ）

（4）おほやけ聞《きこ》しめして、あやしう珍しきことなり、いかで試みむとおぼす程に、〈俊蔭ハ〉十二歳にてかうぶりしつ。
（『宇津保物語』角川文庫、上—一一ページ）

（5）〈頭中将ガ〉片端づつ見るに、「よくさまざまなる物どもこそ侍りけれ」とて、心あてに〈手紙ノ主ヲ〉「それか、かれか」など問ふ中に、言ひ当つるもあり。
（『源氏物語』帚木、大系一—五七ページ）

（6）〈宮ヨリノ手紙ニ〉「この程におぼつかなくなりにけり。されど、人はいさ我は忘れず程ふれど秋の夕暮れありしあふこと」とあり。
あはれにはかなく、頼むべくもなきかやうのはかなしごとに、世の中を慰めてあるも、うち思へばあさましう。

かかる程に、八月にもなりぬれば、「つれづれも慰めん」とて〈女ハ〉「石山に詣でて七日ばかりもあらん」とて、詣でぬ。
（『和泉式部日記』日本古典全書、二一三～二一四ページ）

2　描出話法の視野で

これら日本古文物語などの事例を見ると、（1）～（4）の「と」は直接あるいは間接話法であり、（5）の「とて」も、せりふか心に思ってかはともかくもとして、引用する話法であるのに対し、（6）の『和泉式部日記』の、「あはれにはかなく、頼むべくもなきかやうのはかなしごとに、世の中を慰めてあるも、うち思へばあさましう。」とあるのはどうか、話法的にどう考えたらよいか、若き物語学徒たちにぜひ考えてほしい。氏の訴える要点はそういうことだったような気がする。「……うち思へばあさましう」とはだれが「うち思」い、「あさましう」という、感想を漏らすのか。

『源氏物語』の事例をかならずしも挙げてくれたわけではないが、氏の問題提起は遠く狙いすました矢のさきが、十年先、二十年先へと向けられていたように思われる。

小西氏の配布プリントはこれらのほかに、仏文から Flaubert: Madame Bovary の一節を挙げる。

Elle eut assez de prudence pour mettre en réserve mille écus, avec quoi furent payés, lorsqu'ils échurent, les trois premiers billets; mais le quatriéme, par hasard, tomba dans la maison un jeudi, et Charles, bouleversé, attendit patiemment le retour de sa femme pour avoir des explications.

Si elle ne l'avait point instruit de ce billet, c'était afin de lui épargner des tracas domestiques; elle s'assit sur ses genoux, le caressa, roucoula, fit une longue énumération de toutes les choses indispensables prises á crédit.

—Enfin, tu conviendras que, vu la quantité, ce n'est pas trop cher.

（日本語訳）

エンマもさすがに慎重に三千フランを貯えておいて、期限がくると、その金ではじめ手形三通を支払った。ところが四枚目の手形が、どうしたはずみか木曜日に家へ舞込んできた。仰天したシャルルは妻の帰りを待ち兼ねて訳をたずねた。

その手形の話しをしなかったのは、家のうるさいことをお聞かせしたくなかったからですと、エンマは夫の膝に乗って、撫でさすって、甘い声を出して、掛買した余儀ない品物を一々ながながと数えあげた。

「けっきょく品数から見れば、そう高いとはお思いにならないでしょう?」*5

みぎの、「その手形の話しをしなかったのは、家のうるさいことをお聞かせしたくなかったからです」〈Si elle ne l'avait point instruit de ce billet, c'était afin de lui épargner des tracas domestiques;〉とある箇所が「自由間接話法」だ、と氏は言うのだろう。そんな話法入門という、話題であった。

しかし、氏の狙いはもうすこし違う方向にあったはずで、そのことについては次節以下で繰り返してゆくことにしよう。描出話法については手元の参考書類にあたると、実際にはイエスペルセンなどに論述があるようで、

He felt sorry for her. It must have been a terrible blow for her to lose her mother.

の第二文（It must have been a terrible blow for her to lose her mother. =「母親をうしなうことは彼女にとって大きな打撃に違いない（とかれは思った）」のように、心理描写として he のきもちが、地の文なのに述べられるという、「話

法」であるらしい*6。

『源氏物語』に、話法についての興味深いさまざまな、関心領域が拡がっている、との感触を得られたことはありがたかった。

3　「述主」あるいは語り手

小西氏のその講演は分析批評という、術語にふれていて（と言うかそれが目的だったろう）、事実を集積し（＝集積事実）、それにより仮設を立てて検証する。検証がyesならばそれを他の事実に適用し、noならば放棄するか修正するかを迫られる。推論のうえに推論をかさねることは避けなければならない。この検証ということが、端的に言うと分析批評なのであるとする趣旨であった。

そうすると、「述主（narrator）」という概念が「事実を集積」したすえでの仮設ということになるのではないか。『和泉式部日記』の「うち思へばあさましう」というような表現に、何度も何度もぶつかってみると、述主ということを立ててみるならばどうかという、仮設におのずから到達しよう。述主が一人称で語る場合と、三人称で語る場合とがある、というようなことはすぐにみちびかれてくる。述主が作中人物の心のなかや、会話を語る方法だとしてみることは、なるほど有効なのではあるまいか。

氏の場合、話主（speaker）と述主とはかならずしも別のことでない。「分析批評のあらまし」（『日本文藝の詩学』所収）によって見ると、（「作者」が）具体的な操作として、「設定」ということをする。時、場所、人物などを決める。それから、だれにその作品を語らせるたが重要で、ある作品のなかで享受者にことがらを伝える役が「話主」である。その作品が叙事型であるとき、話主を「語り手」と呼ぶこともあると。つまりこの語り手というのが述主とおなじだろう。講演の題はまさに「源氏物語の語り手」なのだった。

おなじころに氏自身によって書かれた、別の書き物によっても、もうすこしこのことについて確かめておくと、これは玉上琢彌氏（一九一五―一九九六）の物語音読論＊7への批判として言われる箇所だが、

これ（＝玉上氏の「三人の作者」説）は、作中に仮構された人物としての述主と、その作品を作外の享受者によみ聞かせる人物とが、まったく次元の違う存在であるにも拘わらず、両者を混同した意見だと思われる。さらにその根源に遡れば、作者（author）と話主（speaker）ないし述主（narrator）とを区別しない国文学の常識に由来するもので、結果として作品論と成立過程論との混同に陥っている。……『源氏物語』は全体が仮構された作品なのであり、作中に現われる述主たちもすべて仮構された人物にほかならない。

（小西「源氏物語の心理描写」＊8）

と、旧来の「国文学」批判へ、氏の筆鋒は置き換えられる。

玉上氏の「三人の作者」については節を改めることとしよう。小西氏の批判によって、何ら痛痒をおぼえなかったろうと思われる。物語音読論じたい、まさに事実の集積によってみちびかれた、仮設であるとの自信に伴われていようし、意図的に古代作者の在り方を語り手の視野に取り込もうとしたのであってみれば、「次元の違う」とこれを評されても困りはしなかったに相違ない。

小西氏の講演にもどると、私はその場にいて、二、三の疑問をいだくことになる（質問したと思う）。まったく知らなかったニュー・クリティシズムへの疑問ということかもしれない。六〇年代以後の、構造主義批評からテクスト論批評への展開と、どう折り合えるのかとい

う、第一の疑問であった。ジェラール・ジュネット氏の著名な、Discours du récit は邦訳どころか、原著もまだ出ていなかった*9。出てなかったにしろ、テクスト（の快楽）論の季節が、読者、読書論に雁行し、流行しようとする、七〇年代の始まりのころであった。

　ニュー・クリティシズムは見られるように、「作者」を二元論的に前提として、語り手をそれと別に立てるといったていであり、これでは、到来しつつある、テクスト論の時節にうまく嵌ってしまうのではないか。author（著者）を括弧に括り出して、テクストだけが舞台で躍るといった、文学研究の季節が来るのではないか、と感じられた。作品から一部を切り出して、教室での読みに耐えさせようとする、国語教育の方法としてならば全盛期時代を迎えるのではないかという、予想も立てられる。

　第二の疑問は古典語を含む、日本語なら日本語で通用することが、世界の諸言語でも証明されなければならないのかどうかだ。そう思いたいきもちは逸るものの、欧米語という文法的基準での、話法、人称などが、いわば普遍文法的に適用されなければならぬものかという、まことにやむをえぬ、あるいは「国文学」のようなナショナルな文化論を控え持つ場所での、だれもがぶつかる疑問としてある。言い換えるならば、チョムスキー氏（一九二八～）的な、言語文法の普遍性の壁に私もまた乗りつけた、ということだろう*10。

　ナラトロジックな季節がここに押し寄せてきた（narratology という語は、一九六九年か、ツベタン・トドロフ氏によって創始された）*11、日本語でもそれを展開させることの意義を感じさせられることになる。

4　「作者」とはだれか

　前節にふれたように、玉上琢彌氏の「三人の作者」説は、小西氏によって、批判的にとは言え、言及される。その理由はと言えば、やはり日本分析批評の始まりというほかない位置に、玉上氏がいるからだろう（ちなみに玉上、小西、そしてあとにみる、ロラン・バルト氏はみな一九一五年生まれ）。

玉上氏は、

『源氏物語』は事実談だというたてまえをとっている。

と、「源氏物語の読者――物語音読論」（『女子大文学』一九五五・三）のうちの「三人の作者」という、一節を書き出している*12。

つづいて、

「作り物語」とは、『今鏡』にすでに出ている言葉であるが、これは作り物語の世界に生きる上流子女の語彙にはない言葉だ。物語は、これを過去の事実談と信じ、家庭教師が物語ってくれるがゆえに、後世に伝えるべきものとして特に選ばれた事実談だと信じきっている姫君たちの中にこそ、真に生き得たのである。

として、『源氏物語』から描写場面が取り出される。そのなかからいくらかを引けば、これらのようだ。草子地と言われる箇所が、まさに「事実集積」として収集されよう（以下の『源氏物語』引用は新大系〈整定本文〉に拠る）。

（蓬生の巻）

かの大二（―大弐）の北の方（末摘花ノ叔母ガ九州カラ都ニ）のぼ（―上）りて、おどろき思へるさま、侍従（末摘花ノ乳母子）がうれしきものの、いましばし待ちきこえざりける心あささをはづかしう思へるほどなどを、いますこし問はず語りもせまほしけれど、いとかしら（―頭）痛う、うるさく、ものうければなむ、いままたもついであらむお（―を）りに、思（ひ）出でて聞

ゆべきとぞ。　（二―一五四ページ）

みぎは「語り伝へる古御達」がすっかり姿をあらわしているケースで、編集者が「とぞ」を付けくわえたという。

（須磨の巻）

さるべき所〴〵に、御文ばかりうちしのび給ひしにも、あはれとしのばるばかりつ（―尽）くい給へるは、見所もありぬべかりしかど、そのお（―を）りの心（―ここ）ちのまぎれに、はか〴〵しくも聞きを（―お）かずなりにけり。　（二―六ページ）

「語り手は、源氏離京の当時生きていたのであり、この事件に心神を労し尽くした一人」（＝玉上）であった。

（藤袴の巻）

中〴〵、かの君（柏木）は思（ひ）さまして、つゐ（―ひ）に御あたり離るまじき頼みに思ひ慰めたるけしきなど、見侍（る）もいとうらやましくねたきに、あはれとだにおぼしを（―お）けよ、など（夕霧ハ玉鬘ニ）こまかに聞こえ知らせ給（ふ）こと多かれど、かたはらいたければ書かぬなり。　（三―九四ページ）

これは筆記者編集者がカットした、とことわるのだという。

第三の「作者」は読み聞かせる女房で、

（少女の巻）

これは御わたくしざまに、うち〴〵のことなれば、あまたにも流れずやなりにけん、また書き落としてけるにやあらん。

（二―三一九ページ）

と「作者を批評」（同）する。氏は作者を批評する侍女である、「演者」をも作者と認定する。
　この「演者」という語は玉上氏の使用するところであることに注意を向けておきたい。念のために言うと、氏はこれらを「たてまえ」と見ているのであって、特に『源氏物語』中に、それらのなか、すくなくとも語り伝える、古御達と筆記・編集者とを、虚構された作者と見なし、読み聞かせる女房をも、ある箇所では虚構化されて文面にあらわされているとする。

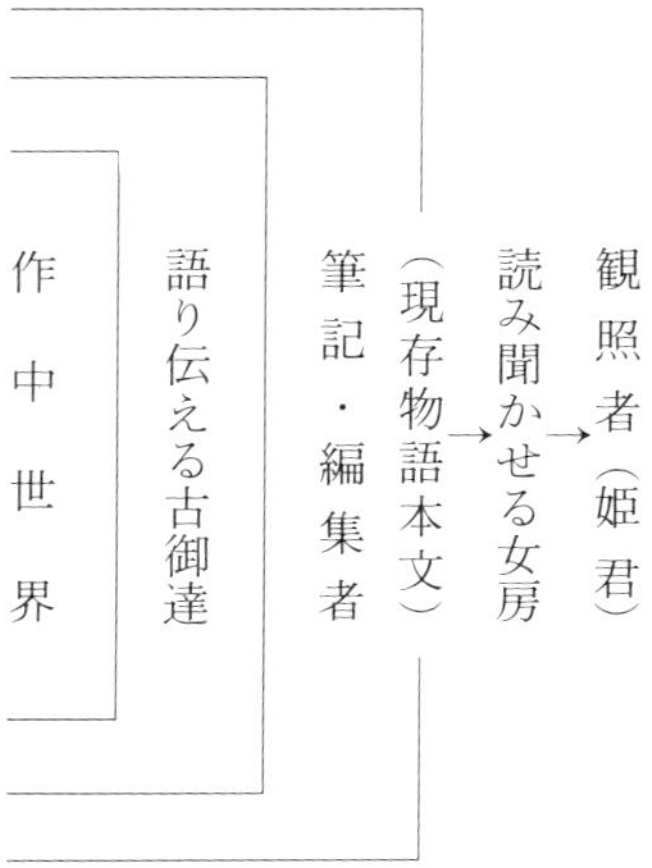

　このようにして氏の著名な図示はもたらされた＊13。
　氏の考え方の裏打ちとして、『源氏物語』以前、つまり昔物語ではこれらがほんとうに複数の作者だった、『源氏物語』以後は読み手をつとめる、女房が本文を作ったとする、推測ないし論定がある。

昔物語

　昔物語の作者は、文字を使い得る者、すなわち漢学者であった。
（「物語音読論序説——源氏物語の本性（その一）」より＊14）

源氏物語以後

　『源氏物語』以後の作者は、漢学の素養ある女房であった。（同）

みぎのように『源氏物語』以前と以後とで、

年代離断的＝切―事実的に分けられるか＊15、大きな、修正を余儀なくされるとしても、古代ないし中世社会における、作家ないし作者の在り方を問いかけた、創始であることをここに十分に認めてかかる必要がある。

紫式部は〈『源氏物語』の作者〉だが、逆に『源氏物語』の作者がだれであるかの問いには、いくつもの答えを可能性として用意できるはずだ。その可能性のかずだけ複数の作者説があるのだとしても、それは批評や考え方のかずだけ〈作者〉が複数想定されるという、恣意性かもしれないので、何者が作者なのかについて、きちんと理論づけをする要求がつよく出されてくる。

5 『テクストとしての小説』――記号学的批評

本居宣長（一七三〇～一八〇一）に見るような、作り主と言われる、物語作者（紫式部なら紫式部）が意図をもって、作り出したのが『源氏物語』なら『源氏物語』だという、近代的な考え方は＊16、ある点からすると小西氏の、

わたくしが何か小説を書くと仮定してみよう。すなわち、わたくしが「作者」となるわけ＊17。

という「作者」におなじことになり、分析批評の本性が近代主義にほかならないと、はからずも証しだてる。

一九七〇年代にはいり日本社会では、近代主義批判の一環という、心づもりで、「作者の死」を宣告する、ロラン・バルト氏（一九一五～一九八〇）のテクストの考え方が導入されてくる＊18。作品が作者の意図を実現するような、メッセージ性ではないということを、つよく言い換えれば「作者の死」ということになる。旧来の作者絶対観に対し、一定の破壊性があって、有効性としての一面を否定できなかったにせよ、落とし穴もあって、作者の意図にとって代わる、テクストじたいの意志を読み取ろうと

するから、読者に権威が与えられ、「どう読むか」に、高い位置を認められるようになる。読者の読みに任せるということでは、作者対読者という、フレームワークをほんとうには壊し切ったことにならず、依然として近代的な作者が温存されたままなのではなかろうか。バルト氏の批評活動もまた過渡的な、近代主義の一環にあると見ることが許されよう。

一九四一年生まれである、ジュリア・クリステヴァ氏の『テクストとしての小説』（一九七〇、邦訳一九八五）*19を、以下に引いてみようと思う。クリステヴァ氏に対し、言うべき批判をほぼ同世代の私（藤井）などは、ほとんど持ち合わせないにせよ、氏をして「分析批評」学からの距離を語らしめたいとの思いに大いにかられる*20。バルト氏のような読者論へゆかない、歯止めを記号学じたいに求めようとする、クリステヴァ氏の手つきには、起点が少なくないと思われる。

作家活動にはいった、アントワーヌ・ド・ラ・サル Antoine de La Sale は、一四五六年に Le Petit Jehan de Saintré（邦名『サントレの小姓ジャン』）をあらわす、つまり物語（récit）のテクストを生産する。作者による、これのテクストの生産とテクストじたいの相互連関発展性との関係は、クリステヴァ氏をしてこの学位論文に結晶せしめるに足る、きわめて興味津々たる内容で、

> 同音異綴（ラテン語の actor-autor）、フランス語の acteur-auteur（何れも、「演者—作者の意」）のしゃれを弄することにより、アントワーヌ・ド・ラ・サルは発話行為（労働）が言述結果（生産物）に移ってゆくこの上下運動《シーソー》そのものに、したがってまた、まさしく〝文学的〟対象の構築過程そのものに触れている。アントワーヌ・ド・ラ・サルにとって、作家（écrivan）とは

演者であると同時に作者でもある。このことはつまり、彼の考えたテクストとしての小説は、実践（演者）でもあれば、生産物（作者）でもあるし、過程（演者）でもあれば、結果（作者）でもあるし、演戯（演者）でもあれば、価値（作者）でもあるという意味なのである。もっとも、作品（メッセージ）や所有者（作者）という昔から押しつけられてきた概念が、これらに先行している演戯を忘却させることに成功したということではないけれども。

（七五～六ページ）

と論じられた。

クリステヴァ氏のテクスト理論が、まさに十五世紀物語そのものへの沈潜から導出されてきたという一点が、私の主要な関心であった。ひとによって記号学的関心を物語へぶつけたかのように、心なく誤解するかもしれないが、おそらくそうではない。氏の Le Petit Jehan de Saintré が、私なら私の日本社会で、『うつほ』あるいは『源氏物語』への沈潜（卒業論文、修士論文）を繰り返しての数年と、まさに同年代であることに、深い、現代の恩寵を感じる。研究史的にこのことだけはここにそっと記しておきたい。

6　テクスト間相互連関性としての描写

分かりにくいとは思わないが、クリステヴァ氏の論述に見られる、〈複数の作者〉について、やや整理してみよう。しかし整理のまえに、「作品（メッセージ）や所有者（作者）という昔から押しつけられてきた概念」を、クリステヴァ氏が明確に否定した、との確認をとる必要がある。作品（英語で言えば works, writings）じたいを否定しても、ある意味でどうしようもないが、ここで否定されるメッセージを持つ、被造的な作品とは、類推させることのできる、何も現実にあるわけではない。誤解をおそれずに言えば、展覧会場で壁面やフロアに見いだされる、鑑賞としてのイメージ作品（絵画や彫刻）に近いかもしれない＊[21]。〈完成〉がもくろまれた被造とは、ある点からすると神（の視点から）の似せ絵であって、ひとがメッセージをそのなかに持つ、ということは神に類する、不遜さを許容することになる。だいじなこととしては、そのような作品なるものはどこにもない、ただ幻想的に文学教師のあたまのなか、または文学史のなかでの整列として眺められるために〈存在〉させられているに過ぎない、ということであり、クリステヴァ氏はそんな、作品の在り方を明瞭に否定する。したがって「作品」の担い手である、メッセージの送り手なる、在り方もまた否定される。しかしむろん、纏まりとしての「作品」たちや文学史的意味での「作品」郡を〈作品〉と称することには、干渉しなくてよかろう＊[22]。

そうすると、作者（たち）はどこにいるのだろうか。このジャンヌ・ダルクの同時代人、われらのアントワーヌ・ド・ラ・サルなる、人物は、「教育」物語（＝『サントレの小姓ジャン』）を著述し、だから著述家であり、『サントレの小姓ジャン』を小説（roman）と認定してよければ、小説家であり、近習《きんじゅ》、師傅《しふ》など、要するに王家や貴族家での教育者としてあり、書斎人であり（など伝記から拾える）、生徒たちの手引き書としての『家論』（La Sale）、その他の著述もあった。この一知識人、文学者を「アントワーヌ・ド・ラ・サル」と称するほかはなく、逆に言えば明瞭であるにもかかわらず、著述に対しては一つ一つ、真の匿名性を有することとなろう。こうしてまさに「テクスト＝『サントレの小姓ジャン』の作者」として立ちあらわれるしかない＊[23]。

　引用文中に、

アントワーヌ・ド・ラ・サルにとって、作

家（écrivan）とは演者であると同時に作者でもある。

とあったように、écrivan（作家）というのは「より中立的な用語」（谷口勇氏の解説）としてある。演者（この語は玉上氏にも確認できたが）、作者を合わせたような、より広い概念で使うということだろう。作者、つまりauteurそのひとは、この小説の冒頭に示されるように、主人公ジャン・ド・サントレの生涯について物語する。

……私めの楽しみがてら君（＝ジャン・ダンジュー殿下）に四つのすばらしい物語を携帯至便なように二巻に分けて書いて差し上げました。その第一はフランスのベル・クージーヌ（「美しい従姉妹」の意、王侯貴顕の夫人に対する尊称）のさる奥方（ただし、ほかの姓名には一切触れずにおきます）と、勇猛果敢なる騎士サントレ殿とについてお話しいたします。……

ニュー・クリティシズムなどでは、作品のそとがわで、権力のみなもととなるかもしれない著者（author）が、acteur-auteur「演者―作者」のしゃれにより、まさに騎士小説の作中からみちびかれるという事情は、テクスト論上のきわめて大きな功績としてある。主人公（たち、作中人物）について、語り手となるひと＝作者が、みぎのようにテクストじたいにまずは「登場」して、前口上なる、ひとくさりがある。この作者はテクストを見わたしているから、執筆過程を意識的に統括したり、書かれた、意味について〈権限〉を持つこととなる（これも谷口氏に拠る）これを、まさに演者（acteur）というようにとらえるところに要点がある。日本物語文学で言えば、草子地の担い手がそれだということになろう。

テクスト間相互連関性と翻訳された、イン

ターテクスチュアリティじたいはそのころ、一九八〇年代初めの日本社会での理解として、いわゆる源泉論ないし影響論を否定するために使用された。対等な位置にある、物語としての、プレテクスト群を実定したり、引用素（と言うのか）を推定して研究に持ち込んだりと、大活躍する用語であった。ただし、文学を全体にしろ、部分にしろ、記号システムへとどこまで置換できることか、そもそも記号学的記述じたいに潜む、非言語性を軽視していないか、言い出しっぺのソシュールが言語は言語記号であって、単なる記号ではないと、丸山圭三郎氏などのしきりに書きとめていたこと*24とどう折り合えるか、ここいらへんは時効のない疑問として、今後にのこされよう。

7　「語る主体」の発見

クリステヴァ氏の記号学的、ないし構造主義的批評を、小西氏の紹介するような、分析批評のさきに置いてみることができるのか、あるいは逆接させてみるべきことなのか。すりあわせするほどのことではないかもしれないが、もう一度引くと、小西氏の、

> わたくしが何か小説を書くと仮定してみよう。すなわち、わたくしが「**作者**」となるわけ。

という明言は、「作品（メッセージ）や所有者（作者）という昔から押しつけられてきた概念」以外でなくなる。作品を前提にして、その作品を製造する（＝小説を書く）「作者」なる存在なら、クリステヴァ氏によって明瞭に否定された、ととるのでよかろう。

小西氏は、さきに注意したように、

> 次に、具体的な操作として、いよいよ「**設定**」を考えることにする。つまり、時・

場所・人物などを、どんなふうに決めるかだ。それから、誰にその作品を語らせるかも、重要なところである。ある作品のなかで、享受者に事がらをつたえる役が、すなわち「**話主**」である。その作品が叙事型であるとき、話主を「**語り手**」とよぶこともある。

と述べる。

「設定」したり、だれに「作品」を語らせるかを決めるかを考えたりするのは、小西氏によれば「作者」だが、クリステヴァ氏はこれこそを否定した。ではクリステヴァ氏に言わせると、何がのこるか。つまり設定したり、語らせたりする権限を持つだれかも、十五世紀小説などでは作中のどこか、あるいは作中からごく近い位置にいることになる。主体（sujet）が明らかに二重の意味、あるいは二通りあることになろう。

主人公たち

サントレ殿であったり、奥方であったりする、人物たちは作中にあって中心的に活躍する。

語る主体

語る主体としてのテクストをここに認定せざるを得ない。

谷口氏の解説に拠ると、クリステヴァ氏は sujet（主体）を精神分析学、言語学、哲学で通用する意味で常用している、と。つまり、考え、話し、活動し、書く行為者のことと言う、すなわち「主題」というような、意味では使用していない、と。「語る主体」といえば、フロイトを想起させることは言うまでもない。ここに「主体」から「主題」を切り離してしまえるか、文学研究のかなめにある課題ではないか。私どもは最終的局面でこのことを取り上げざるをえない。
簡単な対照表をつくることができる部分と、できない部分とが浮上するので、以下摘記してみる。小西氏にあっては作者が「作品」を生産するが、そのような、どこにもない、幻想的な作品なるものは、クリステヴァ氏にとって生産しようすべがない。考えたり、書いたりする行為者が、テクストにとっての主体になる（＝〝語る主体〟）、というのがクリステヴァ氏の基本となる。author（著者、著述家）といえども、テクストのなかにあらわれることがあるとすると、小西氏の言うような、「語り手ないし述主」とあまり分けられなくなる。そして小西氏の言う作者は、繰り返される名称「アントワーヌ・ド・ラ・サル」と、ときに非常に接近して感じられる場合がある。さいごに作家という、やや範囲の広い言い方は、小西氏が「語り手ないし述主」と、やはりやや広く捉えられるのによく一致することになろう。

むろん、クリステヴァ氏自身がやらなければならない「すりあわせ」は、ロシア文芸批評、ミハイル・バフティン（一八九五～一九七五）からの距離の創出だろう。『サントレの小姓ジャン』に見るような、物語（récit レシ）の類型を、小説（roman）として考察する、と彼女が宣言するとき、どうしても一方に、おなじような、語り的構造を構築する努力であるところの、古代ギリシア末期のメニッペア〔メニッポスの風刺〕を確認することとなろう＊25。バフティンによる、ドストエフスキー論に応用された、カーニバル型物語批評は、日本古代物語（『源氏物語』以前の物語である、『うつほ』など）を読むにあたっての、必要な視角であった。話法論からもバフティンの名をここに思い出しておくことがたいせつだと思う。

8　主体の二重化――和歌をふくんで

大将殿、うちまさりてお（―を）かしきも

の（絵）どもあつめて、まい（―ゐ）らせ給（ふ）。せりかは（―芹川）の大将のとを君の、女一の宮思（ひ）かけたる秋のゆふ暮（―ぐれ）に、思（ひ）わびていでてい（―行）きたるかた（―絵）お（―を）かしうかきたるを、いとよく思（ひ）よせらるかし。（新大系、五―三〇六ページ）

浮舟の女君が行方を絶ったという現実を、薫の君はどう受け止めるというのか、――「蜻蛉」巻の主要な、関心事はそのことにある。巻名じたい、あるかなきかの蜻蛉のように失せたという、女君のことにほかならず、その不在によって、男君たち（匂宮を含む）を右往左往させつつ、次巻の「手習」巻での劇的な、女君生存へと展開する。それは次巻のことで、ここ、「蜻蛉」巻の薫は、はかない懸想を女一の宮へと向ける。大宮が絵を女二の宮へたてまつったのに対抗して、女一の宮へ「うちまさりて」みごとに書かれた絵巻をたくさん集め、薫は献上させる。だいじな、高級な文化的証しと言ってよい、絵のたぐいを平気で「献上」するものか、注釈にはそうあるけれども、ちょっと疑いたいきもちをわれわれはいだく。実際に「まい（―ゐ）らせ給（ふ）」とはどうすることか、お見せする（貸与する）という程度なのかもしれず、もしそうでなくて、ほんとうに「献上」するのだとしたら、対価はどうなるのか、ある種の贈与なのだとしたら、まわりまわって最終的に女一の宮そのひとは薫の手中に落ちるのか、どうか。

実際にどうかという、読みを提出することは必要であろうけれども、ここで言いたいことはそんなもやもやをたえずかき立てて、読者の鼻づらをテクストがどう引きまわそうとしているかだ。もっと醒めて言うなら、二世の源氏である薫が、三世、四世と下降線をたどるしかない（経済的に追いつめられる）途上にあるはずなのに、そういう醒めた、読みをテクストが許してくれない、というところにある。薫はありえない、栄華を夢見る、パロディックな、主人公にこそ就任させられているのではないか。女一の宮に思いを懸けるなど、古代リアリズムならありうるということだろうか。いうまでもなく中世小説の主人公たちには、ありえない立身がよく似合った（『猿源氏草子』など）。宇治十帖がそんなパロディだろうということを気づかぬ、まじめ一方の読者にさせられている、われわれの限界なのであろうか。

　みぎの文中の女一の宮は「芹川」という、物語のヒロインであり、大将もまた「芹川の大将」であるが、『源氏物語』のこの場面での女一の宮と、薫（という大将）とに、かさねられていることになる。だから芹川の大将という、物語の絵を選んで贈った（あるいは送った）という次第で、これ以上の問題はなさそうだとしても、さきほどから述べてきた、sujet（主体）の意図的な混乱をここに感じさせられるだけに、立ち止まってみたいきもちがしてくる。

　　せりかは（―芹川）の大将のとを君の、女一の宮思（ひ）かけたる……

　　〔芹川の大将（という物語）の、（主人公のひとり）とを君が、女一の宮（に）思いをかけている……〕

とある、一文のsujet、主体あるいは主語が、文字通り（芹川）物語の主人公たちのそれらであるとともに、『源氏物語』の主体の提示でもあるという、（クリステヴァ氏的に言えば）非―離接的な二重性が試みられていよう。意図を知るのは薫および読者であり、知らないのはかならず女一の宮だ。薫に対応するのは女一の宮だが、そうすると読者に対応するのはだれであろうか。隠れた主体が理論上、出てこざるをえないが、読者に向き合う、「語る主体」がそれであることは自然の帰結となる。

和歌が「うたう主体」または「詠む主体」とでも言うべき、在り方を保存して、物語のなかで独自の二重性を保存していることも、ここいらできちんと言うべきかもしれない。そこが物語歌の本性だと認めるのでなければ、うたはうたでなくなって、単なるメッセージ性とともに行文のうちへうずもれてしまう。うたは和歌そのものばかりでなく、引き歌として物語本文の sujet を二重化するし、そうでなくとも作歌そのものが、複雑な本歌群や本拠となる説話によって、本歌取りという交換体系の創出を難なくやってのける。

かばかりおぼしなびく人のあらましかば、
と思ふ身ぞくちお（―を）しき。

（薫）荻の葉に露ふきむすぶ秋風もゆふ
べぞわきて身にはしみける

（蜻蛉、同）

と芹川の大将物語の勢力範囲内で詠まれた、このうたが、うたそのものの「うたう主体」あるいは「詠む主体」を導入する装置であり、単に薫の君のうただと言って終わることでない。薫の君の心情表現だ、という言い方はしてもよいが、より厳密な和歌の文法としてならば、主人公たちの心情じたいが主語であるような在り方を物語のなかに求めるとき、それが物語歌になるというメカニズムをきちんと言い当てるのがよかろう。ここは恋しい薫の思いが sujet であって、芹川の大将物語にかさねた表現の真意はそこにある*26。

いや、恋しくなんかない。この男がほんとうにくやしいのは、喪失せる、浮舟の女君へのコンプレックスであって、その心情がもうひとつ裏側に貼りつくとき、物語歌からとって返す、主体の奪還もまた容易なことだと見られる。

9　人称重層構造――sujet の交換

みぎのうたの引用に引きつづく――

と書きても添へまほしくおぼせど、さやうなる露ばかりのけしきにても漏りたらば、いとわづらはしげなる世なれば……

（蜻蛉、五―三〇六～七ページ）

とあるから、このうたは逡巡のうちに闇に葬られることになる。つづいて、

はかなきことども、えほのめかし出づまじ、かくよろづに何やかやとものを思（ひ）のはては、むかしの人のもの思はましかば、……

（同）

とある、「むかしの人」とは亡き大い君のこと。この辺り、地の文と心内文とが交錯しており、広義には描出話法というべきであろうか。あえて分出させてゆくならば、「えほのめかし出づまじ」は心内文、「かくよろづに何やかやとものを思（ひ）のはては」を地の文などと分けるのだろうか。心内文の一環と見ても一向にかまわないので、容易に分けられる文体ではないけれども（すこし略するが）、

……また、さ思（ふ）人ありときこしめしながらは、かゝることもなからましを、なほ心うく、わが心乱り給（ひ）ける橋姫かな、と思ひあまりては、また宮の上にとりかゝりて、恋しうもつらくも、わりなきことぞをこがましきまでくやしき。

（同）

という締め括りを見ると、「わが心乱り給（ひ）ける橋姫かな」までを心内文とし、以下、「と思ひあまりては」と「と」が明瞭にあって、薫のようすについて地の文に身を置いて考察する、語り手の文であることは明らかだ。

一筋縄でゆかない、「思惟」の文体と言ってよい。ある種の「仮想」を読みこむ、一つの解説として小嶋菜温子論文＊27をここに参照することは、手だてとしてきっと許されよう。

自らをとりまいた状況を正確に摑んでいるこの思惟が、仮想であるのは重要だろう。それは、仏教的なモラルと全く無縁のところでなされた夢であった。それゆえに、女二宮の降嫁を挟んで連動する、宇治の姫君への思慕と、女一宮の憧憬とを、それぞれ否定することのないところから発想された、ひとつの夢である。

（小嶋、三一三ページ）

引きつづく、文も、まったく同質の構造であることに注目したい。

……いとらうたかりし人を、思ひもていけば、①宮をも思ひきこえじ、②女をもうしと思はじ、たゞわがありさまの世づかぬを（―お）こたりぞ、などながめいり給（ふ）とき〴〵おほかり。

とあるところ、「思ひもていけば」は心内文とも、地の文とも受け取れるのに対し、「宮を思ひきこえじ、女をもうしと思はじ、たゞわがありさまの世づかぬを（―お）こたりぞ」とは明瞭に心内文であり、「などながめいり給（ふ）とき〴〵おほかり」が締め括りの地の文で、構造的におなじい。

ほかでもない、この引用を私一個は忘れ得ない。（『現代思想』の）ジュリア・クリステヴァ特集号への寄稿＊28で、小嶋論文に触れて私は引いたことがある。ここの「女」は浮舟で、この女をふっきってゆこうというところ。それならば「宮」をもう思い申すまいとある、この「宮」はだれをさすのであろうか。女一の宮のこと以外でありえない、と小嶋氏はそのように読む。しかるに注釈書はすべてこの「宮」を匂宮とする、というのが小嶋氏の調査であった。小嶋氏の言うのでよい、と私にも思われる。「①において『宮』すなわち女一の宮を対象とした手の届かぬ王権への志向が、そして②の部分で『女』すなわち浮舟を代表とする失われた恋への執着が、それぞれ別の次元のものとして自覚され、戒められようとしているのではないか」（小嶋、三二五ページ）。

王権志向ならず、恋の志向ならず、まして道心ならずして「ながめ入りたまふ」という、状況にまで立ち至るとは、これが「物語」であろうか。既成の物語のコードに凭れた、われわれのうちなる読みが何の役にも立たないことをあらわしていよう。自分の文も引かせてもらうと、「ここから『インターテクスチュアリティ』までの距離はわずかである。物語の既成のコードをうらぎる〈負〉の時間を生きる語る主体、書く主体だけがよくする行動するインターテクスチュアルを、『源氏物語』は、ついで『狭衣物語』は、自らの行動の最深の根拠とする。……ジュリア・クリステヴァ氏が『源氏』と『狭衣』とを知っていたら、この用語は捨てられなかったのではないか」（藤井）と書いた。さいごのところはクリステヴァ氏が術語「インターテクスチュアリティ」を捨てたという、うわさをそのころ聞いて加えた一文であり、井上眞弓氏の関係論文もありそうなので、『狭衣』へ言及してある。

描写話法などの話法論を低音部としながら、分析批評から記号学的批評までを、おもに主体の在り方にたどり来て、今日から見ての感想を述べつつ終わることとしたい。

小嶋論文に沿ってまとめたのでほぼよいと思えるものの、王権志向ならず、恋の志向ならず、まして道心ならずして「ながめ入りたまふ」、という、主人公の内面について、複数の主体へとむしろ積極的に読み替えて、それらの交換体系であるかのようにインターテクスチュアリティを新たに展望できないか、とする見通しがまずある。とするならば、複数の話法の問題と言うより、これは主体の複数にかかわることであり、展開は人称のレベルではないかという、見当をつけられる。

人称と言っても、従来の人称論ではまったくにっちもさっちも行かなくなるであろう。まずは〈語る主体〉がある。フロイトからクリステヴァ氏までをたどって、それの意図的な、混乱を含めて、語りの文体そのものに人格を認める。語り手をその担い手とするならば、その性格であるゼロに対し、人称を認めずばなるまい。

一、二、三人称を従来通り認定する（主人公の「私」、〈対する相手〉、話題としての舞台背景をそれぞれ認定する）としても、描出話法などにおいて人称の重層化を認めてよければ、四人称は物語人称として、諸言語によっては所有するところのものであり*29、考慮されるべきだということになる。

主人公たちの会話や行動に対し、さらには見られる通り、複数の思惟に対し、きちんとsujetを認めることも肝要だろう。クリステヴァ氏は排除したかもしれないが、sujetは主題でもある*30。

もし作者を語り手のほかに認めるならば、無人称を認めることにやぶさかであってはならない。人称問題に平行させて時称問題、時間が控えることを予想しつつ、擱筆する。

（1）小西甚一、みすず書房、一九九八。

（2）川崎寿彦、至文堂、一九六七。『國文學解釈と鑑賞』誌に「作品をとく鍵」として連載された、第一部「理論編」と、教材研究を中心とする、第二部「応用編」とからなる。

（3）特集「古典文学の分析批評」は、一九六五年五月号。小西氏の「分析批評のあらまし」を巻頭に、諸家の「『闌け』の美――宇治十帖」「経信の新しみ」「西行の世界」「平家物語はエピックか」「保元物語のトーン」「衣を擣つ女」「雨月物語『浅茅が宿』の分析」および「分析批評の参考文献」

からなる。
（4）物語研究者集団である、物語研究会の席上に、小西氏は講演者としてあらわれ、微動だもせぬ背筋のまま、きっかり一時間という時間を使って、「源氏物語の語り手」という演題であった。氏はあちこちでこのはなしを繰り返していたはずで、いわば情宣活動中だった。物語研究会のメンバーたちに、迎え撃つといった雰囲気はかならずやあったろうが、一定の影響をかれらに与えてしまうこともまた、講演の一途な効用だった。したたかな氏の戦略をまえに、かれらの神妙な顔つきは印象的に見えた。
（5）伊吹武彦訳、岩波文庫による、訳文（新仮名遣い版）である。ほかに数種の『ボヴァリー夫人』が日本語訳としてある。邦訳はすべて日本語文学の一環に置かなければならない。
（6）江川泰一郎『英文法解説』（金子書房、一九六四）、四三六ページ（§281「中間的な話法」）による。
（7）玉上琢彌氏の論考は、『源氏物語評釈』別巻（角川書店、一九六六）に納められるほか、『源氏物語音読論』（藤井解説、岩波現代文庫G115）によっても見ることができる。
（8）小西甚一、『源氏物語講座』七、一九七一。なお参照、藤井『平安物語叙述論』八ノ三、五一九〜二〇ページ。
（9）出るのが一九七二年、邦訳『物語のディスクール』は一九八五年。
（10）『文法の構造』勇康雄訳、研究社、一九六三、同（ハレと共著）『現代言語学の基礎』橋本・原田訳、大修館書店、一九七二、など、チョムスキー氏の著述（邦訳）は挙げきれない。
（11）一九六九年に創始されたといわれる、narratology「ナラトロジー」は定着せずに終わったかもしれないが、物語学あるいは物語論をあらわす語として、適切だと思う。われわれの「物語学」は一年遅れの一九七〇年である。
（12）この論文は『源氏物語講座』一（東京創元社）のために一九五三年ごろに書かれ、刊行の延引のために雑誌論文となった旨、ことわりがきがある。
（13）注7の『源氏物語音読論』、二三八ページ。
（14）注7の『源氏物語音読論』、六八ページ。
（15）年代を杓子定規的に割り切らないで、柔軟さで受け取ってほしい、の意。実際、時代的変化がかならずしも年代の前後を意味しない。

(16) 参照、藤井貞和『物語理論講義』(東京大学出版会、二〇〇四)、4講、四八ページ。
(17) 注1、一一六ページ。
(18) 以下のバルト批判は、参照、注16の論著、4講。
(19) ジュリア・クリステヴァ、国文社。
(20) 物語研究会は一九八〇年代の初頭において、クリステヴァ氏の用語(の英訳)である、「インターテクスチュアリティ」によって、年間テーマを二年つづきで設定しており(「インターテクスチュアリティ」一九八二年度、「方法としての〈引用〉」一九八三年度)、日本社会での受容において、ある渦流を作り出したと見ることができる。今回の私のこの書き物には、研究史的展望が込められているものの、クリステヴァ氏を論じるつもりはほとんどなかった。それにもかかわらず、期せずして氏への批判になりえているとみずから認めたい。
(21) 絵画作品もまた鑑賞としては幻想的行為でしかない。
(22) 「作品」と「テクスト」との二元論的立場を私としてはとりあえずつづける。参照、藤井「新しい研究の視野」『物語の方法』桜楓社、一九九二、一六二ページ。
(23) 『テクストとしての小説』、および訳者である、谷口勇氏による適切な解説を、以下参照する。
(24) 丸山圭三郎『ソシュールの思想』岩波書店、一九八一、一一六ページほか。
(25) 参照、藤井「バフチンと日本文学、日本文学とバフチン」『現代思想』一九九〇年二月号(特集「バフチン」)、青土社、藤井『物語の方法』桜楓社、一九九二。
(26) 思いが主体だとする考え方は、参照、藤井「ゼロ人称と助動詞生成」『言語・情報・科学』10、二〇〇三。
(27) 小嶋菜温子「女一宮物語のかなたへ」『国語と国文学』一九八一・八、小嶋『源氏物語批評』有精堂、一九九五、ページ数はこれによる。
(28) 藤井「インターテクスチュアリティ——源氏・狭衣物語研究」『現代思想』一九八三・五(特集「クリステヴァ〈愛と恐怖のディスクール〉」)、青土社。
(29) 物語人称の構想については、参照、藤井『物語理論講義』(注16)、11講。
(30) 主題に人格を与えるならば。

十二　物語論そして物語の再生——『宇津保物語』

『うつほ』というのが正式の題名のようで、『うつほ物語』『宇津保物語』という書き方もある。ここは中上健次の連作小説の題名に従って、ややなつかしく『宇津保物語』としておく。

連作『宇津保物語』（中上健次）は、「北山のうつほ」「あて宮」「吉野」「吹上」「梨壺」「波斯風の琴」の六点からなる。それらの原型が、藁火のように作家の奥で燃えていたときのことを、私はいまも想像することができる。生前の中上から、ちらと確かめたことだから、単なる私の想念ではないと思う。でも、大部分は私の推測に属する。

中上の、この連作小説はそれにしても驚きだ。なぜいま『宇津保物語』なのかと、ふしぎに思うひとがいたかもしれない。十世紀後半という歳月をかけて、この大長編物語は書かれた。これをいまに〝復活〟させるとは。

私の学生時代の卒業論文は『古代小説文学試論』といって、話題のなかばを、（古典の）『宇津保物語』で占める。それをやっていた、昭和三十九年（一九六四）という年に、中上もまた、学校図書館から『宇津保物語』を借り出して、夢中になり読んでいたらしいのだ。

昭和三十年代後半の高校生だった中上は、学校図書館の書棚から、知らない「物語」を引っぱり出した。たぶん、日本古典文学大系がずらりと並ぶなかでの、三冊分という量感や、新刊らしさに引かれてではないか。

読み始めると、仲忠母子が山中にこもって、動物たちに混じりながら琴を練習する、という興味津々の物語である。そして、母子のこもるところが「北山」とされる。新宮高校の高校生にとって、遠い京都の北山なんか、空想すらできない。「北山」と言えば熊野に広がる、森深い山々のことだと思い込むのが自然だろう。ああ、熊野を舞台とする物語だと思って、夢中になった。

むろん、それだけのことならば、小説『宇津保物語』になる遙か前方での段階でしかない。

中上はある時、その「北山」が、熊野のそれでなく、平安のそれなのだから、当然、京都北方の山々のことであると、気づいたろう。そのあまりにも当然でしかないことに気づいたとき、かれのことだから、たぶん奥深く恥じた。でも思い返したにちがいない、『宇津保物語』の「俊蔭」巻を熊野北山へ持ってきてしまえばよいのだ、と。

逆に言うと、古代の『宇津保物語』「俊蔭」巻は、その舞台を、いまの京都北山という印象からかけ離れた、さらに言えば『源氏物語』の、若き紫上を見いだしたという「北山」とは似もつかぬ、真に原生の森林地帯であり、熊や妖精の小動物が闊歩する、その深所には熊野のような大神が咆哮していてよい、そこへ兼雅（若小君）が尋ね入り、仲忠母子を木の〈うつほ〉（何本かの木を組み合わせた根元の大きな洞）に見いだすという、ストーリーのそれとして展開している。

こうして、「俊蔭」巻を熊野から読むという視野は決定的なのだ。

思えば、繰り返していうと、私が日本古典文学大系のそれに取りついたのと、まったく同期だ。私はそのあと『源氏物語』へ逃げたから、いまに『宇津保物語』について多くを語る資格がない。

中上は『宇津保物語』に執着しつづけた。そして小説『宇津保物語』の連作を始めたのだ。私は感じいるほかなかった。いまでも連載時の『海』が、何冊か、書庫の隅から探せば出てくる。

こんかい、全集で読み直すと、中上が使っているのは日本古典文学大系と違うようで、新たに別の本文を使ったのだろう。それでも、「北山」を熊野とする原点は傲然と守られる。

物語論の季節、一九八〇年代は、しかし中上にとって、風圧に抗するような、逆進の力を伴わねばならなかったときだと思う。欧米的なナラトロジーに至るまで、ほんとうによく目を通していた中上が、その応用でなく、モノガタリすることが法制度や社会にどうしても拮抗する、または法制度や社会を作り出すことでもある、そこを言い当てようとする。

現代小説が、出発点を忘れているために、よい作品をなかなか書けない。その忘れてはならないことがこの物語のなかにはある。そう、中上は述べた。

『宇津保物語』と中上と私との、三者の接近はまだほかにもある。一九八一（昭和五十六）年夏に、冬樹社の竹下氏の企画で、「予兆としての暴力＝差別」（中上健次個人編集、全一冊）というのがあって、私には、

『宇津保物語』について書いてよ。

という中上からの求めで、面談したときの企画書や書き入れが、手元にいまにのこる。現代文学に対する反措定だ、とかれは強調した。中上は三十歳台で、私もかろうじて三十歳台の終り

だった。私より先に面談していた蓮實重彦さんが、中上のまえで蝦蟇みたいに脂汗をたらたら垂らしていたので、『宇津保物語』についてくわしい中上が、どんなに辛くきびしく私に言うかとびくびくした。

また別に、『伊勢物語』を特集する雑誌の企画で、中上と対談したことがある。『國文學』(學燈社)の牧野さんの希望としては、〈『伊勢物語』から『源氏物語』へという物語の系譜〉をたどってほしかったろう。

しかし、中上も、私も、〈違うよなあ、『宇津保物語』から『源氏物語』へ、だよなあ〉という結論で収まり、『伊勢物語』を否定して終わった。世は『伊勢物語』を、歌物語的世界として、いよいよますます高く評価する傾向にあったとき。「いや、『伊勢物語』はむしろ「歌語り」として評価できる」という点でも、二人は一致した。だから単純に「否定」したわけではないが、企画の意図には遺憾ながら沿えなかった。

その雑誌『國文學』に掲載された「物語の系譜」(これも一九七八年ごろ)は、中上渾身の取り組みであり、中断を置きながら、佐藤春夫、谷崎潤一郎、上田秋成、折口信夫、そして円地文子を呼び入れてつづくこの「連作」は、未完の、それじたい、モノガタリらしさをたたえる。ばらばらに五人なのでなく、どこかで円環するのかもしれないが、佐藤、谷崎、秋成、折口、円地という迫り方のみごとさを、「連載」時に読者の不明として、かならずしも分からなかった私が、いま反省させられる。

中上の長編小説を、私なりに「物語論」の角度で捉えてみたいと、割合ゆったりと準備していた年に、新学期の四月にはいり、中上の病状を聞いた。当時の勤務先で、私は追い詰められたきもちになり、講義の題を急遽「中上健次論」に変えて、近作に至る長編小説群を三ヶ月、七月まで追いかけた。悔いをのこしつつ渡米した八月に、ニューヨークで、イヴ・ジマーマンさんから、中上の訃報を聞く。イヴはそのころ中上に張りついていて、のちに著書に成果を結実させる研究者だ。

八〇年代という、世の物語論の変移、後退期と、中上が集中して理論に、実作にと、「物語」を駆け抜けていたときとが、だいたいかさなるというシーンを、一抹の悔いとともに振り返らざるをえない。世の物語論の動向は、一九七〇年代に立ち上げた、物語研究会の功罪にもかかわることであって、ポストモダンやニュー・アカデミズムの流行に雁行する印象としてある。それらにけっして紛れることなく、孤塁を死守していた中上だった。ポストモダンやニュー・アカデミズムが、冷戦とともに終結したいま、中上の物語的闘いを十分に思い起こす必要がある、と言いたい。

現在、こんなにも『宇津保物語』が遠景にしりぞき、『源氏物語』ばかりの一人勝ちするときになろうとは、思うこともできなかった。中上があれほど反措定を作りたいと言っていた現代小説は、かれの亡くなるのを待っていたかのように、別の傾向の流行へシフトさせられている。

物語は再生するか。重たい問いだ。

十三　『源氏物語の論』『平安文学の論』書評

現役のフランス人哲学者、スティグレール氏の名が秋山さんの口から飛び出てきた時には、真底、びっくりした。絶えず新しくわれわれを領導する秋山虔のしんめんぼくだ。

平安文学じたいを平安時代なら平安時代に置いてみると、現代文学。

古典文学なんて、ない。

西ヨーロッパに身を置いてみると、われわれの思う西欧文学がどこにもないのとおなじ理屈だ。物語も、短詩型文学も、その時代の現代文学だった。将来をうかがうような書き方、最先端の文化としてあった。

『源氏物語』の書き手に限らず、かれら文学者たちは、のちの代の人々から尊敬されたいと願って書いたと思う。自分たちのいまを大切にすれば、後世からだいじにされるはずだと、信じて文学に直向していた。平安文学がこんにち古典として規範的な位置にあり、『源氏物語』が読まれつづいている端的な理由だ。

それでも平安文学が屹立しているように見え、私たちの現代から追尋できなさそうになっているのは、『源氏物語』や『紫式部日記』のような女性文学性によって、あるいは『伊勢物語』のような歌物語的性格によってだろう。

現代での批評の水準はこの二点に関して、冷淡になりつつある。それだと、一般的読者は相対的に増えても、研究の衰弱に拍車をかけることになる。

秋山虔氏は読者たち、現代のわれわれを最大にたいせつにしながら、しかも研究人口（特に若手たち）の水準を保持するという、むずかしい位置を提案しつづける。両書に見る書評群を見ていると、胸が熱くなる。

源氏物語千年紀のすこしまえ、名古屋での学会で、最長老と言ってよい秋山氏が、平安文学研究者たちを相手に、優しく、しかしときに叱責を交えつつ（と私には聞こえた）、講演されて、そのなかで、ベルナール・スティグレール氏、（最先端という語をまた使ってよいか）『技術と時間』の哲学者を引用しつつ、「象徴的貧困」がわれわれの研究業界を襲いつつあると、警告を発せられた。

情報過多社会がかえって自己規制をもたらし、だれもが結局、おなじ情報を持つとともに、それ以上の情報を持とうとしないことにおいてもおなじになる、という「貧困」についてであって、度肝を抜かれた。石田英敬、北田暁大氏らを引用しながらつづいた、秋山氏のいだく危機感の表明は、私を含む全世代にわたって向けられていたはずだ。

『源氏物語の論』ではあとがきにある通りで、「若菜の巻」論（第二部論）の不掲載とその中絶とが告げられた。不掲載論文にとって代わる、「若菜上巻の一問題」（一九九一）を始めとする、いくつかの単行論文を掲載している。

この論文の副題は「出来事の時間と言説の時間」とあって、明石女御腹の若宮誕生と、柏木蹴鞠事件とのあわいに、明石一族の物語言説――が、父入道の書簡を通してできごとをつき破ってくる、そのことがまた女御の母である明石の君を、したたかに据え直して物語をゆるぎなく次代へ推し進めるという、『源氏物語』の底知れなさに食いついて離れない、秋山源氏の絢爛たる一端だ。

『源氏物語』のある面の暗さを知る読者のなかには、忌避したい感情を伴うこと、男主人公と性的関係にあった侍女たち（そういう女性たちのことを召人と言う）が、紫上に引き取られ侍女になっているという、ストーリーとしてはそれまでのことだろうが、『源氏物語』の本性はその先にある。

六条院に、紫上より一段高い、正妻格と言ってよい女三の宮が、妻として迎えられ、男君は女三の宮のもとへ三日三晩通う。何をするために通うか。むろん、あるいやらしいことをしにゆくのだと、紫上も召人たちもじっとりわかっている女の合宿。その後ろ姿を昂然と見送る紫上を見て、召人たちが互いに目配せする。

召人からすれば紫上が引きずり下ろされ、自分たちと同等になる瞬間ではないか。「極言すれば快哉の思いがこもっていはしまいか」と、秋山さん。侍女たちのそのような取沙汰をだれよりも感じる紫上が、またうちなる女三の宮への嫉妬をかきたてられずにいなくなろう。

以上は「「あまりなる御物思ひやりかな」について――文体の問題一つ」（一九九一）を纏めてみて、「象徴的貧困」という名の研究共同体を突破するためには、物語の召人たちに寄り添ってわれわれもまた喘ぐのでなければ、と思い知らされる。

十四　国文学のさらなる混沌へ

こんなに早く三谷さんを送ることになろうとは、だれも思わなかった。物語研究はかれによって激動し、攪乱され、迷走もし、停頓もあって、確実に新時代を現出、あるいは幻出させた。

三谷邦明の『物語文学の方法』（二冊）が成る。国文学の闘将であり、つねに若手を領導しつづけ、物語研究会の剛腕、日本文学協会のオピニオンリーダー、そして国文学者、三谷栄一の息子である邦明は、私の、われわれの、長年に亙る盟友でもあって、このたびの『物語文学の方法』は待たれに待たれていた二冊だ。三谷邦明のあまりにも身近なところにいる私には、書評者の資格がない。そのことを重々承知して、批評の言を連ねるのだ。

三谷は全三十九論文を四部に配する。「物語文学研究の可能性」を冒頭に「序」として置き、第一部が「古代叙事文芸の時間と表現」から「物語文学における〈語り〉の構造」まで六章、第二部が初期物語（竹取・伊勢・大和・宇津保・落窪）論十一章、第三部が源氏物語論十七章、第四部が狭衣と堤中納言物語関係四章と、まずは総論から各論へ、作品別、時代順という、従来の国文学研究書の装いと変わらない仕立てである。

しかし似ているのはそこまでで、内容に立ち至れば、従来の「作品」も、「作家」も、否定され、排除されていて、その点は、これが国文学の研究書かと目をむきそうな人が出てきてもおかしくないほどの、まさに方法的、批評的な書物になっている。

ここに国文学的な実証を求めることはできない。いや、「実証」こそがこの『物語文学の方法』において軽蔑の対象なのだ。方法抜きの「実証」は学問でも研究でもなんでもない、日本の国文学だけで通用している、何だかきもちの悪い代物でしかない、と三谷は言いたげだ。三谷は「方法」によって本文を読むこと、そこに研究がある、と主張する。

三谷はだれによっても反論できない、正論であるところの、「方法によって本文を読むこと」を特権的に、そして独占的に研究の「中心」に据えた。『物語文学の方法』はその「中心」から出てくる「方法」の言説によって埋め尽くされる。

「物語は、ハナシ・カタリの自立した形態である」。

「〈カタリ〉という語に接頭語として付いた〈モノ〉という言葉は、その自立を確認しているといってよい」。

「そのハナシ・カタリが固有の世界を形成しているということが、自立の本質なのである」。

「作品としての物語には、その主体としての語り手、いわゆる話主が存在する」。

「この話主の存在こそが、物語の自立性を保証する」。

いま四四ページ（第一巻）からいくらかそれを取り出した。かかる「中心」の「方法」が繰り返し繰り返し語られる。しかも繰り返しごとに差異を生む〈脱構築〉理論によって体系化（あるいは非体系化）され、またそれが作品に応用される研究としてあるのがこの書物だ、ととりあえず言える。

これらの三谷理論は「1」と「0」とから成る情報装置のように明快な言説としてある。三谷によってインプットされた、頑固な、ナルシスティックなまでの言説のかずかずと、〈脱構築〉によって源氏物語の多源氏物語化が進行する各章とのあいだには、何と言えば良いか、スリリングな関係がある。

E・M・フォースターによる、「ストーリー」＝「それからそれから」、「プロット」＝「なぜ」という論理は、若き三谷にとって啓示であった。頑固なまでに本書に繰り返される重要な三谷理論の支えとなる、「それからそれから」と「なぜ」にほかならない。初期物語は「それからそれから」、源氏物語は「なぜ」だ、と言う。だが、源氏物語がどうして「なぜ」によって書かれている、と言えるか、ついにその「実証」を三谷はしてくれない。

いづれのおほん時にか、女御・更衣あまたさぶらひたまひけるなかに、いとやんごとなききはにはあらぬが、すぐれてときめきたまふありけり。

源氏物語の有名な冒頭の一文の、ここに出てくる女性主人公について、三谷は、「（この）女性がどのような人物かという、〈なぜ〉という疑問が生じるはずである」（第二巻、一八ページ）という。「はずである」と三谷に言われても、フォースターの言う「因果関係」がここにどうして読めるといえるのか、疑問をなしとしない。「どのような人物か」という時の「どのような」（how）がどうして〈なぜ〉（why）だといえるのか。フォースターへの誤読ではないのか。

誤読といえば、モノガタリのモノについて、私（藤井）がそれを「軽蔑」の意味に解していると、三谷は何度も（第一巻、九一、一一三、一二一ページ）引用してくれるが、ぜんぜん事実でない。十五年間、抗議をつづけるものの、邦明の頭はいったんインプットされたことを訂正しようとしない。

〈脱構築批評〉とは不断に「誤読」を重ねて創造的な批評を試みるところに特徴があろう、と思う。無自覚的にならば、「誤読」が日本文化千数百年の創造の秘密であったことをここにくわしく述べる必要があろうか。

その意味で、三谷の新著は、手が切れそうなほど新しいとともに、国文学の伝統を継ぐものだ、とも言えるのではないか。

近着の『國文學』誌に由良君美氏が、〈脱構築批評〉は「ようやく退潮気味の兆し」が見えてきた、と書いている。国文学は閉鎖的にならないように、絶えず海外からの新しい理論を、それこそ由良氏なんかから示されて、どうやらここまでやって来た。

その由良氏が、もう退潮だ、と認定するころになって、日本の古典研究に自覚的な〈脱構築批評〉が現れたとは、またもや国文学は道化を演じさせられる、の図なのであろうか。私はけっしてそうは思いたくない。あるいは、道化でいけないことがあろうか。

ただし、率直に言って、本書が出現したことにより、爾後の国文学がどのような方途にみちびかれるのか、かならずしもよく分からなく、混沌としてきた、という印象が強くのこりはしないか。いや、さらなる混沌こそは本書の深いたくらみであったかと気づくのは私ばかりであるはずがない。

十五

構造主義のかなたへ（講義録）

1　言葉と物

きょうまでけっして振り返るということのなかった私が（笑い）、今回のシリーズではやや回想的になります。一九八〇年代のニュー・アカデミズムが否定しようとしてきたことを、蒸し返す場合もありそうで、しかしその真意は二十世紀のやりのこしを確認しながら、研究のこれからを占いたいというに尽きます。

ここに持ってきたのは一九六八年春の『季刊パイディア』創刊号（竹内書店）で、表紙に「特集・構造主義とは何か」とあり、ひらいてみると、巻頭の十五ページからなる「構造主義とは何か」は、文字通り速報というやつでしょう。同年一月の渡辺一民氏の講演の記録で、『言葉と物』の訳者たちによる第一報と言ってよく、固唾《かたず》を飲んで待っていたというと言い過ぎか、フランス文学の研究者ならば、原書で読めばよかったとしても、それ以外の者にとっては、そこに何が書かれてあるのか、やはり待ち望まれた報知だったというほかありません。

構造主義の始まりをいつと認定するか。渡辺氏はまず、以下のような書物を挙げます。私も列《なら》べながら、興奮の渦を感じとれる思いがしてきます。だいじなこととして、それは構造主義批判の始まりでもあったということです。構造主義じたいが、マルクス主義や実存主義のゆきづまりのさなかから出てきた、それらに抗するためのはげしい動きであったから、待ちかまえるかのようにしてリアクション、反動にさらされるという展開です。

ともあれ、氏の挙げるのを私も列べると、最初は一九六二年、『未開の思考』、クロード・レヴィ＝ストロース氏の著述です。英語版は、奥付を見ると一九六六年とあるから、原作から英訳へ四年かかりました（日本語訳は『野生の思考』みすず書房、一九七六）。

一九六四年『生まものと火にかけたもの』はおなじくレヴィ＝ストロース。『神話論理』の第一で、英語版は一九六九年とあるから、五年かかりました。起源神話を一千以上集めた構造神話学の第一巻です。日本で見る昔話と比較したいきもちが湧いてくるものの、川田順造氏などはやや懐疑的かもしれません（参照、近刊「フルコト・ミュートス・ヒストリア」『歴史を問う』6、上村忠男氏、川田氏との座談会〈岩波書店、二〇〇三〉）。

一九六五年『マルクスのために』『資本論を読む』がルイ・アルチュセール。かれ自身は自分を構造主義者と認めないでしょうが――「俺は戦闘的なマルクス主義者だ」と言うことだろう――、レヴィ＝ストロース氏だって、方法として構造主義の立場を取る、ということであって、構造主義者だと自分を名告るわけではありません。

そして一九六六年に『言葉と物』、ミシェル・フーコー。これの日本語訳（渡辺氏と佐々木明氏との共訳、副題「人文科学の考古学」、新潮社）は一九七四年だ。うえに挙げた『パイデイア』創刊号の一文はこれの訳者の一人による貴重なダイジェストなのです。

一九六六年、ジャック・ラカン『記述』。

同年『蜜から灰まで』（『神話論理』二、レヴィ＝ストロース）が追いかける。

構造主義の始まりを、渡辺氏はみぎの一覧のなかの空白のように見える一九六三年の近辺に置いて、その年には『エスプリ』での特集があったと言います（私は未見）。とは、うえに言ったように、はげしい批判の開始でもありました。日本で一九七〇年代になって、構造主義の摂取と翻訳とが進められ、ついで一九八〇年代にはいり構造主義批判が紹介されるといった、輸入国でのゆったりした進み方との根本的な違いがあったように思います。

フーコー氏の『言葉と物』から、言語の認識（＝エピステーメー）像をえがいてみます。わが物語とは何かを把握するためには、言語ということを通過しなくてはならないと、分かっていただきたいのです。何と日本社会の近世前期から近世後期（近代前期でもある）へ、そして明治以後へと、かれの見取り図は示唆的であることか。世界はまさに同時的に起きたのだとわかります。フーコー氏によれば、十七世紀以前の言葉 mots と物 choses との関係は ressemblance（相似関係）という概念でした。世界の本質は「世界についての散文」Prose du Monde であり、Texte premier（第一義的テクスト）で、「言葉」（以下、括弧をはずす）はそのような世界の形象を示す記号 signe として考えられていた、と言います。物の本質を示す、物の本質としての言葉であり、物の意味であって、相似関係で向き合うと考えたらよい、と。

考えること（思考 penser）は、対象とするものと相似関係にある物一般を示す記号を探し出すことだ、と言う。第一義的テクストとの関係を明らかにしようとすることであり、対象の背後に隠れた意味を相似関係にもとづいて判断すること、それが思考でした。

このような言葉を世界のあらわしであるかのように考えることが、ずっとつづくのならば問題でなかったのが、そのような思考形態はゆきづまります。十七世紀的思考として、フーコー氏は『Don Quixote』（一六〇五刊、続編一六一五）を挙げます。ドンキホーテはまことは城なのが旅籠屋に見せかけられてあるのだと信じ、あるいは田舎娘（差別語で失礼！）を貴婦人と取り違え、世を忍ぶ姿と思い込みます。現実をかれはこうして「騎士道物語」へとことごとく翻訳してゆくのだ、と。かれはそのようにしてルネサンス時代の思考に忠実に従っていただけなのです。そのドンキホーテが現実にみじめにうらぎられるところにこそ、一つのエピステーメー（認識）の崩壊のしるしを認めるという次第です。日本社会にあってもルネサンス期、まさに中世小説が終わり、仮名草子や浮世草子の時代に向かいます。

この「断層」ののち、古典主義時代の新しい言葉と物との関係が始まる。十八世紀にあっては、もう言葉は相似関係に従ってわれわれを見えない本質へとみちびいてくれる記号でありえなくなります。言葉は純粋な記号として、一方で物そのものを表象しながら、他方で自己表象性を獲得する。物ではない、それ自身の存在（としての機能性）を言葉は手にいれる。こうして言葉の全体が世界と向き合い、世界を表象関係の網の眼で覆い尽くしてしまいます。

言葉は「語るためにある」というより、「世界に秩序を与えるためにある」かのようになる。古典主義時代とは表象関係の網にすべてが捉えることができる、ということですから、対象を認識し、それを分類したうえで名を与えれば、対象は秩序に組みいれられたことになります。対象は理解されたという次第。思考するとはしたがって名を与えることにほかなりません。

通称マルキ・ド・サド（一七四〇〜一八一四）の『ジュスティーヌ』（一七九一）および『ジュリエット』（一七九七）は、この時代のさいごに置かれます。サドの栄光と悲惨とは、まさに名に到達する努力によって欲望をえがきながら――自分の欲望を表現する名に到達することを願いながら――、その欲望のあまりのはげしさのために言葉が一種不気味な自律性に目覚めて、「表象関係」の枠を崩壊寸前にまで追いこんでしまった、と。

　ここまで紹介すると、では十九世紀はどうか、という興味をみなさんは持たれるでしょう。ならば言ってしまうと、二十世紀（そして二十一世紀）にまでつづいてゆくのですが――私は渡辺氏経由でフーコー氏を復唱しているだけです――、「断層」ののち新しい時代に出現するのが「人間」だとかれは言います。「歴史」の概念が思考の場にもたらされることによって、それの担い手である「人間」とはそもそも何か、という問いが始まります。疑問に答えるために「実証科学」が誕生する。人間を問うのも人間、人間は思考の対象であるとともに思考を成立させる先験的主体でもある、という、「人間」の成立です。客体でありつつ主体である人間は思考の場でそれまで言語の占めていた王座をうばい取る、とフーコー氏は断じるのです。

　言語は一転して、人間を表現する手段としての価値しかなくなります。このような転落こそは言語を新しい方向へ追いやる在り方でした。それが「文学の誕生」にほかなりません。古典時代の文法 grammaire にもはや縛られることのない、話す parler 力を回復した、それが「文学」だと言う。まさに渡辺氏も言うように、ロマン派からマラルメの詩的行為へ、現代への流れをわれわれは俯瞰できたような気がします。言葉への懐疑は作者を作品から乖離させ、かえって「文学」への回路をひらくこととなるでしょう。シュルレアリストたちの自動筆記もまた視野のうちにあります。言葉への自己権力＝作家を懐疑し、言葉そのものの構築へと、ほかならぬ作者たちが駆り立てられるのです。

　こうしたことは文学のみに起きたのではありません。ここからが本書の長々しいところなのですが、歴史（から生じた）経済学、生物学、フィロロギー……、創設される心理学、社会学、文芸批評……、つまり（まさに大学での学問的な基礎といってよい）諸人文科学である、文学という学、歴史学、経済学、生物学などが、ここにいわば教養主義の成果として提示されます。その中心に「人間」が燦然とかがやくという図です。それらが総合「人間」学をめざしながら、どのようにして「失敗」していったか。

フーコーたちがこれらを「失敗」と見た理由を、痛いほど分かると私は言いたい。二十世紀的現実は「人間」をどうしてきましたか。二十世紀前半の第一次世界大戦（そのころの世界はヨーロッパをおもに意味しました）、そして第二次世界大戦（文字通り世界規模を意味します）を思い浮かべればよいのです。実存主義者たちのある部分はレジスタンス（戦時下抵抗）を闘ったかもしれないが、ドイツには対ナチ協力を是とした「実存主義」もあったと言います。前者はマルクス主義を人間（主義）的にシフトしようとして渾身のちからをささげたが（サルトルです）、そのフランスにしても対ナチ協力の実態が無残にもこんにち、実証されつつありますね。

構造主義者たちがみずからをドンキホーテ、そして獄中のサドに擬していたことはかくして明白でしょう。そうでなければ構造主義の激動はありませんでした。かれらはからだを張り、（レヴィ＝ストロース氏を除いて）そのからだを時代にささげさせられました。交通事故死（一九八〇年）が、そしてエイズ死（一九八四年）がかれらをうばったのは構造主義の主要な「戦争」でした――武器を持ち換えた思想の闘いは命がけなのです《一九六二年に終わったアルジェリア戦争のまさに「戦後」なのですよ》。かれらがいのちをかけたことによって、二十世紀後半に（つまりわれわれに）もたらされた対象に、何があったか。これも『言葉と物』が「予言」してその書を終えていたはずで、精神分析学、文化人類学、そして言語学を三つの科学としてフーコー氏は挙げています。

人間をとらえることに苦心し、しかも失敗してゆくという、諸人文科学のあとに、あるいはそれらのアンチテーゼとして、人間の有限性を明示し、全体像としての人間把握の不可能性を宣告したうえで、精神分析学、文化人類学、および言語学を、一九七〇年代以後の「可能性」としてのこす。構造主義とは何と悲しい悪意の「集団」であったかと言わずにいられません。しかも、世界の知の革命は（たとえば日本での大学改革は）おもにフーコー派によって整備を推し進められ、こんにちに至ります。私に即して言うなら、阿闍世王コンプレックス論（一九三〇年代に精神分析学の古澤《こさわ》平作によって立ち上げられた）は物語論にとって有効だと思えるし、社会民族学（文化人類学をフランスではそう言うらしい）のレヴィ＝ストロース氏から、わが『源氏物語』論の一部は確実に負っている面があるし、言語学に至ってはそれを軽視して現在の私の「文学」研究はない、と告白します。というより、そんなぐらいのことは隠すまでもない。

人間を有限個の生とし、反省にさらすべく限界づけてきたという、二十世紀さいごの三十年という歳月が、何を地上にもたらしたことか、挙げてみましょうか。文化大革命での文化と人命との破壊、空爆に始まるベトナム戦争（これはもともとフランスの戦争です）、ポル・ポト（およびその輸出であるアフリカ中央部で）の民族（や知識人）の大虐殺、大量殺人兵器のさらなる開発と拡散、社会の均一化による南北問題の圧殺、こどもたちの文化の荒廃度、環境の軽視と環境からの復讐、戦争とメディアとのいたちごっこ、特需や利権のあらそい、アメリカは歴史作りに狂奔して湾岸／イラクという戦争を十年おきに繰り返し、アジア東部ないし日本社会ではいつまで経ってもナショナリズムの進展、というより停頓。どう見ても、精神分析学（エディプス・コンプレックス、あいもかわらず……）、文化人類学（レヴィ＝ストロース健在だが）、言語学（言語論的転回のたそがれ化）はふたたびの「失敗」だったのではないか、ということであります。

けれども、それらの「先端性」のさきへ、なお可能性の延長戦が依然としてある、ということでしょうか。三つの科学に限らない、人文科学それぞれでの変容ないし「拡大」をよぎなくされます。歴史学は「メタヒストリー」へと折れ曲がり、脳科学／認知心理学の進展は言語に接ぎ木され、あるいは文学研究じたいを「カノン」研究へと位置づけること（参照「カノン、カウンターカノン」、ハルオ・シラネさんと藤井との往復メールの企画、『國文學』二〇〇三・一）。地域研究からは「ポストコロニアリズム論」へと展開させられるといううわさ。これらはあらたなる国際協調であり、秘められた将来プログラムをちらちら見せるとすると、見えなさの奥になお見据えようとする方法と手がかりとはどのようにして。

日本の『源氏物語』研究や『枕草子』研究が、カノンをわれ関せずとする限り、かれらの（とはアメリカ社会ならアメリカ社会の）カノンという「良心」にふれあう機会を見喪うことになるでしょう。理解しあえる「共有」を拒否するなら、あとは無理解しかありません。アジアの老大国が何かを誇るたびに世界の平和のひびわれを拡大するのだとしたらば、責任はけっしてわれらの「文学」研究に少なくないのだと思います。「メタヒストリー」（ヘイドン・ホワイト）は良心の一部だったと評価してよいのです（参照、前記『歴史を問う』の座談会）。

見えにくさをなお見ようとする雄大な規模にこそ、物語論の領域で言うならば、物語の回復を目標としなくてはならないでしょう。不変の、あるいは普遍の価値としての諸人文科学は、フーコー氏たちの「悪意」にもかかわらず、無力に受け渡される一方に、アンチテーゼとされる、先端的な精神分析学、文化人類学、言語学にしろ、また手放しでは有効でなくなってきた現在、普遍と先端とがうまくバランスをとって、ファジーにしなやかに物語（研究）として生き延びるしか手はなく、物語学なら物語学はそこに賭けて、いまという時間を存在意義としてゆく「研究」でしょう。

なお繰り返しましょう。一九四九年には『親族の基本構造』が、一九五八年には『構造人類学』があらわされます。二十世紀前半の第一次世界大戦、第二次世界大戦を終えて、レヴィ＝ストロース氏の構造主義は、構造を通して人類世界を再把握する試みであり、有限の人類社会を構造の網から再編成する成果でした。あくまで研究方法として構造主義を必要としたのであり、思想の場に持ちこむことはレヴィ＝ストロース氏自身によって警戒されました。多くを望むなかれ、ということではありませんか。サルトルの『方法の問題』（の日本語訳）を最初、私は目にしたとき、全然気づかなかったのですが、あれはレヴィ＝ストロース批判だったのです。おろかな二つもの大戦の二十世紀前半ののち、実存主義は人間主義的な若きマルクス主義として「再生」しますが、そのとき構造主義と渾身のちからでぶつかりあいます。思想がかがやくとはそういうことではなかったでしょうか。ロラン・バルト、フーコー、そしてある意味で前田愛さんも、闘い死んでゆきました。あえて性差的に言わせてください、「美しい」男たちの闘いだった、と思います。かれらの屍を踏み越え、言語や国境を越えて、オールド・フェミニズムを先駆としながら、女性研究 women's studies そして一九八〇年代以後のジェンダー研究は起動するのです。レヴィ＝ストロース氏だけがきょうに健在で（九十五歳だという）、『古事記』から因幡の素兎《しろうさぎ》を論じたり、「狂牛病」論で気を吐いたりしています。

2　語り手たちを生き返らせる

「語り手たちを生き返らせる」、つまり〈語り手の生〉とは、「作者の死」（ロラン・バルト、一九六八）のもじりです。「作者の不在」と題して、一九七〇年代半ばに篠田浩一郎訳もあったようですが、一般には「作者の死」とされて、『物語の構造分析』（花輪光訳、みすず書房、一九七九）に収められます*1。作者の死の宣告によって、文学が読者の手にゆだねられるという、テクスト分析の季節の到来を告げる論文としてあまりにも有名です。しかしそれによって、物語にとり、最も大切なはずの語り手の存在が、侮蔑され、おとしめられて、見るかげもなく冷暗室へ閉じ込められそうになった論文でもあります。それは欧米語の性格に基づく深い理由のあることでした。

批評には時効がありませんから、ここで復習しますと、「作者の死」の冒頭は女装歌手をあつかう、バルザックの中編小説『サラジーヌ』（一八三二）の引用から始まります（〈テクストの快楽〉をあつかう別の単行本のほうも『サラジーヌ』の分析でした）。現代から見てじつに先駆的で、小説はいつでも予言なのです。

ところが、ロラン・バルト氏は、女装する一登場人物について、原文の「それは、……まぎれもない女だった」とあるところを衝いて、「しかし、こう語っているのは誰か？」ととがめます。

ここでもう、私の思いをさきに言ってしまうと、「まぎれもない女だった」と語るのが、語り手そのひとであることについて、何の疑問もなかろうと思えるのですが、バルト氏は巧妙にも、「こう語っているのは誰か？」と疑問を発したあと、「女の下に隠されている去勢者を無視していたいこの中編の主人公か？　個人的経験によって、ある『女性』哲学をもつようになったバルザック個人か？　女らしさについて《文学的》意見を述べる作者バルザックか？　万人共通の思慮分別か？　ロマン主義的な心理学か？　それを知ることは永久に不可能であろう」と述べて、みぎのように解答例として登場人物や作者や万人（の思慮分別）や「心理学」は挙げるものの、語り手をだけはけっして挙げようとしません。繰り返しますと、答えは「語り手」でしょう。しかし「知ることは永久に不可能であろう」と反論を封じたうえで——不可知を宣告しただけでは「作者の死」を明言できないと思いますが——、テクストをどう受け取るか、読者よ自由に勝手に読みとれ、と享受者を持ち上げます。

これが七〇年代テクスト論の始まりでした。読者の自由に任されたというに過ぎないのであって、作者対読者という、フレームじたいは何にも壊されていない、前提のままのように思えます。あるいは作者が書いて読者に与えるという従来の考え方のフレームがかっこに入れられただけのことですが、読者論の根拠となりました。テクストを読むところに「文学が始まる」という読書の行

（1）　同書所収の「物語の構造分析序説」については藤井「物語に語り手がいなければならない理由」『国語と国文学』一九九八・八を参照のこと。

為こそが起点であるという考え方は、修正を受けつつ、国語教育などで誤読の理論を産み出すところにまで進展します。いまでもある点からすると優勢な考えかもしれません。「本当の場は読書である」と言い、バルト氏はギリシア悲劇に関する、最新の研究（＝ヴェルナン）というのを引いて、進行する悲劇の舞台のなかの人物を襲う運命を聴衆だけが知る、と述べていますが、これは演劇における観客席の人々の位置を文学に立ち向かう読者たちの存在に類推しようとする意見であり、これこそいわゆるドラマティック・アイロニーの指摘にほかなりません。

あれから三十年以上が経ちます。バルト氏に発する「読者」論、その快楽理論のゆくすえを、いまどう考えたらよいのでしょうか。六〇年代（たとえば一九六六年）に氏は日本に来て、影響をさまざまに与えて去りました。あとから三好行雄氏が、「現象的には〈作品／テクスト〉という二項対立が、作家の所産にむかう研究者の視座に生じたにすぎない」（「作品論をめぐる断章」、一九八六）と言うように、氏はついに動じませんでした。三好さんはそれでよかったが、より若いわれわれは引き裂かれざるをえません。あるいは三好／前田愛のあいだで引き裂かれた、ということだったかもしれない。

ロラン・バルトがみぎのようにドラマティック・アイロニーを説明の在り方として導入しているところに、端的に限界状況が透けて見えると思います。どこがいけないのでしょうか。悲劇的アイロニーとも言われる、ドラマティック・アイロニーとは、登場人物たちの認識していない襲う運命を観客が知っているということで、これによってプロットはよりいっそう感動的になると言います。大学院生クリスティーナ・ラフィンが検索してくれたOxford companion to the English Language とい

うホームページから、アイロニーの分類を見ますと、
（1）Socratic irony：（特に議論などにおいて、）自分を馬鹿に見せかけるようにして、他人の欠点を招く。
（2）Dramatic or tragic irony：観客と人物との視点の二重性をあらわす方法。ギリシア悲劇において、人物が認識していない事情は観客が把握し、これによってプロットはより痛烈、感動的に鑑賞できる。
（3）Linguistic irony：言語の二重性。ローマ人によると言語の意味がかさねられ、第二次的な意味は第一次的な意味を皮肉的、冷笑的にあざけるものである。現代のアイロニーの使い方は主にこの方法である。
とあるのだ古典的で、近代にはいってからは二つの手法が追加されます。
（4）Structural irony：（20世紀から。）語り手が「無意識」のうちに読者に対してより深い事情をあばく。たとえば、語り手が登場人物の会話を理解せずに伝えるが、読者が人物の「本当」の意味を認識する。
（5）Romantic irony：（17、18世紀から。）書き手が読者と一緒にプロットの二重性を楽しむ。たとえば、書き手が小説の途中で直接、読者に話しかけて、出来事について感想を述べる。
みぎのなかの（2）ドラマティック・アイロニーは、観客が椅子に縛られて、舞台のなかを受け取る。観客は金を出して確保した椅子に縛られる代わりに、舞台のなかで進行する破滅からまぬがれます。このことじたい、「近代」の芸術がいかに無害であるかを論じる、おなじみの論法です。

情報不足から運命を認識できず破滅してゆく登場人物たちの悲運を、舞台へかけのぼって知らせるわけにはゆかない。ということでもあります。これに、作品と読者との関係を類推させるとは、近代的な二元性をやはり前提にしているということではないですか。

どうでしょうか、『サラジーヌ』で言うと、「まぎれもない女だった」という、表現じたいがアイロニーなのではないですか。けっしてうそいつわりでなく、語り手としてそういうほかはない「強調」であり、善意のこもった言い切りであり、多くの表現形態や描写のたくさんある選択肢のなかでの一文としてあります。日常の談話でも、いったん、断言しておきながら、言いくわえたり、ずらして語り換えたり、ということがあります。語り手は登場人物たちをよく知る仲間であり、親しげな関係にある。調べることができ、登場人物たちの過去をも現在をも、そしてこれからどうなるかということをも、作者ほどではないが、知っていてよい立場にある。登場人物たちのよく知らないことをすら知る権利がありましょう。けれども、語り手はすっかり登場人物たちの思う通りに語ることができません。人物たちが各自、セルフイメージを持っているとしても、語り手が知りうるのはそれらの部分です。語り手と登場人物たちとのあいだには、どうしてもずれを生じてしまう。アイロニーはまさに語り手と登場人物たちとのあいだで起きうるのではないか。(4)の構造的アイロニーは、語り手と読者たちとのあいだに起きた、という判定ですが、その構造的アイロニーという語に真にふさわしいことは作中でこそ起きる、ということではありませんか。

六番目のアイロニーを立てる必要があるのではないか、ということです。アイロニーは語り手と登場人物たちとのあいだにどうしても引き起こされる、という視野が重要でしょう。

（6）語り手のアイロニー（narrator's irony）を立てます。

そして同様のことは、作者が語り手をあやつろうとしてあやつりきれないもどかしさのなかにもあるはずです。作者の遣わした語り手のはずなのに、思い通りにわが語り手がうまく語ってくれるはずはない、そこにはどうしてもアイロニックなずれがあると見るほかありません。

（7）作者のアイロニー（author's irony）を立てる必要があります。

これらは、言うまでもないようなことながら、作品じたいに構造がある、ということです。作中には登場人物たちがいて、空間や事件のなかをうごめきまわります。それを語る語り手が作中のすこしそとがわにいます。作外には作者である著者が、（口承文学なら）伝承が存在します。作品は語り手を頂点にして作者や登場人物たちが協力して作りあげる世界であり、寄りそって（とはアイロニーを超えて）語りを現出させます。語り手は作者の虚構的所産ですから、じつに語り手のいる凪景こそは虚構の淵源にほかなりません。私はバルト氏の意図とまさに逆に、語り手に最高の地位を与えようと思います。

構造が作品にあって、各自の配置のもとにあるからには、語り手に、そして作者にも独立の人格を与えるということを、私としてはそうしたいと思うのですが、欧米言語学の枠内で、もう収まりのつかないことだということではないでしょうか。構造主義にしろ、テクスト分析にしろ、第一、二、三人称を前提とし、非人称、不定称を用意してまで person（人称）に立てこもる言語学の枠内で立ち上げられた限界がどうしてもありましょう。雨が降る、風が吹くといった自然現象にまで人称を前提にして不定称でなければ非人称だとするのは、まったく欧米言語学の人間主義です。

ナラトロジーは（ここからnarratologyを視野にいれますが）、作者、語り手、そして登場人物たちのみずからを語る人称がすべて一人称（第一人称におなじ、以下おなじ）であるために、ポリフォニー（多声）論を許しました。作者も一人称、語り手も一人称、登場人物たちの自称はむろん、一人称というのであっては、語り手の語りに作者の思いや視線がかさなる（登場人物の語りともかさなる）という、多声理論に至ることは、ある意味で自然な帰結です。

あたかも出雲神話の国引きみたいにして、以下、寄せ集めをします。

語り手人称は、国語学者、時枝誠記氏の零《れい》記号の応用です。表現のなかの「ぼく」「わたしたち」を一人称（単数、複数）とすると、その表現そのものを支える主体の人称を語り手人称とし、時枝氏の「零」（あらわれるときは助動詞、助詞で、出てこない場合には表現を支える陳述的な記号でその部位に置き換えられる）という考え方を応用して、ゼロという人称とします。「ぼくはウサギだ」と語るとすると、「ぼく」は語りにあらわれた一人称で、「ぼくはウサギだ」と語る語り手の人称がゼロ人称です。「ぼくはウサギだった」と語っても語り手は現在にいます。「ぼく」という一人称は過去にいた、かつてのぼくであってよいが、「は」は現在での語りの判断の提示であり、「だった」は過去のようであっても「だった」という判断は現在に属する、そういう現在の語り手の人称です。物語にあっては語り手の語りが、会話文も心内文も含め、全体を覆い尽くします。ときどきあらわに出てくる語り手の一人称が草子地ということになります。

作者人称は、亀井秀雄氏から引き寄せました。ただし、亀井さんは無人称を「語り手人称」（「消し去られた無人称」『群像』一九七八・四、『感性の変革』一九八三）として認定しています。私の用語では、語り手人称をゼロとしたく、作者人称は絶対に作中に出てこないので無人称とします。虚人称というほうがよいかもしれません。隠れて作中にあらわれようがなく、ただひたすら外部から、しかし作品世界を統率します。人物をこまのようにうごかしたり、プロットを立てて構想したりする。しかしあくまで作中世界に縛られるアイロニーなのです。語り手や作中世界の登場人物たちとの親和力がなければ、何をすることもできない。まるで生きてあるかのような語り手や登場人物たちと「相談して」書いてゆくしかない。けれども作品の外部にあるから、「作者の不在」「作者の死」という言い方はその限りで不適切とも言いにくいのです。完全に外部で、しかし完全な他者だとも言いにくい、非常に近しく一員のようにして外部にあります。

四人称、これはアイヌ語からやってきました*2。物語人称というべきかもしれません。引用の一人称（四人称）が叙事文学にあってもあらわれているという性質をもつ言語を、文学の文法として利用します。包括的なわれわれで、そちら（妻から夫へ、こちらの人、そちの人、お方、御前）、何、なにがし、それがしといった表現は日本語にもあり、会話文のなかでの「自分」もまたアイヌ語を応用するならば四人称です。

（2） 参照、藤井「会話、消息の、人称‐体系」『物語研究』2、二〇〇二・三。四人称については、中川裕「アイヌ散文説話における外来的要素と人称」『日本文学』一九九三・一など。

すこし回想すると、私は一九八〇年代後半に二ヶ月ほど、最初の欧米滞在をしてみて、日本国内での少数者言語のことは、知っていてあたりまえ、知らなきゃ恥ずかしいという雰囲気であることを知りました。日本国内で知られないだけで、世界からはアイヌ語の存在を知られており、言語的な説明を求められて、自分が答えられないことを恥じました。日本社会は六言語が行われている多言語国家だなどと二十年ほどまえのユネスコの報告にありますが、何語と何語とか、みなさんは答えられますか（答え：日本語・アイヌ語・朝鮮語・北部琉球語・中部琉球語・南部琉球語）。急に尋ねられると既成の知識で答えるから、いつまで経っても偏見の再生産をしてしまう。一九八〇年代になって融和的同化的なアイヌ語説がへんに日本社会に流行して被害を拡大しています。

まったくの独学ですが、調べ出すと、語りを考えるうえで、これほどのたいせつな言語はほかにないと分かりました。それが日本語の隣接語としてあるとは！　物語人称とでもいうべき在り方を持つ言語だということです。複雑な人称接辞の体系を、もちろん金田一京助は記述しています。ここに持ってきたのは山邊安之助の『あいぬ物語』（博文館、一九一三）で、樺太島《サハリンモシリ》アイヌによる世界最初の著述です。巻末に金田一のアイヌ語提要があり、不定称から呼応法まで、じつによく記述してあります。しかし全般に言って、アイヌ文学は一人称語りの自叙だと金田一は認定して、世界に知らしめました。

千葉大学の中川裕さんは千歳方言のアイヌ語辞典をあらわし、そのなかでも包括的一人称複数、（性差のある）二人称敬称、不定称（受け身表現など）、引用の一人称などにあらわれる同一の人称接辞を「四人称」として纏めあげました。この四人称がユカラ（英雄叙事詩）やウエペケレ（散文説話）

の主人公の自叙として使われるのです（カムイユカラは排除的一人称複数）。いろんな考えがあってしかるべきで、言語学大辞典の田村すず子氏は「引用の一人称」で物語人称を説明しようとされているかもしれません。

接辞言語としてのおもしろさ、そしてそれが四人称をもって物語を彩っているというようなことは、私には欧米の物語論を根底から動揺させるパワーを秘めているように思えます。たとえば『源氏物語』などに特徴的な心内文（心中思惟）は四人称語りではないでしょうか。日本物語は登場人物たちについて語る三人称叙述ですが、心中思惟において自分のことを思うときには「一人称」になる。三人称の人物が一人称的に思惟するのだから、人称を累進させて四人称となります。「若紫」巻で、光源氏についての記事ですが、視線から通して一人称的に紫上を見る、という視線の問題はまったくおなじで、これが四人称叙述ということになりましょう。

従来、一人称として疑われなかったために、欧米言語学によって、語り手（の一人称）と作者（の一人称）と、ひいては登場人物たちの一人称とが、かさねられてきました。ミハイル・バフティンは作者（真には語り手であろう）の声と登場人物たちの声とがかさなるという「画期的」なナラトロジーを提出しました。経験的にそんなことは信じられないにせよ、どちらも「一人称」であるために、そんな意見が通用してしまう、ということではないですか。人称が違うのではないか、というより、「引用の一人称」（四人称）を物語人称として持つ言語（アイヌ語）が世界にある以上、バフティンのようなかさねあわせは普遍性を持たないというに過ぎません。

よって、私は従来の一人称、二人称、三人称体系にくわえて、あくまで文学の文法としてですが、作者人称（無人称）、語り手人称（ゼロ人称）、四人称をかぞえます。さらに人称ではない、〝風が吹く、雨が降る〟を「自然称」とし、鳥や虫のような擬人的な場合を「擬人称」とします。これでかなり身うごきが楽になったとは思いませんか。

時制の問題についても欧米言語学のしばりを解く必要があることについては、つぎの機会に。

3 歩く、見る、聴く

今回は口承文学の語り物へと話がはいってゆきます。〈物語と語り物〉という課題は、民俗学の柳田國男から投げ出された、かなり重苦しい課題だと思います。しかし、じっさいは思わぬ方向へとつっこむことになりました。

一九八〇年ごろ、民俗音楽学（あるいは音楽民俗学）の村山道宣さんが訪ねてきました。一九八〇年代、わが激動の始まりです。私はそれまで、三信遠（三河・南信・遠江《とおとうみ》地方のことをそう言います。）の、「雪月花」と称した、新野の雪祭り、遠山の霜月祭り、設楽地方の花祭り、さらには坂部《さかんべ》の冬祭りや、夏の新野、和合などの盆踊りと、一九七四年以来の沖縄とに、いれこんでおりました。時は土俗ブームのさなかにあり、私も他聞に漏れなかったということでしょうか。

最初に三信遠へさそってくれたのは、『折口信夫紀行』という写真集もある、詩人の武田太郎さんでした。沖縄論については雑誌連載（「古日本文学発生論」『現代詩手帖』一九七六・一〇〜一九七七・一一、十一回）のあと、それの単行本『古日本文学発生論』作り（思潮社、一九七八）があり、また民間の学びあう講座である寺子屋教室（寺小屋と書かれていました。）では『源氏物語』論とともに南島論講座をつづけました。

なぜ語り物につっこむことになったのか。沖縄そして芸能に追いこまれていた私を、村山氏が目をつけた、ということでしょう。沖縄から九州へ、という流れもあったかもしれません。九州全域、むろん、対馬も、山口県にまで、地神盲僧《じじん》と言われる琵琶法師が活躍しており、緊急調査が必要なことと、それを民俗音楽学として取り組んでいる村山氏としては研究費をほしいということとがあって、そこでトヨタ財団から資金を引き出し、（私が代表ということになって）フィールドを始めたのです。

途中、困難があっても、結果として琵琶法師の語りの実態が認識され、文学研究の一端に位置づけられるならありがたいということを思い、そのために私は犠牲になろう（笑い）。自分はぜんぜん『平家物語』学徒ではなかったにしろ、『源氏物語』から軍記物語へというのはある点からすると分かりやすく、一九六六年の卒業論文で、『将門記』と、『うつほ』や『源氏物語』などの物語文学とを、共時的な関係にとらえるという視点でやったから、『平家物語』へという確保はけっして分からなくもありませんでした。

勉強会（東京で）とフィールド（九州で）との平行で、二年つづけました。学としては、音楽学、民俗学、社会学、民間宗教、写真や録音などの技術問題、記述の方法論などとの融合です。思い出すままに言うと、（『日本盲人社会史研究』の）加藤康昭、（日本古典文学の）神野藤昭夫、（写真家で出羽三山即身仏研究の）内藤正敏、（詩人の）佐々木幹郎、（歌謡研究の）馬場光子、音楽学の垣内幸夫、渡辺学、矢向正人ら諸氏、（作曲の）柴田南雄、（「平家」研究の）兵藤裕己、（放送の）矢富謙治と（主婦で傀儡子研究家であった）永井彰子、（口承文学の）石井正己というメンバーです。神野藤さんはのちに「物語の改作と改作をうながすちから」（『散逸した物語世界と物語史』若草書房、一九九八）に記録をのこしました。永井さんは最大級に変身したひとりで、これをきっかけに二十年後、『日韓盲僧の社会史』（葦書房、二〇〇二）という博士論文を書いてしまいます。それはあとの話。

平行して、説経祭文研究会が、一九八二〜一九八四年のあいだの二十回、つづきました。ラインナップがすごいと思うので（笑い）、言ってみると、第一回を中沢新一（発表とともにチベット密教の実修）、つづいて西江雅之（口承文学の記述について）、山本吉左右（茨城町鳥羽田小栗堂縁起について）、川田順造（西アフリカの事例を中心に）、武井正弘（中部山地、九州山地の神楽）、網野善彦（中世芸能の場と特質）、岩崎武夫（説経節について）、それに島薗進（新興宗教論ほか）らの諸氏、そして、肥後琵琶の山鹿良之《やましかよしゆき》師（熊本県南関町在）を東京へ連れてきての「俊徳丸」演唱、水牛楽団（高橋悠治、八巻美恵ほか）のうたと演奏、一人芝居（坂本長利）、説経浄瑠璃（佐渡広栄座）、普化尺八（石橋愚道）、「死者の書」儀礼（ケツン・サンポ・リンポチェほか）、ちょんだらあ（知念政光）、くどき三味線（今井田歌）、それにパネルディスカッションを、という（過酷な？）毎月でした。事務方はだれだったと思いますか？　中心が赤坂憲雄さんでした（のちに「東北学」へと火砕流みたいになっていった理由が分かる気がしますね）。学生たちも参加して、まことにおそるべきコーディネーター村山道宣氏でした（私ではありません）

琵琶法師といえば中世の絵巻のなかにいるぐらいに思い込んでいたそれまでだったから、まったく初めてのことでした。まだ大学院生だった兵藤、石井ら、何人かを誘っておいた先見の明（？）

は評価してほしいと思います。私はきつくて途中から加藤さんへ代表をやってもらったから、何も言う資格のない現在ですが。

山本吉左右氏には「口語り」論というのがあります。これは何かというと、オーラル・コンポジション oral composition のことです。ただし、氏の連載（「口語りの論」『文学』一九七六・一〇〜一一、一九七七・一）のときには、たしかミルマン・パリイ（Milman Parry）の名が、文献も何も示されず、ただ「ペリー」とあるだけで、アルバート・B・ロード（Albert B. Lord）に至っては、引用もされていませんでした。ペリーとは何だ、黒船か（笑い）。いま山本さんの『くつわの音がざざめいて』（平凡社選書、一九八八）に確かめると、やはり「ペリー」とだけあります。これは西郷信綱さんからのアイデアだったろうと、いまにして想像できるのですが、当時はわからなかった、何も。

高田瞽女《ごぜ》の杉本キクエ（キクイとも。）さんの語り（祭文松坂、瞽女唄）は、ヒトコトとヒトクダリとから成り、音数律は七五調基本であるものの、三味線がそれにつれて弾かれる、一定の旋律パターンの繰り返しで、あくまで語りが主体となることなど、氏の論じるところです（プリントで指示）。能だって、文楽だって、シテや人形は自由にからだをうっとりとあやつり、音があとをおっかけるという日本音楽や芸能の基本です。瞽女の語りを分析してゆくうえで、なるほどオーラル・コンポジション（口語り、口頭的構成法）の有効性を疑えません。フォーミュラ formula 理論とは何だ、という深い興味をのこしました。

ドナルド・L・フィリッパイ（Donald L. Philippi）氏（祝詞、古事記、そしてアイヌ文学の研究者、翻訳家。一九九三年没）も、『Songs of Gods, Songs of Humans』（一九七九）のなかでロードを参照していますす（回覧）。アイヌ口承文学にとってもフォーミュラ（理論）がどんなにだいじなことかを納得できるのです（参照、中川裕「口承文芸のメカニズム」『創発的言語態』〈シリーズ言語態2〉、東京大学出版会、二〇〇一）。

パリイのしごとは『THE MAKING OF HOMERIC VERSE』（アダム・パリイ編、一九七一）によって見ることができます。（一九八七年ペーパーバック版を回覧）。旧ユーゴスラヴィアの各地に分けいって、当地のグスラを弾く、語り手たちから聴いた語り物を分析して、ホメーロス叙事詩成立の秘密（ホメーロス問題　Homeric Questions）を解き明かす手がかりにしようとする試みでしたが、三十歳余りで一九三五年に亡くなりました。

これは（と示す）、ロードの著書『The Singer of Tales』（一九六〇）のペーパーバック版です。盲人とみられる、グスラル（一弦のグスラを弾くひとをそう言います。）の写る写真を表紙に見ることができます。二弦のように写っているのは、一本がかげで、戸外で日差しのなかで演唱するさまをはからずも示しています。パリイによる「マルコとニナ」の四種のヴァージョンの載せられているなどのことをちょっと記憶しておいてください。

今度はこちらの写真をみてください（山鹿師が琵琶を演唱するところをロードの表紙の写真とおなじ大きさにして並べて見せる）。『肥後琵琶夫婦《めおと》讃歌』（宮川光義写真集、一九八三、私の書いた解説が載っています）に見られる通り、奥さんは瞽女（盲人で三味線を弾く女性）です。これにはびっくりしました。さいしょ、山鹿さんのお宅を訪れたとき、何を喫驚したかと言って、琵琶法師と三味線弾きとが夫

図－1　ロードの *The Singer of Tales* 表紙

図－2　山鹿良之師（『肥後琵琶夫婦讃歌』より）

婦で一緒にいらっしゃるのですよ！　中世や近世での話に聞くことかと思っていたら、現代なのですよ、これが。フィールドはやってみなければ、という思いが心からしました。

セルビアその他の地方のグスラルたちと、日本九州地方の琵琶法師の写真とを、こうして出会わせるだけで、もう私のくわえて言うべきことはほとんどありません。グスラルたちはンン、ン、ン、ン、ン、ンというようなリズムで、弓を弾きながら、龍から生まれた半神たちの活躍など、叙事詩を語ります。一方の山鹿さんは、「平家」をこそ語りませんが、説経に起源を持つ叙事文学をわれわれに語って聴かせます。グスラルたちは日本の琵琶法師にほかならず、逆にいうと、九州の琵琶法師たちはグスラ弾きにほかなりません。洋の東西に奇しくものこった叙事文学の語り手たちの出会いが意味するところは計り知れない深さをたたえているように、私には思えてなりません。

琵琶法師たちの語りをさながら記録して分析するとはどうすることか、課題となりました。従来の文学研究なら、テープおこしをして、文学資料として分析するのでしょう。けれども、村山道宣さんを始めとして、民俗音楽学からの提起は、生きた記録をどうするのかを文学研究へ突きつけてくる、それらは何をやってもさいしょの体験でした。文学研究と音楽学とが「対立」することは分かっていただけると思います。しかし、ぶつかりあいによってどちらも学ぶのです。われわれはとりわけ文字や書きあげた資料優位の考え方を反省させられるのでした。

語りが語られるたびにヴァージョンを生成するさまは、演唱時間について神野藤氏の分析が、さきに引いた論文のなかにありますが、それらをテクストに分けいって一覧する分析は兵藤氏に引き継がれてゆきます。あたかもパリイやロードによるヴァージョン一覧のように、と言えばよいか。重要なこととしては、フォーミュラ理論がうまくはたらく所と、そうはなかなかゆかない所とがある、という区分を発見した点です。「わが国でもっとも一般的な語り物のタイプは、複数の類型的な旋律単位（曲節）の組み合わせによって物語が進行する」（兵藤「口承文学総論」『岩波講座　日本文学史』16、一九九七）と纏められます。

兵藤三部作と私の称している紀要論文を今日は持ってきました。あわせると一千枚になろうという労作で、まだまだ書き継がれると思います。
1 「座頭琵琶の語り物伝承についての研究（一）」『埼玉大学紀要教養学部』第26巻（一九九一・三）
2 「座頭（盲僧）琵琶の語り物伝承についての研究（二）」『埼玉大学紀要教養学部』第28巻

（一九九三・三）
3「座頭（盲僧）琵琶の語り物伝承についての研究（三）―文字テクストの成立と語りの変質」『成城国文学論集』第二十六輯（一九九九・三）

そこからプリントに示した通り、1は山鹿さんの「小野小町」「道成寺」を前提に、曲節の考察を『平家物語』へおしひろげ、2はおなじく「あぜかけ姫」を分析、3は台本ならびに森田勝浄師の演唱を克明に分析して、いずれも『平家物語』の視野にとりこみます（簡潔には『平家物語の歴史と芸能』吉川弘文館《二〇〇〇》に纏められる）。私は地神琵琶などと言って、座頭琵琶という呼称を避けましたが、平家研究としてならば必要な呼称かと思います。

ここでカセットテープから録音をわずかに聴きましょう。瞽女の語りは「葛の葉子別れ」第二段（杉本キクエ）です。うたというよりは語り物であり、淵源が古い説経語りから来ていることを感得したいと思います。

ついで、山鹿さんの「道成寺」と、同「あぜかけ姫」とを聴いてください。「道成寺」はいわば修練時代に演唱のかたちをおぼえてゆく、盛りだくさんな手（＝演奏技法）を持つ様式的な語りです。それに対して「あぜかけ姫」は自由領域を多く含み、肥後琵琶を聴く醍醐味はこれだと言ってよいでしょう。

後者は文字に拠らない、伝承によってのみ受け継がれてきた演唱で、コトバとフシとをおもな構成タイプとしながら、複雑に語りかつ弾《たん》じられます。田中藤後《とうご》師のなど、複数の語り手による「あぜかけ姫」もありまして、山鹿さんの場合にはこれが「しゅんとくまる（俊徳丸）」へとストーリー的につながるのだから驚異です。

これらを五時間も、六時間もかけて、村の庚申の夜などに朝までやるのです。楽しかるべきエンタテインメントでもあり、夜を徹して行うためには、さまざまな（数十曲の）演目repertoryが生まれてきます。「石童丸」「小栗判官」など、じつに四十五種というように兵藤氏はかぞえています。

全体の量なら『平家物語』よりはたくさんからだにはいっていることでしょう。しかし、無尽蔵におぼえているというのともちょっと違うという感触です。フォーミュラ（定型）をかさねて、つぎからつぎへと繰り出しているのでしょうか。そういう面があるにしても、どうもそれのみではない。自由領域を産む語りのエネルギーにもあふれています。むしろ、フォーミュラを生産するための秘密のような何かがそこに隠されているようです。盲人だからよく記憶するのだと、いわれなき偏見を国文学者などは平気で口にしますが、そんなのは思うだけでも差別です。そんな問題ではありません。兵藤氏の指摘するような二つのタイプを駆使して、生き生きした記憶と語りの引き出し方とが双方向的にはたらくようです。からだが記憶するとはそういうこと、伝承とはそういう技術のことだと見るほかはありません。ライフストーリーは木村理郎『肥後琵琶弾き山鹿良之夜咄』（三一書房、一九九四）に見ることができます。

宗教者が同時に芸能者であるという実態は、フィールドへ出て実感することでした。かまど儀礼や新築儀礼（わたましと言う。）などを琵琶で行うことと、そこから座敷へなおって語り物を演唱するということとが、言ってみるなら表裏の関係にあるのです。雨乞いや、頼まれると個人の占いなどもやるようです。琵琶法師たちの本性がシャーマン（巫覡）であることもこうしてみると理解がとどきます。個人や家の儀礼にたずさわることがなぜ芸能者のしごとなのか、という宗教と芸能との併存する秘密を知りたいためのわれわれの数年だったとあとにして思います。

われわれは甘木市在の筑前琵琶の森田勝浄師（この方は晴眼ですが親が盲僧でした。）からも、宗教儀礼と琵琶法師であることとの関係をまなびました。肥後琵琶では田中藤後さんが、家および地神の儀礼や占いなど宗教者としての活躍と「あぜかけ姫」などの伝承者であることとのかかわりを見せてくださいました。われわれは熊本市、水俣市、南九州へと下りていって、何人もの琵琶法師の消息をたずね、お会いし、また儀礼をおねがいしました。延岡などでいまも活躍する盲僧がおられることは近ごろも高松敬吉氏からうかがいます。この研究はけっして過去に属することではないのですよ。お会いしたとき、森田さんも、山鹿さんも、八十歳を超えていました。藤後さんは七十台後半だったと記憶しています。いずれも高齢だから、まもなく現代から琵琶弾きの芸がなくなるのだ、という考え方は一般でしょうが、私は正反対に、口承という世界は不滅のほうへ加担すると信じたい。

説経祭文研究会という名にのこる通り、琵琶法師たちの語りは説経語りをその本性とする、という認識になると思います。そこから眺めると、東北地方の貝祭文《かいさいもん》（デロレン祭文）がどんなに様式化（講談化）されているように見えようと、あるいはわれわれがかつて親しんだ浪花節にしても、河内音頭にしても、各地の盆踊りでの語りにしても、淵源がそこにあると知られます。折口信夫が、「『平家』ですか、あれはね、説経ですよ」と述べたとか。その意味にようやくたどりつけるのです。曾我語り、義経記の世界、戦国軍記や、お伽草子へと草子化してゆくはずの、かずかずの中世的な語りが、九州や東北ではいまに生きているという、やはり喫驚してよいことだったとあらためて思います。

貝祭文の貝のあつかい方、盲僧たちの持つ琵琶のささやかさ、瞽女たちの演唱の仕方、あるいは門《かど》づけ芸でもあるさまに、いわば刻印と言いますか、芸能のこれらには差別という原点があることを知ります。差別はけっして言語というような生まやさしいことではないと思います（冒頭に重苦しい課題だと言ったことにつながるのです）。しかし、九州各地の盲僧たちが、（差別ゆえに）「平家」を語らせてもらえなかった代わりに、豊富な種類の叙事語りを現代にのこしてくれたのですから、感謝すべきことと言ってよいかもしれません。説経語りは朝鮮半島のパンソリと地つづきであるように私には思えます。差別の課題をうまく伝えられないもどかしさをのこして、きょうの話題はこれまで。

題名の「歩く、見る、聴く」は「琵琶・忘れられた音の世界」（文・村山道宣、『あるく　みる　きく』135、近畿日本ツーリスト・日本観光文化研究所、一九七八・五）の、誌名に引っかけました。

4　双分組織と三分観

宮古島の北端にある、狩俣《かりまた》村落のコスモロジー（宇宙観、神話的世界観）を描出する、本永清氏の論文「三分観の一考察」（『琉大史学』四、一九七三・四）は、人類学者クロード・レヴィ＝ストロース氏によるヒントをもとに書かれた、一編のモノグラフですが、私どもはそこから大きな示唆を受けました（本永論文から狩俣の略図、空間認識図、神々の系譜などをプリントで示す）。

私が最初に沖縄へおもむいたのは一九七四年三月のことです。今度も回想からはいると、関根賢司、高橋亨さんとともに竹芝桟橋から船上のひととなりまして、二昼夜かけて那覇港に着きます。本島ではいくつもの御嶽《うたき》や城《ぐすく》、南部戦跡（沖縄戦のあとです。）と、「復帰」二年めのコザ市（いまの沖縄市）とを訪れるなどし、宮古島に渡って狩俣、島尻村落、さらに大神島にまで小舟で向かいました。

翌年に琉球大学に赴任した関根さんにみちびかれて、私の独学が始まります。一九七六年からは『現代詩手帖』での連載「古日本文学発生論」へとなだれいります。連載のさなかは、毎月の前半で調べ、後半で書く、という明け暮れでした。古日本というのは、伊波普猷《いはふゆう》の言う「古琉球」の応用だったと思います。折口信夫（「国文学の発生」『古代研究』など）の影響下に、文学発生論のつもりでしたが、実際には沖縄の古い歌謡（『おもろさうし』を含む）や現在にのこるさまざまな祭祀にそれを尋ねるということになって（折口もそうでした）、あたかも日本古代での文学的〝欠史〟（詩人黒田喜夫の言う「亡滅」）を南島に見つめるかのような構成となりました。それを単純化するならば、日琉同祖論になって、文学発生論から大きくはずれますが、たしかな古代が隣家のようにそこに見えてくるのだから、これはどうしようもないですね。

こんにち、整理しなおしてみると、沖縄の基層文化は、（1）万年単位の先住文化と、（2）そのうえに覆いかぶさる古日本語文化と、（3）さらにひろがる沖縄本島から奄美や先島へと影響を及ぼす按司《あじ》たちや王府の文化と、という三重構造になります。（1）は基底部から沖縄文化を特徴づける要素であります。（2）はそんなに古くない、数千年単位（約三千年まえ）にあった、大きな古日本語の流入ないし爆発bangの延長上にあり、（3）は琉球語bangということになるでしょう（あとにも述べます）。

ときあたかも「復帰」のすぐあとで、陸続と沖縄研究の成果が世に問われつつある、空前の機会でありました。東京あたりでは手にはいりにくい〝資料〟の山、それらは粗末な造りの雑誌のたぐいに多く載せられる、翻刻や研究報告でありました。まさに宝庫であるといってよかったろう、それらの各種文献を、関根さんがつぎつぎに送ってくれるのです。『古日本文学発生論』（思潮社、一九七八）に至る、その連載に取り組むにあたり、七〇年代沖縄／奄美学の進展をリアルタイムで受け止められた、という深い感慨をいま新たにします。

外間守善《ほかましゅぜん》・新里幸昭《しんざとこうしょう》氏の『宮古島の神歌』（三一書房、一九七二）がさいしょで、おなじ三一書房の『日本庶民生活資料集成』第十九巻（南島古謡）が基礎的なテクストとなります。慶世村《きよむら》恒任『宮古史伝』（一九二七）の復刻と、稲村賢敷《けんぷ》の何冊もの著述（『宮古島旧記並史歌集解』『沖縄の古代部落マキョの研究』『宮古島庶民史』『琉球諸島における倭寇史跡の研究』の発刊や復刊）とは衝撃的でした。これらが一挙に出てくる一九七〇年代をみなさん、ぜひ想像してみてください。日本古代の語部の活躍や古代歌謡の行われていた時代が、むろんそっくりではないけれど、沖縄では十八世紀の歴史文献時代にまでとどけられ、文字と出会うという次第です。

多くは雑誌論文ですが、山下欣一、先田光演、田畑英勝、池宮正治、岡本恵昭、比嘉実、それに本永清氏らの、それに詩人たちや批評的発言のかずかず（藤井令一、清田政信、川満信一、新川明ら諸氏）を、まさに時々刻々と「発見」していったわが経過は忘れえません。徳之島出身の作井満氏（今年五月亡くなったわが友人）の海風社という出版活動も始まろうとしておりました。

ヤマト（鹿児島以北をそう言います。）の、文学者や研究者たちに即して言えば、作家、島尾敏雄のしごとは別格として、小野重朗《じゅうろう》氏の「南島の生産叙事歌をめぐって」（『文学』一九七七・三）は連載途中に飛び込んできた真の衝撃でした。生産叙事歌には起源神話としての性格があるという報告で、日本古代歌謡のすくなからぬ場合への応用性に富み、古橋信孝さんがこの方面での研究をのちに発展させることで知られます。谷川健一さんには『沖縄―辺境の時間と空間』（三一書房、一九七〇）がありました。

特筆すべきは小川学夫《ひさお》さんが本土から移り住んで、奄美歌謡の研究にうちこみます。土橋寛《つちはしゆたか》氏の研究（『古代歌謡の世界』『古代歌謡論』など）が小川さんへ大きなヒントを与えたということを聞き、私はうれしくなりました。奄美歌謡は内田るり子、酒井正子、中原ゆかり氏ら、多くの歌謡学者を育ててくれます。掛け合ううたが生き生きと生存する奄美文化の底知れないパワーです。

吉本隆明氏の「南島論」の講演は二回、新宿の紀伊国屋ホール（一九七〇・九）と厚生年金会館（一九七一・六）とを、私も超満員のなかで聴くことができました。琉球王権の（聞得大君らの）承継儀礼から日本天皇制の根源を衝く、というモチーフにつらぬかれていました。沖縄の王や聞得大君《きこえおおぎみ》の即位儀礼を調べあげるという発表で、模造紙に書いてきて訥々と説明する、というようなのだったと思い出します。斎場御嶽《しえーふぁーうたき》の見取り図を大きく書いて、聞得大君が行ったり来たりして儀礼をサングーイ（三庫裡）とユインチ（寄満）とで行う、ということを繰り返し繰り返し言われました。知られるように、日本天皇の大嘗祭儀礼はスキ（主基）とユキ（悠紀）とで行われます。名称が何となく似ているので、かさねあわせるとどうなるかナア、と考えながら聴いていたら、「そういう語呂あわせはしないほうがよいんじゃアないですか」と壇上から先手を打ってぴしゃりと言われた。すごいひとだと思いました。

大嘗宮のなかでは天皇が女性と性的に交わるのだ、といったようなこともおっしゃったので、そろそろ囁かれつつあった代替わりを視野にいれた講演だと分かりましたが、何と昭和天皇はそれから二十年も生き延びます。その大嘗宮内で云々という説について、折口信夫批判というかたちをとって、私は昭和天皇の死去ののちになり、『思想』一九九六年十月号誌上に批判を書かせてもらうことになりますが、それはずっとあとのこと。沖縄「復帰」直前に吉本氏の講演を聴いたことの意義は大きく、私の沖縄への関心は、折口を別にすると、氏から得られたと称して過言でありません。興奮さめやらず、翌日か、荻窪の古書店で買った嘉味田宗栄《かみだそうえい》氏の大著『琉球文学序説』（沖縄教育図書、一九六六）は、奥付に六ドル五〇セントとありました。嗚呼、沖縄の本はドル立てなのだと知った感慨も忘れられません。

沖縄語（琉球語）は、いくらかの補正計算をほどこすことによって、古日本語との関係を明らかにすることができます。その補正計算とは、（a）三母音化、（b）口蓋音化を遂げる近代沖縄語を、逆にそれ以前へとさかのぼらせ、音韻変化を遡行的にたどるなどの作業を言いますが、それらによって万葉八母音時代の延長と言いますか、（c）甲乙の区別を「き」なら「き」について見ることができることや、（d）係り結びがいまに生きていることなど、古代語を知りたい私どもにとって、沖縄の言語を知らずに済まされるでしょうか。（e）日本古代語をのこしていることは多くの地方語（方言）でもそうですから、沖縄語に限りませんけれども、特に濃厚にそれを感じます。のちのことになりますが、高橋俊三氏の『おもろさうし』研究（『おもろさうしの動詞の研究』《武蔵野書院、一九九一》ほか）は表記のうえに法則性を見いだすという画期的な成果を提出していることを申し添えます。

補正を繰り返してゆくと、現日本語と琉球語（沖縄語、琉球方言）とは、たった二人のきょうだい語であることをますます確信できます。（f）「をり」「はべり」を発達させていますが、（g）動詞、形容詞などの終止形の「ん」は由来不明です（何でしょうね）。うえに述べたように、一つ（あるいは祖語を仮定する）から別れたことは疑いありません。けれども、単純に同祖論や南漸論になるのでもないのです。古日本語じたいに農耕の生産性や軍事力などを背景とする先住文化を圧倒してゆくひろがり（大きなbang）があったとすると、先島のほうまで影響を受けざるを得ず、先住文化を圧倒してゆきます。それが三千年まえとすると、その後、沖縄本島を中心に何度か、琉球語じたいのbangもまたあったようで、歴史時代にはいってゆくのです。六～九世紀かけて、いまの沖縄中部や南部あたりからの琉球語bangが、先島から奄美までを一体化する、ある種の凝縮力としてはたらきました。舜天王統以下の、神話にしても何らかの実在の反映なのでしょう。

前々回にお話ししたアイヌ語は、どこまで行っても日本語とかさならない、まさに隣接語（隣りあう別語どうし）です。へんに融和的な、日本語とアイヌ語とをかさならせる考え方が、八〇年代以後、文化論として流行しているのは、言語的事実に反する困った現象ですが、逆に、日本語とアイヌ語とが別語であると強調しすぎると、別語なら無視してかまわないや、というもう一つの困った考え方を呼び込むことになってしまい、なかなかやっかいです。琉球語とアイヌ語とのあいだにはさらに接点がありません。なお朝鮮語と日本語とは万年単位でも、数千年単位でも、かかわり深いはずです（遠い親戚語）。

カタツムリの方言を調べた「蝸牛考」（柳田國男、一九三〇）の、地図のところをプリントにしてきました。方言周圏論の提唱としてあまりにも有名な著述ですね。これはけっして中心に「ひとつの日本」があって、周圏に文化が波紋のようにひろがる、といった、単純な指摘ではありません。bangとは、はげしい文化的動態（場合によって軍事的移動を含む）であるはずです。だって、文化は単純に中央／地方といった二分ではないはずでしょう？　同心円（私は複心円と見ます。）じたいが文化の動態であり、じっとしていないからこそ波型を複雑にえがきます。序文に明言される通り、「西日本、東日本」といった、固定された日本列島平面割りのような文化論への深い批判がそこにはあります。

西と東と、といった分りやすさの固定が何をもたらすか、そういう文化論への批判が、かえって（柳田の）一国民俗学という考えをつよくしてゆきます。周圏論とは何かというと、けっして文化中央主義でないし、かといって「一つの日本」の主張だということもありません。柳田の言うところを「一つの日本」の主張であるかのように受けとって、対置するように「いくつかの日本」を主張するのがよいかというと、沖縄も日本、朝鮮も日本、満州も日本という、「日本」を不問に付した戦前型植民地主義（＝「一つの日本」の裏返し）にものすごく似てくるから、議論は慎重であるに越したことはありません。

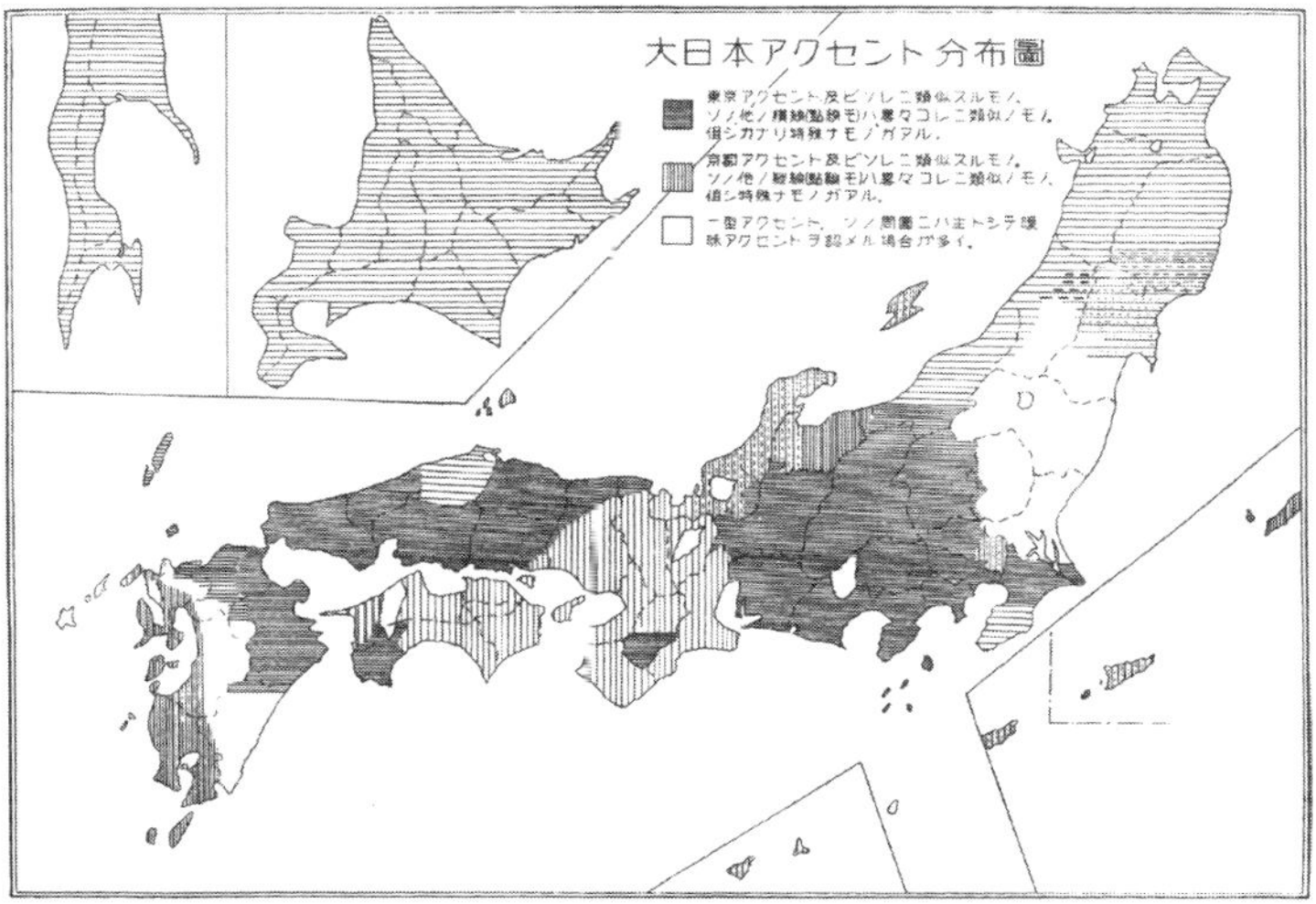

図－3　平山輝男「大日本アクセント分布図」『全日本アクセントの諸相』（1940）

言語周圏論として見ていただきたいのですが、というか、みごとに周圏論に合致するのですが、この地図は（と提示する）、平山輝男作成の「大日本アクセント分布図」（『全日本アクセントの諸相』一九四〇）です。これと同様の調査はのちに金田一春彦氏によっても発表されておりまして、くまなく「全国」を調査するとどうしてもこんな図面になってしまう、ということのようです。平面的な旧来のアクセント地図（たとえば東條操『全国方言辞典』《東京堂出版》の折り込みにみることができるの）とは、まったく違う出現です。

　平山作成の分布図を見ると、京都アクセント及ビソレニ類似スルモノが、近畿、四国、北陸一帯に見られる。東京アクセント及ビソレニ類似スルモノが中部、関東と、中国、九州東部、四国南西部と、そして奈良県南部にとひろがる、まさに周圏論です。さらに東北、北海道、サハリン（樺太《の日本語》）、千葉県南部と、出雲地方とに類似するアクセントを見る。九州南西部から南西諸島にかけてはどちらかと言うと近畿アクセントにちかづけて平山氏は理解しているようです。

さて、注目すべきは白抜きのところです。「日本語にはアクセントがなければならない」という前提で調査するアクセント学者にとっては、うまく説明できなくて〝白抜き〟になってしまうという箇所。山間僻地というと差別語ですが、ひろってゆくと、東北／関東（山形南部、宮城南部から栃木全県、茨城北部まで）、大井川上流、八丈島、福井県央部、愛媛県のまんなかあたり、九州横断（五島列島から熊本県北部、宮城県南部）というように、日本列島の奥まったところや離島に、どう見ても日本語のゆたかな古層がのこった、と見るのが自然ではないですか。そしてうえに言ったように「蝸牛考」の方言周圏図とそっくりなのです。持ってきた色鉛筆で「蝸牛考」の図と、「大日本アクセント分布図」とに色を丁寧に塗ってください（作業する）。従来、曖昧アクセントとか、無アクセントとか、一型アクセントとか言われてきた、これらをあわせて、〝自由アクセント〟と私は名づけようと思います。

アクセントは連続的で移行的な波にほかなりません。日本列島のうえを波紋がえがき、うごめきやまぬ動態です。その波は数年単位でも、数百年単位でも、えがきつづける美しいグラフィック・アートです。日本語のアクセントをある日ある時のあらわれで固定して見てはいけません。関西人と関東人と（あるいは西日本と東日本と）ぐらいなら通じ合えます。そのような自由を本性とする日本語の最古層はおそらく単調な、ないと言ってよいほどのアクセントが実態だったと考えたいとこ

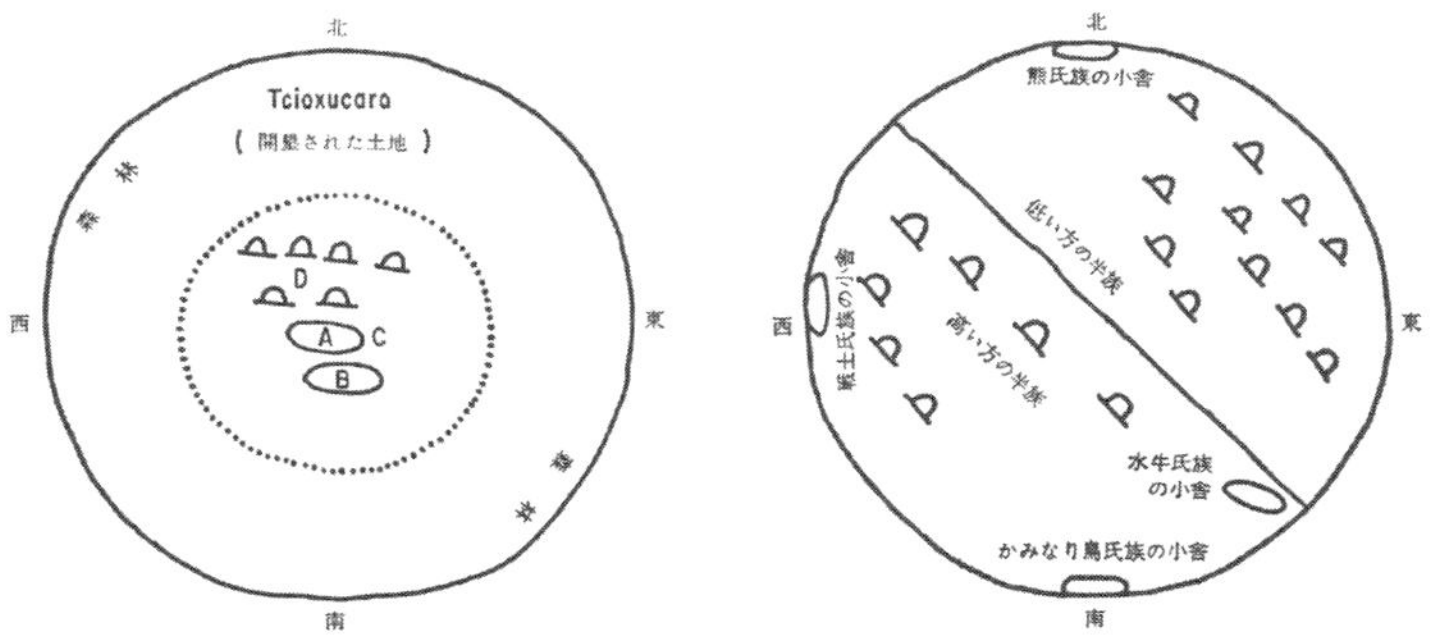

図－4　低い半族の情報提供者（左）と高い半族の情報提供者（右）とによってえがかれるウィンネバゴ族の村落平面図（『構造人類学』1972 より）

ろです（各地の祝詞にのこったかもしれません）。東京アクセントなどは逆に高低とさらにもうすこし低く落ちるのと、三段階に「発達」していますが、これも固定してはいないので、長い規模でうごいております。

ウィンネバゴ Winnebago 族（ウィニベゴ）の半族は——とレヴィ＝ストロース氏が視野にはいります（本永論文の応用です）——高い半族と低い半族とによって、情報提供（長老たち）のえがく地図が、いちじるしくその図形を異にします（「双分組織は実在するか」一九五六、『構造人類学』一九五八、邦訳一九七二）。高いほうの半族の情報提供者は直径構造を示し、低いほうのは同心的構造を示したと言うのです。この不一致は現実の配列に対応していると言います。この図面はまさに構造主義の始まりでもありました。直径的構造は多くのスー Sioux 族において見られ、同心円的構造はオマラカナ族——Malinowski のトロブリアンド諸島と言う——の村落平面図に見られました。それらのタブー関係はじっさいにきわめて複雑であります。外婚関係と対応していながら、それらが疑似的な関係で内婚となっている場合や、双分制そのものの二重性や再分割を見てゆくと、きわめて動的に双分制と同心円的構造とはともに「成立」します。たとえばボロロ族の図は同心円的であるとともに、直径的タイプと共存しています。

フロイトが半族を外婚関係と見て、トーテムtotemの発生（タブーに結びつけて）を論じたのは周知のことですが、牧歌的な、夢想する「人類学」であったというほかありません。きわめて複雑というより動的なのではないですか。

東條操作成のアクセント地図と、平山輝男（そして金田一春彦）作成のアクセント地図とが、おなじ全国をあつかいながら、どうしてこうも異なる二種類になるのか、私は以上のような、レヴィ＝ストロース氏の示唆によって了解できたように思います。冒頭にふった本永論文からずっとたどってゆくうちに、そのような巨大な日本「文化」論の、〝壁〟か仕掛けかが見えてきた時には、震え（武者震いかおじけか）がしてきた自分だったと、告白させてください。

こんにち、世界規模の「方言周圏論」は、南インド、ドラヴィダ諸語（タミル語を含む）と、日本語との関係を指摘する、大野晋氏のそれでしょう。朝鮮語を含めて今後、その大野説が正面から検討されるためには、発想の転換が日本社会で進行する必要があり、それには百年かかるかもしれませんが、「まだ研究ははじまったばかり」（大野『日本語以前』岩波新書、一九八七）だということです。

沖縄から私の学んだもう一つ大きなことは、折口や、吉本さんの講演の課題にもかかわったことですが、小国から立ち上げる王権論の可能性です。日本天皇制が閉じられた構造を持つのに対して、外来性とその供犠とのうえに王権があり、社会を次代へと生き生きと受け継いでゆく機制をなす、というありようについてです。山口昌男、（シカゴ大学の）マーシャル・サーリンズ、川田順造、上野千鶴子氏らの研究が出そろうのもこのころであり、六〇年代を超える七〇年代、八〇年代は近代の学のさいごのかがやく時間でした。私にとり、『源氏物語』のうちなる〝王権〟が光源氏―冷泉帝という「反逆」の系譜のなかにくっきりと見えてきた日のことはついきのうのようです。

5 うたの詩学

和歌という古典詩、短歌や長歌や旋頭歌その他の、文あるいは文章の性格を、形態面、成立面から解明し、語源などに関する考察も含めます。修辞あいてをややもすれば優勢としてきた、従来の研究だったでしょう。後述するように poetics（詩学）という語は、物語学と訳してよい語で、和歌はけっして物語（散文を主とするとして――）から孤立していません。逆にいうと、和歌そのものや、和歌言語を含まない物語は考えられません。「うたの詩学」と称しながら詩的言語だけを取り出す手つきはどこかでむりをすることです。

時枝誠記『文章研究序説』（山田書院、一九六五）はそれまで文なるものが、語とともに国語学の研究対象であったことに対し、文章から研究領域へと拡大される、いわばテクスト（本文）研究の走りとなりました。著者の死去（一九六六年）によって中止されたとは言え、あくまで国語という範囲内でしたが、伝言、引用、編纂、推敲、改稿、別稿などへ進んでいった先駆性を評価できると思います。そのなかに、和歌についても興味深い議論が見られるのです。文章を単なる、文の集まりでなく、それじたい、統一構造を持つ全体だ、と見るのが時枝氏で、それでよいのですが、それなら和歌や俳句、川柳（＝五七五）は文か、文章か、あるいは一文か多文か、というようなことはどうでしょうか。

氏はいきなり、「天の原ふりさけ見れば春日なる三笠の山にいでし月かも」(『古今和歌集』巻九、羇旅歌、阿倍仲麿、四〇六歌)を挙げて、これは一つの文でもあると同時に、一つの文章であるといってもさしつかえない、と述べています(同書、一六ページ)。

私もそれにいたく賛成したく思うのですが、もうすこし厳密に見ますと、

年のうちに、春は来にけり。ひととせを、こぞとや━いはむ、ことしとや━いはむ
(『古今和歌集』巻一、春上、在原元方、一歌)

というような和歌はそれだとどうしますか。

ここで古文に句読点をほどこすという、テクスト作りについて、私の意見を一言、述べておきましょう。日本古典詩がかならずしも音数律に服従してなくてよい以上、物語本文にマル(句点)、テン(読点)をほどこすのが一般ならば、和歌にもまた、マル、テンがあってよい(あったほうがよい)、というのが私の前提であります。

さらには語勢や喩法や係りをあらわすための、第三の句読点である、棒点(━)を付すことにしています。句読点は古くから漢文訓読や物語読者の営為でしたが、印刷技術や作家たちの成立とともに、読者たちから書き手がその権利をうばって、句読点をみずから打つようになってしまいました。私は読者の営為を取りもどすために、古文に句読点をほどこしますが、そのとき当然のことと

して和歌にもほどこします。折口信夫（釈迢空）の作歌がヒントになっていることは言うまでもありません。

と、付しておきながら何ですが、付けきれないという問題です。みぎのうたが二文か、三文か、どう決定したらよいのでしょうか。「年のうちに、春は来にけり」で句点とすることに、多くの人が賛成するとして、では「ひととせを、こぞとや――いはむ」でマルかテンか、迷ってしまう。「こしとや――いはむ」と並列させて一文してよいか、困ってしまいます。詠み人知らずの、

春かすみ、立てるや――いづこ。み吉野の――吉野の山に、雪は――ふりつつ　（同、一、三歌）

は、「春かすみ、立てるや――いづこ」で一文となる。だけどそのあとの「……つつ」文は言いさしであり、文を完結させていない。言いさしという一文か、○・五ぐらいの文か。和歌の文とは何だろうかと、もう分かりにくくなるのです。

思ひかね、妹《いも》がりゆけば、冬の夜の、河風寒み、千鳥鳴くなり
（『拾遺和歌集』巻四、冬、紀貫之、二二四歌）

は、すっと一本、立ちあがるようで、よいうただと思えるし、たしかに古来、名歌として知られています。どうしてこれがよいうたであるかはそれとして、一文であると多くのひとが認めるでしょ

う。しかし、

秋霧の―晴るる時なき心には―立ちゐのそらも―思ほえなくに

（『古今和歌集』巻十二、恋二、凡河内躬恒、五八〇歌）

というのは、文として半分（＝半文）でしょう。うたとしては一文ということになるのでしょうか。これで一文だとしたら、うたの場合、逆にさきの「年のうちに」歌のように、二文、三文と見える和歌も〃一文〃だということになる。

うたとは何か（とあらたまり言うのも何ながら）、たとえば恋歌について言うと、恋なんて新しくもない、ごくありふれた習俗で、日常座臥と言いますか、恋の煩悶なら煩悶を、何万年も繰り返し、繰り返し、人類はやってきました（でしょう？）。それをあらたまって詠む、うたうとはどうすることですか。恋がどうなることですか。詠み、うたうことによって、始原化される、と言いますか、高められ、この世で初めてであるかのような新しい恋になります。

個人の体験としても、うたとしても、その作歌は初めてこの世にあらわされるのだから、始原化されたことになる。うたのなかで、初めての恋の体験となる。和歌はどんなに類似していても、二度とない、創るうたを詠み手に要求するために、何らかの技術を要請しますが、それによって、何万年繰り返されてきたはずのことがあたかもさいしょの体験のように新しくなります。

私からすると、うたはそういう高められた状態での出現だ、ということを無視しえないのです。

そうすると、高められた状態で、一文としての纏まりを持つ、とは考えられませんか。五七五七七という纏まりによって、一つに凝縮した、そのなかでは現象的に二文や半文であろうと、一行詩としての高みを持ちこらえており、その点で散文と同列にあつかえない。物語歌の場合だと、散文からうたへ、うたから散文へ、という波動が生じることを軽視できません。

ここに時枝氏がこの本で和歌をあつかった先駆性はあると思うのです。複屈折歌にあっては、どうにも文のかずをかぞえられなくなってまいります。単文、複文ということは言語学での基礎的な話題であるにもかかわらず、和歌の文を解決できていません。

単屈折、複屈折ということは、私が名づけているのですが、心物対応（参照、鈴木日出男「和歌の表現における心物対応構造」一九七〇、『古代和歌史論』東京大学出版会）を示している『万葉集』歌はだいたい単屈折（わずかに複屈折歌がある程度）です。『古今和歌集』以後に至り、複雑にもなることがあり、多重屈折を見せるから、心物対応をやめてゆくことで、心と詞との対応もやわらげてゆき、さま（＝様）中心になってゆく。こうなると、文をかぞえるようなことはむずかしく、それじたいが、〝構造〟というほかない、文の抱合状態を示します。屈折させたりさせなかったり、いろいろに多様化する。心物対応（これこそ〝構造〟の突破口です。）は『万葉集』においておもに成り立つのであって、『古今和歌集』以後では〝現代短歌〟化し、複屈折歌になるかと思えば、またすらりと屈折しないうたなどを列べて、技巧は目的性をつよめ、多様にそれら技巧が探求されることによって、平安和歌として、次第に、さま、すがたの世界へと比重を移してゆきます。

時枝氏は表現性ということを重視しました。絵画性は客観的対象的表現で、音楽性は志向的主体的表現だと、乱暴と言えば乱暴ですが、晩年の時枝学として、そこまで言い切るのは、きもちがよいといえばきもちがよかったかもしれません。
萩原朔太郎の挙げるうたを氏は利用しています。

しるべせよ。跡なき波に漕ぐ舟の――ゆくへも知らぬ、八重の汐風
（『新古今和歌集』巻十一、恋一、式子内親王、一〇七四歌）

は、朔太郎がリズム、音数律を挙げて、日本語を呪いながら音楽性のうただとするのに対して（それが一般でしょう？）、しかし時枝氏はこの音楽性を〝辞〟だとします。おどろくなかれ、ではありませんか。汐風に呼びかけているが、だから汐風が対象かというと、表現されていない恋人が対象なのだ、と。原体験のままに、全体が文における〝辞〟だと言います。もう一首（「首」という語はいやですね、一編と言い換えましょう）、

まれに来る、夜半も――悲しき松風を、絶えずや――苔のしたに聴くらむ
（同、巻八、哀傷歌、俊成、七九六歌）

は、かたちのうえでだと地下に眠る、亡き妻を対象的に詠んだうたのように見えるが、じつは亡妻に対する追慕の情を、対象に対する関係を崩さずにそのまま具象化している、と。「わが悲しみは」

とか、「わが妻を思ふ心は」とか、けっして言ってない、これは感傷でなく、「あはれ」と同等の表現であるのだ、と。

うたの詩学が、こういうところに渦巻いてくるようです。詩的言語として特徴のように言われる、〝喩〟にしたって、対象である言語的世界と、主体的表現との関係で支えている、と時枝流に言えるかもしれず、そのごく特殊な認知的在り方に過ぎないので、〝詩〟に限ることではありません。〝喩〟とはわかりにくい語で、比喩よりも広く、言い出しっぺがだれかはっきりしない（吉本隆明氏かもしれない）語ですが、物語の主人公たちを花に喩えたりすることは分かりやすいので、そればかりでなく、たとえば物語のなかの作歌（いわゆる物語歌）が、それを詠む登場人物そのひとの喩であるといったふうな、さまざまな意味で機能します。物語／小説などは、それじたいとして〝ない〟、空中楼閣みたいな虚構ですから、喩と喩とを組み合わせてあらしめることにより初めて〝現実〟化される、と称して過言でありません。〝喩〟論に物語研究が主にやってきたことだと言われれば、『源氏物語の喩と王権』（河添房江、一九九二）という書名もある通りで、poetics という語にふさわしい訳語は現在のところ、さきほど言ったように詩学というより物語学でしょう。修辞研究がその一部にあることはむろんとしても、それはけっして和歌学の独占する性格でなかったはずです。

文構造的な詩学に対立するのが、これも現在までのところ、発生的な和歌研究です。発生的な研究によって史的成立の実態を明らかにすることができるならば、和歌の本性をかなりの確度で明らかにしたことになります。これまでの発生説がどこまで踏み込んで成立を明らかにしてきたか、和歌なら和歌が文構造的な成立を詩の内部にかかえたという、そこを言い当てた発生史論にしなければならなかったのです。

だれもがいますぐに思い浮かべてしまうのは西郷信綱氏の「詩の発生」（『詩の発生』一九六〇、増補版一九六四）でしょう。祭式が原始の集団や共同社会で行われていた、そこでの前論理的なマジック（魔術）が詩の母胎だった、と氏は論じます。

たんに「信仰」といった風のものではなくて、原始の集団や共同社会の公の魔術こそが詩を生み出す母胎であったと私は考える。

と。ここで言う「信仰」は折口信夫の信仰起源説のことです。漠然と信仰に起源があるのでなく、祭式としての魔術に〝詩〟の母胎があるとします。折口を利用しつつ、マルクス主義芸術論らしい、「共同体的本質」というような氏の言い方について、読書会などでわれわれは何度も反芻し、そしてゆきづまりました。一九六〇年代のことです。

氏の詩発生論は母胎をしか言ってない、とだれもが不安になりましょう。人間が外界から働きかけられるには一定の「リズム」があって、それがうたとなり、詩へ純化されてゆく、と論じられます。われわれは原始人であることによって、うたや詩と接触することができると論じられている感じです。まさに図式通り、氏は近代に至って詩が「困難」をきわめ「晦渋」になる、と嘆きます。しかし詩の書き手は、いったん、孤立するものの、自己と闘い、自己を変えることによって集団的、社会的な「私」を取りもどすのだと言います。つまり「共同体的本質」へ復帰するという次第。これでは堂々巡りで、文字通り社会主義リアリズムの典型的な議論ですね。円環は閉じられ、出られなくなる。どうすればよいのか。示唆をいろいろにのこすことはそれとして、一九六〇年代までの発生論とはじつにこれでした。

示唆というのは、むろん、詩の母胎に〝前論理〟がある、祭のなかで狂わしめられながら、ことばを発する、といった観点であって、今日においてもそういうわけのわからなさが詩の発生点にはあるかもしれない、と肯定したいところで、私が〝うた状態〟と名づけるのはそういう観点です。西郷氏の論文の見出しの裏ページに、宮沢賢治の、

dah-dah-dah-dah-dah-sko-dah-dah

という引用が見いだされる。「リズム」をあらわしたのでしょうが、私はずっと気になって仕方がなかった。偶然でないと思いますが、dah が七つで、五つめに sko を賢治は置く。西郷氏は、

早急には断定しがたいけれども、五七あるいは七五出入りの音数律、ないしそれに基づく短歌形式は、日本の古い時期の魔術的パターンであったにちがいない。

と言っていました。これは氏の意見というより、あまりにもありふれた、日本社会にふつうに行われる共同的な幻想なのです。五七や七五を日本人の生理的リズムだとする幻想はみんなで嵌る落と

し穴としてあります。歌人たちも、高校での教育の現場も、短歌を考えたりおしえたりするうえで、五音や七音が日本語の詩にとって自然だ、生理的リズムだという考えを出発点とします。

けれども、氏がいみじくも「早急には断定しがたいけれども」というように、ほんとうにそう断定してことを進めてよいか、五音や七音が日本語の詩にとって生理的だという「リズム」論には、決定的な証拠が何もありません。この思い込みをうたがうことから開始しなければ、さきは望めない、と思います。七と言い、五と言い、すべては文化的、歴史的所産ではありませんか。詩的な形態のために内在的に選びとられる文化的成立なのだというに尽きます。

日本語はこういう点で基底的だと以下のように言ってしまいましょう。

1、**等時拍である**　〇〇〇〇〇〇〇〇〇〇……、とつづく言語だということです。母音、あるいは子音と母音との組み合わせで、繰り出してゆく。そういう語は太平洋上の諸語その他、いくらでもあるのです。

2、**自由アクセントである**　このことは前回にあつかいました。曖昧アクセント、一型アクセント、無アクセントの分布を見ると、(あえて地域差別語を使いますが) まさに山間僻地や、東北地方、あるいは九州にひろくのこる。つまり日本語のゆたかな基層部分ではアクセントが自由なのです。

3、**単語に音数の決まりはない**　このことは特色でも何でもない。一音語、二音語、三音語、いろいろあることは、韓国語、アイヌ語やアジア諸語その他とまったくおなじです。

等時拍で、自由アクセントで、単語の音数の自由な言語である日本語が、生理的に五音や七音を優先させる理由はないというほかありません。それらは隣接語その他との接触や輸入で成立させるか、それとも日本語以前から記憶みたいな何かをもらって成立させるか、以外にありません。成立して固まってしまった、まさにカノン canon としてつづきます。このことを言うと、たちまちものすごい反撃や無視、逸らし、やんわりとした排除がやってきますが、仕方ないです（笑い）。拍による休止や和歌の朗詠法を持ち出して反論するひと、二拍一休止ということを言い出すひとがあとを絶ちません。

五と七とを組み合わせた詩歌は大陸のうえに陳琳《?—二一七、魏の広陵の人》の「飲馬長城窟行」（『古詩源』六《魏詩》）のようなのが、二、三世紀の作として見いだされます。中国での詩的形式が古く四音から、次第に五音、七音を優勢にしていったのはなぜでしょうか。和歌の五七（七五）が日本語以前から来ているという説は、ドラヴィダ諸語（特にタミル語）の研究によって大野晋氏の唱えるところであり、きわめて興味深いことです。言語現象の文化的、歴史的選択を自然史や魔術のレベルでとらえては、言語の滅亡もまた自然的で魔術的なことになってしまう。沖縄文学が、八、六を基調にしてゆくことも、新羅郷歌が八音を基調とすることも、自然のことでなく、あくまで文化的、歴史的選択なのです。

6　ウタ、モノ、モノガタリ、フルコト、そしてコト

「うた」はどんな語源の語ですか。一九六〇年代に太田善麿氏の『古代日本文学思潮論』（桜楓社）という、縦横無尽の書が四冊（Ⅰ〜Ⅵ）で出て、Ⅰは「発祥史の考察」（一九六二）でした。〝発祥〟とは古代中国での天子の出現というような意味でしょうか、それを初発や起源の意味に変えて太田

氏は文学発生史を試みます。

その「発祥史の考察」のなかに「うた」の原義をあつかうところがあります。「うたく」に下二段があるというのは、「うたげ」のことを言うのでしょうか、確認できないので措いて、「うたづきまつる」「うたたけだに」「うただのし」という、古代歌謡のみに見られる、接頭語として「うた」を持つ古語群に氏は注意を向けました。これはきわめて示唆的な指摘です。また、「うたた」「うたて」という語にも注目してきました。そのうえで氏は「うた」を、「本来特定の発声行為・特定の場面における言語活動・儀礼実修としての言語行為などのひろがりにわたりうる由縁をもった語であったらしい」と慎重に論じます。「うたがき」もそうだろうと言います。太田氏としてはそれだけですが、権威のありそうな平田篤胤/折口信夫説——いわゆる「訴え」説——を退けました。意味不明の接頭語に「うた」が見られるというところにこそ、この語のいわば草深さが感じられます。

私が『現代短歌大系』十二《月報12》の「〈うた〉——未開の声」(三一書房、一九七三・九)で、「始原の意味」を論じた時は、全面的に太田氏に依拠するとともに、さらに「うたうた」(訓読語)にも注意を向けましたが、これはかえって「うたた」が「うたうた」を産んだのかもしれません。大野晋氏が『日本語をさかのぼる』(岩波新書、一九七四)および岩波古語辞典(共著、同)で、「うたがふ」のウタもまた同根だとされたことにより、この方面は固まってきたと思います。「うたがふ」は疑念にとり憑かれる状態を言います。〝うた状態〟ということをそこで私の考えたように、うたた騒然と、orgie(orgy=騒乱)状態で、われにもあらぬ思いになって、口を衝いたことばを発すること、そこにうたの始まりがあるのではないか、としました。金田一京助が書きとどめる(『アイヌ叙事詩ユーカラの研究』一、東洋文庫、一九三一、復刻一九六七)、アイヌの少女たちのヤイシャマネ(即興的なうた)は、だれも聞いてなくて、なみだをぽろぽろ流しながら、つぎつぎとことばが口を衝いて、恋しい恋しいとうたう、これこそうた状態だと思います。「うた」はまさにそういう状態であり、口からほとばしり出ることばがうたなのであります。

大野晋氏から、はかり知れない恩恵をわれわれは蒙ります。ともに、氏からは絶えず学的葛藤をしいられる、緊張の連続でもありました。大野氏の「「もの」という言葉」は、一九七三年十月に慶応大学で行われた、折口信夫没後二十年記念の、公開講座「古代学」というのがあって、そこでの講演です。記録もあとで出て(『講座古代学』池田弥三郎編、一九七五・一、中央公論社)、ここに持ってきています(見せる)。この公開講座を、当時、池田さんに言われてでしょう、私は聴きに行こうとしたのですが、一日しか行けなくて、吉本隆明「古代歌謡論」と松本信広「伝説の系譜」とだけ、聴くことができました。

大野さんの講演は、残念ながら聴かなかった。だから氏の「もの」についての意見を知るのは、『日本語をさかのぼる』と、この『講座古代学』とにおいてです。折口講座での、〝「もの」という言葉〟についての氏の講演内容は、あるところまで、私の考えたい「もの」の性格と、非常によく似ております。大先達に対し、まことに礼を失したもの言いではありますが、私のほうが発表としては一年まえであったことは(『源氏物語の始原と現在』三一書房、一九七二)、大野説を知るよりまえに「もの」についての考えを、まがりなりにも自分の省察として発表できたわけですから、まさに胸をなでおろす思いでありました。

大野説が追いかけてきて、私と違う説を出されて、それのほうが世間で通りがよくて、受け入れられてしまったのが、いわゆる「かたり」＝カタドリ説（岩波古語辞典）で、これも礼を失した言い方になりますが、あの説には非常に迷惑（笑い！）しました。その辞書の説明をよく読むならば、カタリはカタドリのカタと同根だ、と言うだけでしたが、世間はカタドリが語源だというように受け取ったらしい。どうしてカタドリが「かたり」になるのか、と私は反撥しました。けれども、国文学域では何人ものひとがそれに乗っかり、その他の領域でも〝物語〟を論じる外国文学研究者たちが、なにしろ物語論は流行だったから、カタドリ説に安易に依存して、（私に言わせれば）じつに惨状を呈しました。私は執拗にあちこちで反対を表明しました。大野氏は第二版（一九九〇）で、タミル語との関係でと思われますが、カタドリ説を取り下げておられます。

モノについて見ますと、大野説の中心は、タブーの存在を一般的に「もの」というのだ、というような説明で、たとえば「おほものぬし」の「もの」という語はそれです。物体や存在という本来の意味から始まって、「もの」と「こと」との関係、ひとを「もの（者）」と言うことなどについて説いてゆき、折口説（霊魂説）を批判してゆく、というみごとな講演内容でありました。

私が『源氏物語の原始と現在』でやったことは、

1、「かたる」という語の意味を限定し、

2、「かたりごと」と「語部」との関係を探求して、

3、「かたりごと」と「ものがたり」とをはっきりと分け、

さいごに、

4、物語の発生
まで持っていきました。だから「もの」という語の意味にどうしても言及せざるを得なかった。そこで私は「おそろし」と「ものおそろし」とを対立させ、また「おもひ」と「もの思ひ」とを対立させて、「もの」を探求しました。輪郭のぼんやりした、理性的な説明のつかない状態を「ものおそろし」「もの思ひ」という、とし、「もの」に神秘的な霊力という意味がある、とする説（三谷栄一『物語文学史論』一九五二、新訂版一九六五）を視野にいれつつも（それには異存がないとしつつも）、「かみ」になれない、二流の、非正統の霊魂が「もの」ではないか、と論じました。「琵琶法師のもの語り」は「霊がたり」とすると、たしかにふさわしいとも論じ（歯切れがわるいですね）、霊があらわれてする語りは、モノ狂いの語りだとすると、そのような考えじたいをけっして否定できないだろう、けれども、（ここからさきがだいじなのですが）そのような想定が言えないにしても、つぎのようには言えるはずだ、つまり、二流の、非正統のものをめざして「霊《もの》」というか、またはモノという語がかぶせられたかだろう、と。「ものおそろし」「もの思ひ」は、曖昧な、由来不明の、二流の、非正統の思考や恐怖なのである、と論じたのです。

　私のいま、気づくことは、こういう論の立て方が、じつに構造主義的だったのではないか、ということであります。そういう意味で、自分から言うのも何ですが、非常に新しかったのではありませんか。「二流」としての、正統でない「もの」を「ものがたり」のうえに認める、という提起は一九六七年段階（修論）での「発見」で、世界はまさに構造主義の時代に突入しつつありましたから、世界同時的に起きていた構造主義的発想だったと思います。モノガタリをどう説明するかという発問のなかでそれは訪れた、ということでしょう。以下のように三谷栄一、土橋寛両説を、論述上、対立させていきました。ある点まで構造主義的に、あるいは機能的にその論述は展開させられた、と思われます。

三谷栄一氏（前述著書）は「もの」派でした。実態説です。

もの／かたり

↓だから「もの」とは何かを探求すると「ものがたり」がわかる

という考えで、氏は「もの（＝霊魂）のかたり」説に至ります。神秘な氏族伝承が、そとからは「もの」のかたりに見えるのだ、と。

それはないだろう、と思ったのが、私の意見の始まりでした。三谷説は折口信夫を基盤にした学説と言うことですが、たといそうだろうと、批判すべきを勇気とともに批判するのが後学の務めであります。「ものがたり」の「もの」が霊魂を意味する事例は十四世紀ぐらいまで降りないと、見つかりません（しかも不確実です）。古代の数百例の「ものがたり」のすべて一例も折口説を支持しません。「もの」だけなら、ある段階で鬼（亡魂）や霊魂を意味することがある。けれどもそれらの前提だって、本来的にそうか、けっして断定できることでない。もともと霊魂の意味があるという考えに対する深い疑問です。

土橋氏（「歌と物語の交渉」一九六五、「記紀物語の性格と方法」一九六七、『古代歌謡の世界』所収、一九六八）は「かたり」派で、かたりという語の意味を論じることを中心としました。

もの／かたり＝（もの）かたり

という次第です。そして「かたる」とは、答える、説明する、解説する、という意味だ、と氏は言います。けれども、これも私が調べてみると、『日本書紀』などで、「かたる」は問いかけたり、説得したりする意味の語です。つまり土橋説もまたけっして実態を反映していないのです。

私は、かたりと、ものがたりとの「対立」を考えました。「かたり」とは何であるかと、「ものがたり」とは何であるかとの、対立なのです。これはきわめて機能的なアプローチであり、構造主義的であると言えます。こうして「ものがたり」を「かたりというほどではないかたり」「二流のかたり」として取り出します。「もの」という語は意味というより、そのような機能の成立にかかわるとしたのだと思います。

私のことだから（笑い）、それで満足するということはありません。つまり、私がそこで構造主義者にならなければならない義理はない。機能性を、あるところまでは歴史的に説明したかっただけなはずです。私が歴史を捨てることは一度もなかった、と思います。ここにフルコトの「発見」がかさなるのではないでしょうか。七〇年代にさしかかるころの、本居宣長へ帰れ、ということだったのか、夢のお告げがあったことは『物語の起源』（ちくま新書、一九九七）にやや神秘的なこととして書いた通りです。

そのお告げによれば（笑い）、『古事記』の題名の「古事」はフルコト、『古語拾遺』の「古語」もフルコト、すなわちそれらの「古事」と「古語」とは同一の〝フルコト〟が別の漢字を借りて書き出されている、ということです。神秘ではなくて、ずっと考えていると夢のなかで考えが纏まるということはあるのではないですか。

「故事をむねとはして」(『古事記伝』一)という『古事記』をフルコトブミとは訓みながら、その「事」という字に引きずられたというのが、宣長の千慮の一失だったのではないか。そのことだけ、思いをこの世にのこしたそのひとが、夢にあらわれて私におしえてくれました。

古事記、旧辞、古語拾遺、先代旧事本紀

これらは「旧辞」をも含めて、フルコトを含む書名ではないのか、と私は考えました。フルコトの追及は、私の思いだと実証というべき方法によるとともに、思考実験としてジアンバティスタ・ヴィーコの『新しい学』(一七二五《初版》、邦訳一九七九《一九四六年に部分訳が出ていることについては後述》)に比較できるとは、上村忠男氏が書評で言ってくださり、最近も言ってくださいました(『歴史を問う』7、座談会「フルコト・ミュトス・ヒストリア」、上村、川田順造氏と、岩波書店、二〇〇三)。そのひろがりは認められるとともに、ベースは厳密な古代の実態調査のつもりでありました。

こうして

ふること(古言、古事)

ものがたり(談話、物語)

の対立へと道をひらいてゆくことになりました。藤井の『物語文学成立史』(東京大学出版会、一九八七)が、後書きに自認する通り、「成立」を名告りながら、およそ内容はそれらしくなく、かえって「構造」への視野を切り拓く性格だ、と書いたことと揆を一にします。

その『物語文学成立史』は、いかにも文学史の研究であるかのような表題を有しているものの、およそそれらしくない中身です。さらに、これは物語文学に関する書であるはずなのに、物語文学の最初であるといわれる『竹取物語』にすらはいってゆかないのです。ということは、いわゆる作品を羅列して成り立たせる文学史のたぐいが、この書のなかで否定され、そればかりか、作品じたいが、いったん、ばらばらにさせられるという作業がそこにあり、その作業によって横断的にフルコトやモノガタリが取り出されるかたちの文学史を提案していることになります。

> わたくしの今回の『物語文学成立史』の「成立史」というそれじたい矛盾した名のりはいわば構造の歴史を意味する。『古事記』『日本書紀』『万葉集』などを横断してそこに構造化されているフルコト、カタリ、モノガタリをさながら取り出し、再構成した。
>
> （『物語文学成立史』後書き）

矛盾した名告りだ、とは、成立と史との対立です。このことが、コト（言、事、説話）や、起源をあらわすコトノモト（言本、縁、縁起）にも視野をひらかせていった、と思います。コト（言）はコト（事）だ、というのは古代人の考えた言語（あるいは歴史）哲学に違いなく、それのみちびかれるための深い理由があるはずです。

カムガタリ（神語）、アマガタリウタ（天語歌）の「かたり」が、カタリ部の意味にほかならないことは、あとになりまして、歴史家の平野邦雄氏や、徳田浄という篤実な『古事記』学者のヒントによってもうすこし厳密にできたことであって（『平安物語叙述論』同、二〇〇一）、フルコトの正統な担い手はじつに語部でありました。ついでに言うと、私の『平安物語叙述論』は、「ものがたり」

が物語文学であるとともに、談話（のことをモノガタリと言った——）でもあることから、ややもすれば談話の文法へと作り物語が埋もれてしまう傾向にあるのを避けて、「物語の文法」を新たに立ち上げようとする試みであります。

もどりますが、『源氏物語の始原と現在』における歯切れのわるさとは何でしょうか。歯切れのわるさは兵藤裕己・藤井対談《赤坂憲雄司会》「物語論の現在」（『物語』1〈砂子屋書房、一九九〇〉）でもつづきます。塚崎進『物語の誕生』（岩崎美術社、一九五五）から、福田晃『軍記物語と民間伝承』（同、一九七二）まで、折口学統が考えてきた「物語」の持つ、陰影と言うか、その〈民間伝承〉性を私はけっして否定していないということです。語源としての「霊《もの》」に結びつけることに対して、根拠がないとのみ言いつづけたいのです。フルコトをいち早く口承文学方面で認めてくれたのは、川田順造氏とともに、福田さんでありました。

ヴィーコの『新しい学』はいま、中央公論新社の「世界の名著」シリーズで読むことができます。（責任編集清水幾太郎、清水純一・米山喜晟訳）。うえに言ったように、一九四六年には部分訳ながら『新科学』（黒田正利訳、秋田屋）という書名で翻訳が出ております。ミシェル・フーコー氏の『言葉と物』の成立に深く関与した書物ではないかと私は睨みますが、それはともかくもとして、黒田訳の二四一ページを読みますと、こんなことが書かれてあります。第二部「詩的論理学」第一章「詩の論理に就いて」というところ、

論理学ロジカlogicaなる語はギリシア語のロゴスλόγοςから出てゐて、ロゴスは本来は「物語」

の義であるが、イタリア語に訳されて言語を意味する。

とあります。さらには「ギリシア語の物語を指す語にはまたムトス μύθος がある」云々とつづきますが、いまは省略しましょう。ロゴスは論理とも、〝言葉〟とも、日本社会で了解される語で、それがもともと物語という義であったという、ヴィーコの説明は私をゆさぶりました。『新しい学』のほうでの邦訳も示しておきます。

……そもそも初めは「神話物語」favola を意味するものであった。それがイタリア語に移されて「ことば」favella となったのである。

しかしそのあと、私はすっかり忘れてしまい、上村氏の『バロック人ヴィーコ』（みすず書房、一九九八）を読んだ時にも、深くは思い出さなかったのですが、二〇〇三年になって、『國文學』三月号のある論文を読んでいたとき、青天の霹靂のように、ロゴス＝「物語」というヴィーコの一節が舞い下りてきました。

7　過去からの伝来と文学の予言

山形孝夫氏の「ギュツラフ訳『約翰福音之書』「ハジマリニ、カシコイモノゴザル」を読みなおす」（『國文學』二〇〇三年三月号）によると、その「ハジマリニ、カシコイモノゴザル」は、ヨハネ福音伝の冒頭の、（日本聖書協会・新共同訳で言えば）「はじめに言《ことば》があった」として知られる箇所におなじです。ギリシア語の聖書原典の、ロゴス λόγος が言《ことば》と一般に理解されるいっぽうに、そのギュッラフ訳では「カシコイモノ」となっていることをどう受けとるか、前回にふれ出したことであります。もうひとつ厄介な（と山形氏の言う）事柄があとにひかえるので、さきに「カシコイモノ」について。

『善徳《ギュツラフ》纂約翰《ヨハネ》福音之伝（本文ならびに総索引）』（岩崎摂子編、桜楓社、一九八四）および『覆刻ギュッラフ訳聖書』（秋山憲兄解説、新教出版社、二〇〇〇）によって、「約翰福音之伝」の「ハジマリニ、カシコイモノゴザル」を確認しますと、

（一節）ハジマリニ　カシコイモノゴザル．コノカシコイモノ　ゴクラクトモニゴザル．コノカシコイモノワゴクラク。（二）ハジマリニコノカシコイモノ　ゴクラクトモニゴザル。（三）ヒトワコトゴトク　ミナツクル．ヒトツモ　シゴトハツクラヌ、ヒトワツクラヌナラバ。（四）ヒトノナカニイノチアル、コノイノチワ　ニンゲンノヒカリ。……

とあります。

尾張国（いまの愛知県）の漂流民、音吉らを使っての苦心の日本語訳であり、できあがったその聖書は浦賀港にやって来る（はずでしたが、積み荷が間に合わず、漂流民たちだけやってきます）。そして砲撃を受けて撤退する、一八三七年のいわゆるモリソン号事件として知られます。船上に積まれる

はずだったのは、〝はじめに言《ことば》があった〟、あるいは文語の「はじめに言葉ありき」というような文句でわれわれのよく知る聖書ヨハネ伝の冒頭と、まったく違うと言ってよい相貌をさらす、もう一つの訳文聖書でありました。

ギュツラフ訳の「カシコイモノ」というのが、古典ギリシア語でのロゴスというところに相当します。前回、ジアンバチスタ・ヴィーコの『新しい学』(黒田正利訳では『新科学』)を引いて、イタリア語で「言葉」であるロゴスが、古典ギリシア語では「物語」だったというところに注意を向けました。ロゴスを古く「物語」と訳しうる語だと言うことは、私にとり、あまりにも多くのことを考えさせてくれます。

コト(事)=コト(言)という未分化状態から、次第に出来事と言語とが分離してきた、という考え方が日本古代での言語哲学だと私はこれまで論じてきました。コト(言)という語のなかに、説話や叙事をあらわす意味があることを突き止め、私の『物語文学成立史』ではページをついやしてこのことを論じ立てました。ロゴスが「物語」=説話であり、かつ「言葉」でもあるのだとしたら、まさにそれは私の突き止めたいと念願する、コトという語に相当するのではありませんか。

カシコイ、という語はギュツラフに敬意を表してそのままのこし、ゴザルも、漂流民音吉たちのためにのこすとして、ロゴスをモノからコトへと改めます。

ハジマリニカシコイコトゴザル

というのがヨハネ伝の冒頭でのもっとも忠実な日本語訳で、しかもロゴスの意味は日本語と古典ギリシア語とで、深いところが一致しそうだ、という見通しであります。

山形論文はさらなる藪中へと、私をみちびき入れます。日本聖書協会・新共同訳での「はじめに言《ことば》があった」というのが、「……ゴザル」というように訳出されている、時制の問題であります。山形氏によると、単純過去のように見えても、けっしてそうではなくて、古典ギリシア語で見るとbe動詞の *ην*（エーン）、つまり *είμί*（エイミ）の三人称単数未完了過去時制（imperfect）だと言うことであります。

古典ギリシア語も、ラテン語も、四十年のかなたへと、私の記憶から全部消えてしまいましたが、未完了過去だけは、『物語文学成立史』（一九八七年）のころ、アオリストaoristとの対比ですこし復習したので、からくも脳中に残存しております。鈴木泰『古代日本語動詞のテンス・アスペクト』（ひつじ書房、一九九二、改訂版あり）にも引かれる、（橋本進吉の指摘する）aoristは助動詞「き」に、imperfectは同「けり」に、かなりの確度で似る、とする意見は、ほんとうにそう言えるか、私として注意させられました。

フランス語を学習する際に、〝半過去〟というへんな文法用語があって、オランダ語のガラマチカ（文法書）で使われたのが最初のようですが（藤井『平安物語叙述論』、四六五ページ）、半分が過去だとはどういうつもりでしょうか。アムパルフェimparfait（未完了）の訳で、日本語でのいかにも言い回しらしいとは思います。parfait（完了、完全）が単純過去や複合過去を含むとすると、それに対して未完了は、過去から現在への経過と理解するほかありません。もしかしたらimparfaitは、passé imparfait（未完了過去）というような言い方の略語かもしれませんが、それでも「過去を含む現在」は成立します。

それは日本語の助動詞（私は助動辞と呼びます）「けり」とよく似る、というのが私のもう〝結論〟めく意見になるのですが、論証の堂々巡りをみずから演じてしまっている、と言わざるをえません。なぜと言って、私は「けり」を〝過去からの伝来〟をあらわす助動詞（助動辞）だと認定しますが、その認定をフランス語の半過去へ押しつけている、と言われかねないからです。けれども、『平安物語叙述論』でも書いたことですが、カミュならカミュの小説のなかで（坂部恵『かたり』《弘文堂、一九九〇》に拠ります）、半過去の出てくる箇所を検討してゆくと、おおむね時間の経過をあらわしており、欧米文学では物語の全体がおもに過去時制ですから、その過去における「現在」へと、過去から時間が流れいるような用法が一つの中心となります。そのことをどう考えたらよいのでしょうか。

日本語で書かれる物語文学の基本は、非過去の時制、言い換えれば、〝現在時〟からなっています（物語時称と名づけましょう）。このことについては、承状しがたい方が多くいると思いますが、『源氏物語』にしろ、『竹取物語』にしろ、事実がそうなのだから仕方がありません。その理由の一端として、中国文学（漢文）を学んで始められた日本物語文学であることに求められる、と私は睨んでおります。ともあれ、物語は刻々と進む〝いま〟という時間を基礎にして、複雑に分析的に叙述します。〝いま〟を基準にして、過去のことは過去として記録し（＝「き」によって）、過去から〝いま〟へ注ぎいる経過は「けり」が引き受けます。〝いま〟そのものの分析には「つ」「ぬ」「たり」「り」を擁し、過去の推量はキ（「来」あるいは「き」）プラス「アム」（＝けむ）となります（アムは推量を形成する）。

「き」を中心に歴史語りとして行われる文学が、日本語にないわけではありませんでした。それが前回述べたフルコトであり、『古事記』の地の文はまさにそうなっております。口承世界における、きちっとした伝承では過去時制を喪失することなく、要約文や講義文、また咄本などに引き継がれ、近世の読本などにも歴史書の体裁であるためか、過去の時制を持つことがあります。欧米の叙事文学では知られるように過去時制が発達させられてゆきました。

日本語の叙事は欧米語と逆に、現在時制のほうへ傾いてきます。語るのは現在であり、過去のことも、現在での伝来として語ります。物語文学が、『伊勢物語』などは特にそうですが、文末が「けり」「けり」「けり」「けり」……とつづくのは、「たということだよ」＝「た」《過去あるいは完了》「ということだよ」《現在へ持ってくる伝承（の確認）》……と、繰り返しているのであり、現代での昔話（口承説話）の、あったてんがの、てんやて、たげな、たずもな、みなおなじです。そして伝承の「けり」とともに、物語文中に「けり」もまたあふれるようにあって、物語内の〝いま〟へと注ぎいる時間の経過をあらわしたい場合に、ごくふつうに使われます。まれには未来の確定的な時点へと注ぎいる用法すら見つかります。

ヨハネ伝について言うと、未完了過去であるからには、けっして「はじめに言《ことば》があった」または「はじめに言葉ありき」というような、過去のこととして叙述した表現ではない、ということになります。最初にロゴスがあって、それはずっとつづき、いまにもあるのだ、という経過となる、つまり「はじめに言葉ありけり」と文語ならば訳すのが正しい。「ハジマリニ、……ゴザル」という「ゴザル」に込められた現在性のほうが、「あった」「ありき」よりは聖書原文の思いに近いのではないか、ということであります。

いったいいつごろから、日本語の叙事文学は、過去という時制を、こんにちに見られるように一般としてきたのでしょうか。現代の文庫本や何やの小説のたぐいにあふれる、「た」「た」「た」……という過去（完了を含みます）を優勢とする文体は、たかだか百数十年の歴史しかありません。言文一致という近代主義運動のなかで、〝獲得〟されてきたことです。もうそのころには、文語文は形骸化しているわけですから、文章改良運動がいけないことだったというつもりはありません。しかし、古文の学習という点からのみ言うと、「き」が「た」に、「けり」が「た」に、「つ」が「た」に、「ぬ」が「た」に、「たり」や「り」が「た」に、そして「き」でも「けり」でも「つ」でも「ぬ」でも「たり」でも「り」でもない、現在時制ないし非過去と言ってよい文末が「た」になるという（典型的なのが与謝野晶子の『源氏物語』現代語訳です）、近代を迎えることに、何というか、ものの哀れを感じます。

日本語の本来は、『源氏物語』の時代などにおいて、六種から七種の時間を使い分けていたのが、「た」一つになりまして、これでは時間哲学みたいなことを哲学者がやろうとしても、現代日本語ではなかなかできないのじゃないかと心配いたします。そうでもないですか。日本古典文学（散文）の英訳なら英訳は、ごく一部での試みを除いて、過去時制にあらわされます。復元語訳としてならば、現在時制ないし無時制を工夫して翻訳する理論の構築が望まれます。精密な翻訳を試みるためには、現代語の文法的破壊を許容するほかないようです。そういう license（licence 破格）として、言語的にたがいに譲りあうことがよいのではないでしょうか。

gender（ジェンダー、性）の問題に、突然、向かいます。なぜなら、gender はまさに〝文法〟の課題にほかならないからです。それは文法用語であるにもかかわらず、文法としての gender をほぼ喪っている英語圏で、社会学的な（思想的な、と言いたい人もおりますが）ジェンダー（性役割）論として誕生します。言語的基礎としての文法をきちんと把握したうえで、社会学ないし思想（としての〝文法〟）が始まるのがよいと、学的輸入に明け暮れる日本社会では言いつづける必要がありそうです。

フーコー派（ヘーゲル派かな?）のフェミニズムすら出現するアメリカ社会ですが、以前のフェミニストたちは多く女性詩人や文学者、批評家であったという基本を忘れたくありません。第1回以来、言うように、フーコー氏らの屍が乗り越えられるのはよいのですが、まさに文学の衰弱が叫ばれるこんにち的状況と符合するかのようにして、ジェンダー論が旺盛になっております。第1回に述べたように、武器を思想に変えた、（男どもの）闘い、構造主義者たちのそれらは、美しい闘い死《じ》にのように見えます。

フランスで言うと、矛をおさめて、戦後というのがほんとうにやってくるのは、一九七〇年以後なのです。ええっ、と思われるかもしれないが、アルジェリア戦争の終結が一九六二年で、ベトナムではさらに戦いがつづきます。ベトナム戦争はもともと「フランス領」で起きた戦争だ。モロッコおよびチュニジア戦争は「保護領」での独立戦争でしたが、アルジェリアに至ってはまったく「日帝三十六年」「日韓併合」とおなじではありませんか。まさに「フランス本国」での凄惨な、殲滅をも含む、七年戦争で終末を迎えたのです。構造主義が実在主義と死闘を繰り拡げるのは、あるいは構造主義内部で男どもが闘うのは、そういう戦時下や戦後での模擬戦にほかなりません。よいではないですか、非戦とは思想のうえで〝戦争〟をやれ、手を出すなということならば、我慢の範囲内です。一九七〇年代になって、真に終戦となり、フランス国が疲弊しますと、男たちの屍を踏みつけるようにして、英語圏でのフェミニズムの〝闘い〟が始まります。

男たちの闘い方の枠どりを引き受けたかたちが当初だったかもしれませんが、一九八〇年代の後半になりますと、女性学の本がしきりにアメリカの書店や大学書籍部にあらわれるようになります。九〇年代にはいっては男子学生たちが「ぼくたちクイア・スタディーズ queer studies です」というのにも会いました。ジェンダー・ロウル（役割）を社会化するうごきは、それまで日本古典女性文学にたずさわってきた（つもりの）自分にとり、いまだ知らざる新しい視野でありました。女、男というロウルを分ける、というのは新鮮でしたが、しかし自分として、かならずしもその分類に得意になれない思いがしました。ジェンダーとセクシュアリティとを分ける、という考え方は、今日の男女共同参画法を成立させるというようなパワーを秘めております。しかし、かたわらに、ジェンダーとセクシュアリティとを明確に分けられない、という少数意見もただちに出てきて、まさに feminisms です（とシカゴ大学のノーマ・フィールドさんがそんな言い方を笑いながらしていました）。ジェンダーとセクシュアリティとを分けるという考えには私も感心しながら、じっさいにどう分けるのか、本音を出し始めると、議論として一挙にゆきづまったと思います。

姫君クラス、高級貴族の女性、侍女たちと、庶民クラスの女性もいる、そういう階層的、職業カースト的な差別もまた本音のところで生きられると思います。クラス（階層）によってことば使いはすっかり違おうし、また相手によってことばはすっかり変わるのであります。日本古典語じたいに男女差がはたして顕著か、という課題も無視しえません。また彼女たちが、性的配置にかかわる場合、かかわらない場合、という課題もある。階級というなら、〝サバルタンな〟(日本社会で言えば被差別)研究から再分割されることでしょう。

『源氏物語』などの物語文学を始めとして、日記文学、和歌文学などを女性たちが支え、みずからの表現としてきました。日本女性文学には何が書かれているか、どういうテクストの実態か、どんなジャンルを通して彼女たちは表現をうち固めていったか、それらの豊かな内容の持つメッセージ性をいまほど世界へ発信する必要に迫られているときはほかにない、と私は信じます。

構造主義のかなたへという題をかかげて、各週のトピックを述べてゆくなかで、沖縄文学、アイヌ語、女性文学といった、いわゆる少数者とされる文化が比較的多く話題になったと気づいてくださったと思います。日本社会にいるとわかりにくいのは(アジア人差別、黒人差別などの)人種差別や、宗教者差別で、逆に比較的わかりやすいのが、中上健次が路地として形象化する、人間が人間を差別することによって、人権そのものを根源的に否定する、その意味での文学的退廃です。そのはずなのが、文学研究そのものの怠慢によって、だんだん分かりづらくなってきました。

文学とは何でしょうか。それは言語的基礎を措いて、ないはずですが、あるいはその意味で、うたや物語であることを捨ててありえないはずですが、中上は文学と差別とのかかわりをさいごまで守りました。けれども、そこからが意見の分かれるところかもしれません。路地(中上の生誕しそこに育った被差別集落のことです)の消滅を見とどけるかのようにしてかれは亡くなったと、論じる人たちのなかで感じられています。しかし、小説とは、つねに予言の一部なのではないですか。世界の路地を更地《さらち》にするうごきは、これからの地上で、もっともっと起きることであり、中上の予言はなかばで頓挫しているに過ぎません。湾岸戦争、そしてイラク戦争が、環境を破壊し、世界の更地をふやしつづけております。文学が言語の予言的性格に規制されるとするならば、そのことの解明こそはテクストの命じるところです。エンタテインメントのみで文学が終わるのでなく（純文学としての、と言ってよいでしょう）、文学がなお生きのびることを求めるならば、言語であることじたいが文学の予言性を産む、と了解する必要があるでしょう。

8　コレージュ・ド・フランスの庭

第2回に書いた、椅子に縛りつけられて「芸術」を観たり聴いたりするのが、ギリシア悲劇や近代での享受者の誕生だ、というヒントは、テオドア・W・アドルノ、マクス・ホルクハイマーの『啓蒙の弁証法』（一九四七）から、野村修氏の著書をへておしえられた、といま自分の『源氏物語の始原と現在』（一九七二）を読み返して思い出します。そのような欧米近代主義（と言ってよいでしょう）なんかに対すると、もう片方の、気になるのはレヴィ＝ストロース氏がどう自説を展開してゆくかですね。

つぎの一文をまず読みあげます。

又、舞に、目前心後と云ふことあり。「目を前に見て心を後ろに置け」となり。是は、以前申しつる舞智風体の用心なり。見所より見る所の風姿は、我が離見なり。然れば、わが眼《まなこ》の見る所は、我見なり。離見の見にはあらず。離見の見にて見る所は、則、見所同心の見なり。その時は、わが姿を見得《けんとく》するなり。わが姿を見得すれば、左右前後を見るなり。然れども、目前左右までをば見れども、後ろ姿をばいまだ知らぬか。後ろ姿を覚えねば姿の俗《しょく》なるところを〈わきまへず〉。さるほどに、離見の見にて、見所同見となりて、不及目《ふぎふもく》の身所まで見智して、五体相応の幽姿をなすべし。是、則、心を後ろに置くにてあらずや。返々、離見の見を能々《よくよく》見得して、眼《まなこ》まなこを見ぬ所を覚えて、左右前後を分明に安見せよ。定めて花姿玉得の幽舞に至らんこと、目前の証見なるべし。……

（世阿弥『花鏡』、一四二〇年代）

と、思わず長めに引きました。自分の目で見るところは我見で、観客席から見る自分の姿は自分の離見である、あるいは離見の見で見るならば、観客席から見るのとおなじ見である、云々とある、よく知られる通り、世阿弥の「離見の見」であります。

レヴィ＝ストロース著“LE REGARD ÉLOIGNÉ”（Paris 一九八三）は、邦訳『はるかなる視線』（1・2、三保元訳、みすず書房、一九八六、一九八八）で読むことができます。その2分冊めの「訳者あとがき」に、一九八六年の来日のおりの講演の一節が引かれているので、それをもすこし孫引きさせてください。

実際、私は、一九八三年に公刊した著書にどのような題をつければ、人類学的な省察の二重の本質を読者に理解してもらえるかと考えた。その省察は、一方に、遥か遠くを見る、観察者の文化とは大きく異なる文化に目を向けることでありながら、観察者にとっては、自らの文化を遠くから見る、あたかも自分が異なる文化に属しているかのように見ることでもある。こうして私が最終的に選んだ題“Le regard éloigné”（離れた視線）は、世阿弥を読んで得た着想であった。同僚の日本学者の助力を得て、私は、離見の見、という語句をただフランス語に移し替えただけだ。

『はるかなる視線』という邦訳題は、けっしてまちがっておりません。しかし、日本語だと一義化してしまいます。これは「離見の見」だったのです。ここに述べられてあるのはギリシア悲劇や近代主義での観客との舞台との二元性では説明しきれない、見所同心というべき一体感への鋭い着目であります。

みぎに出てくる「同僚の日本学者」とはだれでしょうか。コレージュ・ド・フランスでの同僚で、仏教学者でもある、ベルナール・フランクさんに相違ありません。いまフランク氏の『日本仏教曼荼羅』（藤原書店、二〇〇二）をひらきますと、序文をレヴィ＝ストロース氏が書いております。コレージュ・ド・フランスの庭を示しながら、フランク先生は私に、「このへんをいつもレヴィ＝ストロースが歩いているのです。三十分も待っていれば出てくるのですがね」と、おしえてくれました。三十分待つ時間がなかったので、それだけのことになりましたが、私にはコレージュ・ド・フランスの学究たちが、庭を散策しながら意見をかわし、おしえあうという、知の羨ましいばかりの交歓風景を思い浮かべさせられたことでした。門を出たところでは先生が急にけわしい声になって、指さしながら、「ここでロラン・バルトが交通事故に遭ったのですよ」。

レヴィ＝ストロース氏の論文「Lectures croisées」（一九八二、「交叉する読解」と訳します）は、その“LE REGARD ÉLOIGNÉ”に収められます。邦題として「おちこちに読む」となっていますが、原文のcroiséeは、明らかに日本古典文学の『源氏物語』を、マダガスカル語の歴史神話伝承その他、数種の文献と〝交叉〟させて読む、さらには交叉いとこを取りあげるという意図をそこに引っかけてある題ですから（だと思います）、「おちこち」では交わらない平行線のようで、かえって交叉いとこならぬ「平行いとこ」になるかもしれない。

レヴィ＝ストロース氏の読解は、精妙にテクストに迫ります。『源氏物語』から読みとれる社会では、いとこ婚がけっして無視されているわけでなく、慣行となることが多い、しかしその社会内で、歴史上のある時期として、この風習についての疑問がさし出されるようになった、そういう歴史的推移の時代の所産である、と位置づけます。だから物語内の登場人物たちのさまざまな「主観的態度についての証言」をそのまま取りあげることに意味がある、と氏は言明します。

娘、雲居雁（実母は再婚して去る）と、甥（同母の姉である葵上と光源氏とのあいだの子、夕霧、交叉いとこです）との結婚の損得について思いめぐらしながら、物語の登場人物の一人、頭中将は母の家をあとにします。「いとこ同士の結婚はまったく考えられなくはないが、問題が起きないとしても、世間的にはおそらく何の得にもならないだろう」（「少女」巻、該当するところは新大系二―二九五ページ《ここの訳はおおむね三保氏に従う》）。二日後、頭中将は母とこの計画について話し合い、自分の考えを述べます。「相手はたしかに学識もあり才能豊かな青年で、宮廷の誰よりも歴史に通じているかもしれない。しかし、身分の低い人たちのあいだでも、いとこ同士の結婚はどちらかといえば困ったことだし、下品でさえある。娘のためにはならないのだろう。相手にしても、裕福で品位のある女性をもっと広い範囲からさがしたほうがよかろう」（二九六～七ページ）。夕霧が娘を薫か匂宮かにとつがせようと考えたときにも（六の君のあいてを迷ったこと――「宿木」巻）、おなじような状況がある、と言います。薫は夕霧の義弟と思われているが、真相は夕霧の妻（雲居雁）の兄（異腹、柏木のこと）の子で、いっぽう、匂宮は夕霧の父、光源氏の娘（異腹、明石の姫君）の子です（つまり交叉いとこ）。実際にはここでの親族関係はきわめて複雑で、これだけのつながりにくわえて、まだ他のつながりがあってもふしぎはない、としつつ、いずれにしても夕霧が最初に思ったことは、自分も母方の交叉いとこと結婚しているくせに、「さすがにゆかしげなき仲らひなるをとは思ひなせど、……」（一般には近い親戚どうしの結婚はあまり利がないと思われている）（「匂宮」巻、四―二二二ページ）と、匂宮に至ってはさらに気がすすまないようすで、「ゆかしげなき仲らひなるうちにも……」（「椎本」巻、三七三ページ）と言っています。

用例を検討しながら、物語の登場人物の思いのなかで、いとこ婚が、より遠い親族間の結婚と対立すると捉えられていることを指摘して、たしかに安定した生活をもたらすにしても、単調になること、つまり何世代にもわたって、同種または類似の縁組が繰り返され、おなじ家族、社会構造がただ再現されるだけであること、逆により遠い親族との結婚は、なるほど危険であり、冒険でもあるが、投機の対象になり得ること、この種の結婚は斬新な縁を結び、歴史は新しい連合の作用で大きく揺れることになる、と論じられます。当事者たちの思うような「心躍る経験」は、いとこ婚が背景としてある舞台のうえでこそ、それらと対立して繰り拡げられることになるはずだ、という指摘です。

さらに、この解釈の反証となる場合が一度だけ見られるとして、登場人物の一人にいとこ婚を弁護させているケースをもレヴィ＝ストロース氏は見のがしません。すこし引用すると、

皇太子であったころ、天皇は左大臣の娘藤壺と結婚した。皇太子は妻を深く愛していたが、身分の低い家柄であったため、皇后にすることはできなかった。藤壺は後年遅くに、娘を一人生んだが、父・天皇は二の宮の位にあげただけだった。母方は裕福ではあったが適当な後だてとなる者がなかったので、二の宮は父母両系統から相続した身分の配合で、……（以下略）

云々。この辺り、『源氏物語』のどの場面のことを言おうとしているか、わかりますか。「宿木」巻です。ずっとまえの「梅枝」巻で、今上帝（が皇太子だったころ）の後宮に、最初に入内した女性に、左大臣の娘、麗景殿女御というひとがおりました。その女性が、ここに出てくる「藤壺」のことだとは、古注などが指摘しています。ほかに名案もないので私もそう見ておきますが、『源氏物語』のなかでは三人めの藤壺です、ややこしいですね。

というより、日本国内での読者が、いまだに冒頭の「桐壺」巻に出てくる藤壺のことを「藤壺女御」だとまちがったり（女御ではない）、日の宮だと思いこんだり（妃の宮が正解）、混乱して平気ですが、

レヴィ＝ストロース氏は、三人の藤壺（二人めは女三の宮の母）を完全に理解し分けております。父方について、「身分の低い家柄」だとあるのは、生母について言うのでしょうか、特にとがめる必要のないことでしょう。

母の藤壺が急死すると、女二の宮の将来が危ぶまれるようになります。天皇は薫を女二の宮の夫として考え、「これほど適当な候補者がほかにあろうか。……先代での例にならうのが最良の策だ」（宿木、五一三一ページ）と、これは母方の交叉いとこの結婚の定義としては、理論的に非の打ちどころのない在り方だ、ということです。この場合、何よりも安全第一にことが運ばれている、二人のいとこを結び合わせることで、天皇は上位者との結婚と、下位者との結婚とのある種の平衡を回復しようとしている、と。これらの縁組の対照的な特徴は、どちらの場合にも、配偶者の一方が、すでに母方の後だてがないうえに、父方では、年少系でもあることに起因しているのです。以下、みなさんの読解にまかせるものの、サイデンスティッカー訳から読み取られる物語像の、メッセージ性の豊穣さには舌を巻くばかりです。

私は一九七〇年代後半の論文「タブーと結婚」（『国語と国文学』一九七八・一〇）において、罪の発生から始めて、近親婚のタブー、結婚の成立と不成立、交叉いとこ婚と平行いとこ婚との非対称性、タブー婚と許される結婚関係との差違、一夫多妻制下での正妻選択の法則性などを、縦横に論じてみました。結婚とは密通関係を含める、あらゆる情交関係、ひいては情交不成立の場合もさします。レヴィ＝ストロース著『親族の基本構造』（一九四九、増補版一九六七、英訳一九六九）を〝教科書〟にして、悪戦苦闘した結果であることはいうまでもありません。当のレヴィ＝ストロースそのひとが八〇年代になって私を追いかけてきて、『源氏物語』を舞台に親族構造論を展開するとは、この「おちこちに読む」(邦題)にそれを見いだしたときの私の嘆息は、みなさんわかってくださるでしょうか。

三代にわたる交叉いとこ婚の連鎖を『源氏物語』に見いだしたことは私の喜びでしたが、それらの結婚を「ゆかしげなき」それだと、レヴィ＝ストロース氏はちゃんと、事例ごとの物語内での微妙な差違点に至るまで、ぜんぶ論及しています。どうしてそこまで自分はしなかったのかと、疚《やま》しさと、快い敗北感とのいりまじる嘆息というところでしょうか。

『親族の基本構造』についてはこの連載の第1回においてふれました。けっしてフィールド調査の報告ではないので、一口に数千と言われる文献を駆使して、構造のネットワークからあらたに事例を読み直してゆくレヴィ＝ストロース氏です。その一つ、ここに持ってきたマルセル・グラネの『古代中国における結婚のカテゴリーと近親関係』(一九三九、谷田孝之訳、渓水社、一九九三)は、昭《しょう》穆《ぼく》系列などを調べあげた、議論の出発点をなす名著で、大いに利用されました。このような本までが邦訳されております。

私は『源氏物語』にあらわれる婚姻関係を全部、系譜および系図に書き出してゆきました。一覧表の初稿を寺子屋教室の講座で発表したおぼえがあります。重要な、あるいは問題含みのこととしては、うえに述べたように、正式の婚姻も、そうでなさそうな結婚も、密通関係も、そして情交関係を生じなかったすべての場合も、結婚の範疇にいれ、平等にあつかったことでしょう。一夫多妻というくびきのなかで一対一的な性関係がどう成就されるか、まさにその「矛盾」を克服する仕方こそ、かれらの知恵をしぼったところであり、物語は（日記文学をも含めて）それらを大胆にえがく熱き現場であります。いろいろな矛盾をかれらがどう受け止めていたか、という証言としては、歴史史料でないにせよ、第一等の資料群なのではありませんか。歴史学への批判をそこに込めたと思います。

『親族の基本構造』からは説明できないこと、『源氏物語』にとって重大に思えることがたくさんのこりました。一夫多妻制の非対称性（なぜ父系からタブーと非タブーとが決まるのだろうか）、密通を犯す妻たちはどうして出家するのか（『源氏物語』の五大密通がぜんぶ出家というかたちで罪障意識を自覚されているのに対して、密通しない女性は例外を除き出家しない）、離婚、再婚の問題など尽きません。源氏―葵上間は、愛情がうすいようでも、やはり交叉いとこという感情を読み込まずにいられません。朝顔の君（出家します）、秋好《六条御息所の遺児》、そして玉鬘と、光源氏はどうして結ばれないのでしょうか。宇治十帖の薫は三人の女性たちと苦しい恋をつづけて、なかなかうまく行きません。なぜでしょうか。藤壺、六条御息所らの恋はタブーだったのか。添い臥しとはどういうことで、処女性のタブーはあるか。どれ一つとってもだいじなことと私には思えます。そこで構造の網をかぶせて当時の結婚像を全体からさぐってみた次第です。

一夫多妻がルールとしてどのように夫婦間に成立してゆくか、というところに一つの焦点がありました。金田元彦氏により旺盛に書きつづけられる「源氏物語私記」という論文シリーズでは、折口信夫をヒントに、女性三十歳「床避《さ》り」説が立てられていました。妻である女性が三十歳になる、すると夫は若い女性を迎えるとともに、もとの妻を正妻（北の方）へ据える、というルールを考えられる、と私は敷衍させました。これによって、六条御息所（の生霊）がなぜ二十九歳のとき、葵上をとり殺すのか、紫上や雲居雁がなぜ三十歳を越えると、夫たちは新しい妻を迎えるのか、などを解決できます。むろん、一夫一婦ならば床避りなど無用のことですから、繰り返しますがこれは「一夫多妻」論の一環であります。

新婚期間についてはルールがあるらしく、『蜻蛉日記』によると、一年、通い婚によって子供ができると、男はつぎの女性との関係を生じます。そういうことは『源氏物語』にも応用できるのではないか。高群逸枝氏の招婿婚説がどこまで成り立つか、格闘せざるをえませんでしたが、『招婿婚の研究』は、妻方開始、夫方居住を原則とする、というように修正しつつ、受けいれることができると思います（大きな修正ですが）。一夫多妻ですから、添い遂げるのが一人とすると、ほかの女性と別居し、離婚します。別居や離婚ということが女性たちの誇らしい敗北、恥ずかしくない選択であったことは、『蜻蛉日記』を始めとして事例にこと欠きません。

いろんな思いを詰めこんだ論文「タブーと結婚」でしたが、冬樹社版『源氏物語の始原と現在』定本（一九八〇）に収録した時、図版作りに失敗しましたので、正しいのを作りなおして、砂子屋書房版（一九九〇）および『物語の結婚』ちくま学芸文庫版（一九九五）にいれてあります。そちらを参照してくださるように。

日本語の物語である『源氏物語』について、人類学者は日本学者に、コレージュ・ド・フランスの庭で出会うたびに、質問をかさねつつ、その「おちこちに読む」を完成させていったのだろう、というようなことを自由に空想しながら、私の今週の話題でした。

キーワード集——後ろ書きに代えて

「一　構造への序走」

「習俗と規範——〝婚姻規制〟図」（『物語研究』第十六号、二〇一六・三）と部分的にかさなるところがある。

「二　比香流比古（小説）」

「二　比香流比古（小説）」（『ユリイカ』「〈光源氏〉幻想」特集、二〇〇二・二）は、小説のかたちを借りて（マンガ文化も利用して）、いわゆる『源氏物語』「レイプ」問題をかなりかろやかなステップで踏んでみた。研究的な言説だとなかなかゆき届かないテーマは、小説が有効な方法ではないかとする実験でもある。ヒントは折口信夫にあって、田遊びの父子をめぐる葛藤をえがくのに、「身毒丸《しんとくまる》」（一九一四年ごろ稿、旧『全集』十七、新『全集』二十七）という〝小説〟形式を採用したと、かれの附言のなかで明言されている。旧『全集』がそれを芸能史篇に収録したのは見識だろう。古典に取材する自由な創作とまったく違って、私は『源氏物語』に不自由に縛られながら、想像の翼を広げるといったていの試みで、現代語訳に至るまで、研究者たちの検討に供されるように仕上げてみた。しかも、サブカルチュアでありうる物語文学の生きのさまをえがいてみようとした面がある。

キーワードを書き出せば、たぶんこういうことになる。

rape（＝強姦）　空蝉の君　一夜妻　物語学　年間テーマ

「三　源氏物語というテクスト――「夕顔」巻のうた」

「三　源氏物語というテクスト――「夕顔」巻のうた」（寺田澄江・小嶋菜温子・土方洋一編『物語の言語』、青簡舎、二〇一三）については、巻頭の著名な「心あてに」歌をめぐり、学界での議論の尽きないさまはそれとして（愉しいと思う）、私としては全国大学国語国文学会（於、梅光女学院大学）に口頭発表し、「三輪山神話式語りの方法そのほか――夕顔の巻」（一九七八、『源氏物語論』岩波書店、二〇〇〇）という論文に纏めた内容について、いま変更する理由がない。女（夕顔）は夕日に映える光源氏の顔をしっかり見たのだし、だから「それかとぞみる」（あなたは光源氏さんでしょ？）と詠みかけるうたの内容について、疑問をさしはさみようがない。

キーワードは、文法を中心として、

「ぬ」　「けり」　「すこしさしのぞきたまへれば」　「それか」　「まし」

としておこう。フーコー氏的に言えば、「言語学」はこんにちにおいてなお、最大の関心が寄せられなければならないことのはずで（「十五　構造主義のかなたへ」参照）、テクストと向き合う第一歩として文法がある。古典詩歌というテクストをどう読むか、研究者どうしで文法優先というルールが確立されているならば、「心あてに」歌をめぐる紛糾はそんなになかったろう（寂しくなるが）。

『物語の言語──時代を超えて』は、二〇一一年三月にひらかれるはずだった、パリでのシンポジウム「語り──時代を超えて」を、本来ならば纏めて刊行される趣旨の書物と聞く。日本社会を襲った東日本大震災（津波遭害そして放射能災）はその企画を直撃することになった。シンポジウムじたいは規模を小さくして行われるとともに、たいへんな苦労をかさねての刊行であり、物語文学のために注がれた各位の尽力に対し、深い敬意をあらわしたく思う。

「四　赤い糸のうた（小説）」

キーワードは、

絶唱　伊勢の御息所　神話の女のすえ　憑依　瞬間通路

としよう。六条御息所は憑いて働く生き霊、死霊、さらには悪霊とともにえがかれるという、おぞましい女性としてある。「おぞましい」という評価で誤りないにしても、それなりの理由があって憑依し、殺しも働くし、病気に陥れたりもする。なぜだろうか。桐壺一族と明石一族とは同族であるらしく、六条御息所はこの〈桐壺─明石〉一族に対して守護霊として働く。〈桐壺─明石〉一族以外に対しては祟る。それは徹底している。「明石」巻でどうやら明石の君を背後からささえ、光源氏と交わらせようとしたのは六条御息所（の生き霊）だった。若い明石のからだを使ってほんとうは六条御息所が交わりたかったのかもしれない。六条院は六条御息所の旧居だから、六条の記号的意味は両者をつなぐところにある。紫上を退散させ、女三の宮を追放し、六条院は最終的に明石一族の手に落ちる。

『新潮』(一九九八・二)が発表誌。それの附記に「『瞬間通路』の詩人植田章子氏による明石の考察から着想された箇所がいくつもあり、記して感謝します」とある。

「五 性と暴力――「若菜」下巻」

「五 性と暴力――「若菜」下巻」(『新時代への源氏学』3、「関係性の政治学」Ⅱ、竹林舎、二〇一五)は、研究論文集への寄稿というかたちで「レイプ」問題に向き合う。冒頭の猫語程度の遊び心はお許しあれ。女三の宮という猫に、柏木という男は六年という歳月と、手段とを尽くして近づき(幼なじみの女だ)、理性を喪う。女三の宮は皇女であり、人妻でもあり、密通という重罪を犯したことになる。死をもって償ったのは男で、女は出家という罪の洗浄の仕方を取る。こんな二人でも論者は「レイプ」だと決めつけるかもしれない。このようなケースが「レイプ」だとすると、そのように論じるひとの考える男女関係とは、正妻格の女との男の性関係以外がすべて「レイプ」ということになってしまい、一夫一妻のみをよしとする、道徳主義者のそれのようなことになるであろう。

キーワードは、

見返るその人(女三の宮)　猫というエロス　戦争犯罪　出家する女性と出家しない女性　文法的性

ということになるか。

「六　橋姫子（小説）」

これも小説の形式に借りる（発表誌は『新潮』二〇〇二・四）。キーワードを示せば、

橋姫物語　最初のうた　恋の初陣　夫婦の成立　どんな魔物が

となる。宇治の大い君は薫の君とついに結ばれることなく昇天する。これは大きななぞであり、結婚規制を論じる一角に〝憑依〟を置いてみたい。小説というかたちを借りる以外にあらわしようのないテーマとして、了解せられたい。会うことのできなかったフィリッパイ氏とは、小説のなかで会えたかのように虚構化してある。

「七　千年紀の物語成立――北山から、善見太子、常不軽菩薩」

発表誌は『新潮』（二〇〇八・一〇）で、この年は源氏千年紀と言われる〝祭り〟に彩られ、私もいくつか、頼まれ稿をものした、そのなかから一作だけここに収録する。文芸誌なので、小説家の中上健次にふれながら、考えてきたことを要領よく纏めてある。キーワードは、

「俊蔭」巻の発見　『源氏物語』の原始性　悪人のモチーフ　『教行信証』　僥倖

というように並べたい。日本社会が産んだ大きな思想的書物、『教行信証』を読んでみようと、決意したのはよいが、何年もかかったという思いがある。ただし、それの副産物は多くて、『大般涅槃経』に取り組む親鸞という映像が一時は眼に浮かぶぐらいだった。薫が悪人としての映像を結ん

できたのもそのさなかにおいてだ。いっぽうの、常不軽菩薩と言えば、だれしも思うのが日蓮だろう。たぶん、日蓮を思い浮かべるので誤りないと思う。

「八　源氏物語と精神分析」

『フロイト全集』第18巻附録の月報5（岩波書店、二〇〇七・八）に寄稿する。キーワードは、

「罪悪意識の二種」（古澤）　大般涅槃経　観無量寿経　薫型コンプレックス　母女三の宮の修行姿

ということになる。阿闍世王コンプレックスと『源氏物語』とのかかわりについては、『タブーと結婚』に論じたところ。『大般涅槃経』を読み終えるのに数年を要した、と告白したい。『源氏物語』をエディプス・コンプレックスで読んでもそんなに実入りがないのに対して、古澤平作氏とともに阿闍世王コンプレックスで読んでみたらどうだろう、という提案は、フロイトその人が賛成してくれそうな気がする。

「九　物語史における王統」

『源氏物語』をつらぬく設定にここいらで振り返ってみよう。高麗の相人の予言と、藤壺という妃の宮の登場とが、おなじ「桐壺」巻で語られる理由は何か。光源氏が妃の宮を犯してできた子によって新王朝が建てられる、という予言だったと論じる。須磨、明石への光源氏の流離ということまで高麗の相人は言い当てている。東ユーラシアの一角からやってきた相人にとり、国の興亡は大

前提だ。何か大異変がおきる、と予言する。時の王妃に通じてなした子が新王になることで、予言内容は実現したという次第だが、じっさいに戦闘が起きて京都政権を倒したわけではないから、キーワードを「幻の王朝」としておく。幻想のなかでは十分に戦闘状態を含んだ物語だったろう。

翻訳概念としての術語（翻訳語）　反逆者の王権　日本文学から世界文学へ　「国のおやと成《なり》て」　幻の王朝

というキーワードと認定する。初出は高橋亨編『源氏物語と帝』（森話社、二〇〇四）。

「十　世界から見る源氏物語、物語から見る詩」

一〇〇八年　七十五年間　藤原純友の乱　九一九年　太宰府の地

というキーワードとする。幻の戦闘状態を承平・天慶の乱とのつながりで構想してみた。もともと講演のための草稿で、発表誌は『詩界』（二五八号、日本詩人クラブ、二〇一一・九）。

「十一　源氏物語の分析批評——「語る主体」への流れ」

一九七二年の冬に、物語研究会で小西甚一氏による講演を聴いたことは、じわっと効いてくるというか、その後のテクスト論の流行に氏はぴたっと照準をあわせていた。改めてここに記録しておきたい。キーワードは、

ニュー・クリティシズム　自由間接話法　話主　物語音読論　心内文

という配列で、初出は伊井春樹編『講座源氏物語研究』一（「源氏物語研究の現在」、おうふう、

二〇〇六）。

［十二　物語論そして物語の再生──『宇津保物語』

中上健次と『宇津保物語』とのかかわりをえがいてみた。

現代文学に対する反措定　『宇津保物語』から『源氏物語』へ　「中上健次論」　世の物語論の動向　物語的闘い

というのがキーワードの提示となる。初出誌『太陽』別冊（「中上健次」、二〇〇二・八）。

［十三　〈『源氏物語の論』『平安文学の論』〉書評］

秋山虔『源氏物語の論』『平安文学の論』（笠間書院、二〇一一）の書評として書かれた。二〇〇七年（だったか）の中古文学会（於、中京大学）での氏の講演内容の一端に、情報過多社会ではみんなで一定量の情報を持ち合うことで、それ以外の情報を排除する結果、知らずして知的貧困に陥るとあった。キーワードとして、

その時代の文学　ベルナール・スティグレール　象徴的貧困　召人たち　研究共同体

とする。初出紙『週刊読書人』二〇一一・一一・二五号。

［十四　国文学のさらなる混沌へ］

物語研究会を立ち上げた、三谷邦明さんについては、「山麓の文学」というのを書かせてもらった（『物語研究』第八号、二〇〇八・三）。ここはそれでなく、やや古い書評である一文のほうを載せておきたい（『図書新聞』一九八九・八・一九号）。

キーワードとして、

批評的な書物　方法によって本文を読む　明快な言説　「それからそれから」と「なぜ」　脱構築批評

と書き出しておく。三谷言説理論に対して、私はつねに反対意志を表明する立場でいつづけた。それはある種のロウルプレイイングゲームであったと思う。かれの精力的な活動がなければ、この四十年の日本文学研究の「国際化」という画期はなかった。海外からやってくる研究者たちを物語研究会へ誘い、交流し、仲間として親しくテーマを語り合うという、こんにちでは一般のことかもしれないが、初期においてやってのけたのは一にかれのヴァイタリティに拠る。物語研究会のことは「比香流比古」のなかに「物語探求会」という虚構名にしてある。

「十五　構造主義のかなたへ（講義録）」

『國文學』（学燈社）に連載した「構造（主義）のかなたへ」（八回、二〇〇三・八〜二〇〇四・三）が、いったん、シリーズ本の『物語理論講義』（東京大学出版会、二〇〇四）のうち、（順序で言うと）18、4、7、6、3、1、14、16講および「おわりに」にすがたを変えていたのを、こんかい、もとのかたちにもどすことになる。文字通り、定年退職記念に類する連続講義の記録として、私製のパンフレットに仕立てられてあったのを、やや訂正しながら語り口をのこした状態にして、改めて一書のうちに置いてみる。

内容を簡潔に説明するために、五箇程度の〝キーワード〟にして以下に記す。節題などに出てくる語類は避けて、方法的な注意に重点を置いて並べてみる。

1 言葉と物
構造主義批判　人間の有限性（有限個の生）　ふたたびの「失敗」　物語の回復
かれらの屍

2 語り手たちを生き返らせる
アイロニー　語り手人称　作者人称　引用の一人称（四人称）　自然称

3 歩く、見る、聴く
説経祭文研究会　山鹿良之（地神盲僧）　「口語り」論　文学研究と音楽学　語りのエネルギー

4 双分組織と三分観
宮古島　古日本文学　「南島論」（吉本）　日本語の豊かな古層　方言周圏論

5 うたの詩学
『文章研究序説』（時枝）　高められた状態　〝前論理〟（西郷）　等時拍　自由アクセント

6 ウタ、モノ、モノガタリ、フルコト、そしてコト

〝うた状態〟　二流の、非正統のもの　構造主義的　物語の文法　『新しい学』（ヴィーコ）

7　過去からの伝来と文学の予言

「カシコイモノ」　半過去（未完了過去）　物語時称　文法としての gender　フェミニズムの〝闘い〟

8　コレージュ・ド・フランスの庭

離見の見（世阿弥）　交叉　情交　「矛盾」を克服する仕方　構造の網

こんにち、人文科学が危機感とともにそのゆくすえを見えなくさせられている。大学学部や学科の改編にまで事態が進んでいると、知られるところだ。そのような危機をあいてにしてこそ、フーコー氏らが取り組んだということもまた言うまでもない。「1　言葉と物」に述べたように、二十世紀いっぱいかけて乗り付けた人文科学の限界状況のなかから、可能性として取り出した三領域とは、氏の示すところだと、「精神分析学、文化人類学、言語学」だった。かれはそのように予言して死んだし、たしかに二十世紀後半を通して、これらの三点セットは可能性の坩堝《るつぼ》だったというほかない。

「精神分析学、文化人類学、言語学」は、その可能性を称されながら、実態となると、どうなっていったか。キーワードに示したように、ふたたびの「失敗」だったという判断に誤りなくとも、われわれの二十一世紀にはいりこんだ時点で、たといいちじるしい成果はなくとも、それぞれの「精神分析学」以後、「文化人類学」以後、「言語学」以後を確認する作業はのこるし、「失敗は成功の母」というではないか、やはり時効のない現代がつづくと言いつづけることになる。

私としてはレヴィ＝ストロース『親族の基本構造』からのラインを引きながら、物語に婚姻規制を見いだそうとして、ずいぶんの歳月が降り積もったと思う。一九七〇年代後半の高田馬場にあった寺小屋教室（寺子屋でなく「寺小屋」と書いた）の「源氏物語講座」での研鑽ののち、口頭および学術誌発表をかさねて、『物語の結婚』（創樹社およびちくま学芸文庫版）に「タブーと結婚」という一章で結実させた。『源氏物語』で言うと、第一部、第二部をそれで見通していった。たぶん、かの三分類で言うならば「文化人類学」の部分を引き受けたことになる。

「言語学」についてはテクストを機能語（助動辞、助辞）から読むという私の近年のしごとへと垂線をたらしつつある（『文法的詩学』および『文法的詩学その動態』）。

さいごに、「精神分析学」の可能性は私の場合、阿闍世王コンプレックスを薫の君の造型のうえにたどりみたことによって果たしたとしよう。

『構造主義のかなたへ』という本書の題はどう受け取られるのだろうか。もう古めかしいという感触に包まれてよいし、反対に「方法に時効はない」という確信があってもよい。私は言語学的にも、また思想的にも、構造主義と格闘したのだと思う。一九六〇年代から七〇年代にかけての、日本社会でのある種の空白期、停滞期に、世界の中心の発光源のようにしてフランス語圏から、構造主義およびその周辺の〝便り〟が暴力的に訪れて、パリ・カルチェラタンのバリケードはあたかもアルチュール・ランボオを襲ったパリ・コムミューンの再来のようにも思えてならなかった。なんと幼い日々の自分であったことか。

そこからかぞえても四十年以上という計算になる。

笠間書院編集長、橋本孝氏は半世紀にわたる国文学研究や学術出版の動向についてのわが同志であり、『タブーと結婚』『文法的詩学』および『文法的詩学その動態』についで本書の刊行に快く踏み切ってくれた。スタッフ各位に対しても深甚の感謝の念をささげたい。

二〇一五年十一月一日

著者

『タブーと結婚——「源氏物語と阿闍世王コンプレックス論」のほうへ』〈笠間書院、二〇〇七・三〉目次

- タブーと結婚　『国語と国文学』東京大学国語国文学会、至文堂、一九七八・一〇
- 源氏物語のタブー（原題「源氏物語の性、タブー」）『G・S』2、冬樹社、一九八四・一一
- レヴィ＝ストロース氏の読解　書き下ろし
- 少女の物語空間（原題「少女と結婚」および「少女の物語空間」）『イメージの冒険、少女』カマル社、一九七九・四、および『少女図鑑』冬樹社、一九八三・一一
- 蜻蛉日記と平安朝の婚姻制度　『一冊の講座　蜻蛉日記』有精堂、一九八一・四
- 万葉集の結婚　『五味智英先生追悼　上代文学論叢』笠間書院、一九八四・三
- 招婿婚文学論　『高群逸枝論集』高群逸枝論集編集委員会、JCA出版、一九七九・一

・〝うた〟と愛――「うつくし」「うるはし」『日本の美学』11、ぺりかん社、一九八七・一一
・日本文学に見る愛・性・婚姻（山本哲士・福井憲彦氏と座談）『actes 5』、日本エディタースクール出版部、一九八八・五
・薫の疑いは善見太子説話に基づくか『古代文学研究』第二次一四、古代文学研究会、二〇〇五・一一
・阿弥陀仏のメランコリア『物語研究』六、物語研究会、二〇〇六・三
・宇治十帖前史――正編と続編『源氏物語　宇治十帖の企て』関根賢司編、おうふう、二〇〇五・一二

藤井貞和

タブーと結婚

「源氏物語と阿《あ》闍《じゃ》世《せ》王コンプレックス論」のほうへ

ISBN978-4-305-70340-8
四六判全三三四頁　本体二三〇〇円（税別）

古代人が抱え込んでいる、［愛］と［結婚］と［性］の深層を物語から抉り出す！物語の主人公たちが罪の意識におののく。

源氏物語、万葉集、蜻蛉日記から、精神分析学をとりこみつつ、思想を先取りする主人公たちの心性を明らかにする、かつてなかった独創的な古典文学論！

「元服という、成年儀礼（ほかによい語がないので〝成年儀礼〟と称しておく）直前での男主人公、薫の君の発する出生の疑いに、精神分析学でいう、阿闍世王コンプレックス（阿闍世コンプレックス、阿闍世錯綜とも）を読みこもうとする、やや大胆な提案である。」（本書のあとに）より

笠間書院

既刊

藤井貞和

文法的詩学その動態

A5判全三八八頁　二〇一五年二月刊　本体四五〇〇円（税別）
ISBN978-4-305-70715-4

物語や詩歌を読むことと、言語学のさまざまな学説たちとのあいだで本書は生まれた。古典語界の文学を当時の現代文学として探究する書。

物語言語、詩歌のことばたちが要求する現実に沿って文法の体系的叙述を試みる。

この『文法的詩学その動態』では、意味語（名詞、動詞、形容詞など）の記述と、まだあまり（『文法的詩学』で）ふれられなかった助辞群の記述とに力を尽くして（助動辞についても再説する）、それらを含む新たな図形化（助辞／助動辞図）へと進む。それらの基礎に立って、詩歌のこれまで詩の技法や修辞というレベルで止まっていた臨界を、文法的視野に置き改めて考察し、音韻、文字という事項にまで注意をこらしたすえに、うたと〝言語社会〟論とに終りを求めて『文法的詩学その動態』の結末をなす。

笠間書院

（著者略歴）

藤井貞和（ふじい・さだかず）

1942年東京生まれ。詩人、国文学者。東京学芸大学・東京大学・立正大学の各教授を歴任。1972年に『源氏物語の始原と現在』を刊行する。2001年に『源氏物語論』で角川源義賞受賞。詩人としては、『ことばのつえ、ことばのつえ』で藤村記念歴程賞および高見順賞、『甦る詩学』で伊波普猷賞、『言葉と戦争』で日本詩人クラブ詩界賞受賞、『春楡の木』で鮎川信夫賞および芸術選奨文部科学大臣賞など。そのほかの著作に『物語の起源』、『タブーと結婚』、『日本語と時間』、『文法的詩学』、『文法的詩学その動態』、『日本文学源流史』など多数。

構造主義のかなたへ——『源氏物語』追跡

2016年7月15日　第1刷発行

著者　藤井貞和

装幀　笠間書院装幀室

発行者　池田圭子

発行所　有限会社 笠間書院

〒101-0064　東京都千代田区猿楽町2-2-3

☎03-3295-1331　FAX03-3294-0996

NDC分類：901.3

ISBN978-4-305-70807-6　組版：ステラ　印刷：モリモト印刷

落丁・乱丁本はお取りかえいたします。（本文用紙：中性紙使用）

出版目録は上記住所までご請求下さい。

http://www.kasamashoin.co.jp

索　引

［総合－うた初句］

一　重要な習俗語彙、語句、人名をおもに配列する。うた初句索引は総合索引のあとに纏める。

一　源氏物語の巻名はゴチック活字とし、作中人物名や地名とまぎれないようにする。

あ

い

う

け

こ

さ

し

す

せ

そ

た

ぬ

の

は

ひ

ふ

へ

ほ

ま

み

む

め

も

や

ゆ

よ

ら

り

る

れ

ろ

わ

を

うた初句